강·남·지·역

공연문화의 꽃

곤극

강·남·지·역

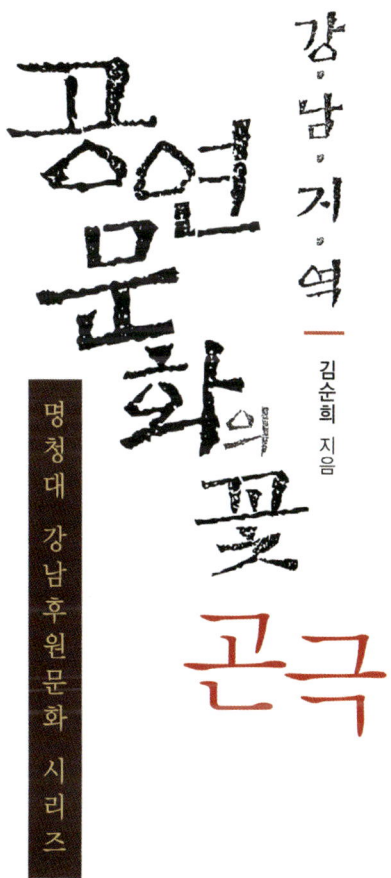

공연문화의 꽃

곤극

김순희 지음

명청대 강남 후원문화 시리즈

이담
Books

1. 중국의 지명과 인명의 표기는 한국 한자음을 따르고 한자를 괄호없이 병기하였다. 현대인의 경우에는 중국어 원음으로 표기한 후 한자를 ( )안에 넣었다. 또 중국어 의미를 풀어준 경우에도 한자를 ( )안에 넣었다.

2. 문헌·저서·논문집은 ≪ ≫로, 작품명·논문명·편명은 < >로, 궁조명과 곡패명은 【 】로 표시하였다.

3. 인용문의 출전이나 용어 및 개념 설명 등은 각주①로, 원문 및 참고자료 등은 미주1)로 처리하였다.

4. 옛 문헌의 글자가 해독되지 않는 경우에는 글자수 만큼 □로 표시하였다.

5. 이 책은 상명대학교 한중문화정보연구소에서 주관한 '명청대 강남후원문화 시리즈'의 하나로 기획되었다.

이 저서는 2005년 정부(교육인적자원부)의 재원으로 한국학술진흥재단의 지원을 받아 수행된 연구임.(KRF-2005-079-AM0044)

총서 '명청대 강남후원문화 시리즈'를 발간하며

상명대학교 중국어문학과 교수 / 권석환

본 시리즈는 2005년부터 한국학술진흥재단의 후원으로 이루어진 '중국 강남지역 명청대 문화 후원시스템 연구'의 결실이다.

장강 중하류 삼각주 지역에 형성된 '강남江南'지역 문화는 남송南宋 이후 줄곧 중국의 경제발전과 함께 성장하였고, 특히 16세기 중엽에 이르러 예술과 문학의 분야에서 새로운 전기를 맞이하였다. 양명학陽明學과 같은 새로운 사상이 유행함에 따라 실용적인 지식에 대한 관심과 과학적 정신이 고양되었고, 문화 각 방면에서 자유롭고 독창적인 정신이 나타나기 시작하였다. 예술 분야에서는 전통에 도전하는 창의적인 작품들이 양산되고, 자의식이 강한 낭만적인 문학이 크게 발전하였다. 유럽의 르네상스에 필적하는 이러한 명말明末의 '문예부흥'에는 왕실의 행정적인 후원과 경제적 지원이 중요한 역할을 하였지만, 그 이면에는 부유한 상인, 문예작품의 감정 수집가, 사대부 혹은 관리들의 호의적인 협력이 있었다. '상업자본'이 형성되고 '시장경제'가 발달하기 시작한 18세기에 이르러서는 왕실보다는 오히려 그들이 더욱 중요한 후원자로 등장하게 되었다.

본 연구는 이러한 후원들이 하나의 사회 시스템의 형태로 나타나 명청대의 문학예술 및 학술의 발전에 결정적인 역할을 하였다는 가설에서 출발하였다. 즉 명청대 예술과 문학의 중요한 동력으로 작용한 구성요소들, 연극, 회화, 원림의 세 문예 장르와 그 문예의 발생 흥성의 환경요소라 할 수 있는 '문인결사'와 '도서출판' 등에 대하여 상업자본의 후원이 비교적 장기간에 걸쳐 나타났고, 그것들의 상호작용이 안정된 패턴을 나타냈음을 확인하였다. 본 연구에서는 이것을 명청 시대 강남지역 문화 '후원 시스템(Patronage system)'으로 명칭하고, 명청대 문화 후원의 형태, 후원 시스템과 그에 의해 생산된 예술 및 문학작품의 상관관계, 명말 상공인의 출현과 시장경제가 가져온 후원 시스템의 변화, 그리고 그로 인한 예술과 문학의 생산 환경 변화 양상 등을 다음과 같이 해명하였다.

첫째, 강남지역 명청대 문화 후원은, 서구 르네상스 시대 왕공王公이나 귀족 또는 가톨릭 성당에 의한 예술 후원(Art patronage)과 달리 훨씬 더 다양하면서 복잡한 후원 형태들을 보여주고 있다. 즉 동일한 후원자가 동일한 장소에서 여러 장르에 걸쳐 후원을 하는 형태를 띠게 된다는 점이다. 예컨대 원림 소유자가 원림경영뿐 아니라 장서, 서화 감정 및 수집, 시서화 창작, 가반 활동, 문인 결사, 문인 아집雅集을 두루 지원하는 형태를 띤다. 더 나아가 창작자—유통자—소비자가 혼재된 후원 양상은 매우 독특한 예라고 할 수 있다. 따라서 본 연구는 이러한 중국만의 독특한 후원 시스템을 확인하였고, 특히 '문인사단'이 행사한 문화적 권력의 본질을 밝히는 데 노력하였다.

둘째, 후원 시스템과 그에 의해 생산된 예술 및 문학작품의 상관관계를 탐색하였다. 후원이란, 후원자와 피후원자 간에 형식상 주종관계에 있지만 실제적으로는 상호 호혜적 관계, 때로는 긴장과 갈등이 발생하는 경우도 있다. 이러한 협력 또는 갈등이 존재하는 것은, 후원관계가 예술가 또는 문학가의 생계를 보장하는 경제적 관계임과 동시에 피후원자의 사회적 관계 및 정신세계에 일정한 영향을 미치는 심리적 관계이기도 하기 때문이다. 본 연구는 후원시스템이 예술가 및 문학가의 사회적 관계와 심리 상태에 미친 영향이 무엇이며, 후원자의 이익과 취향이 어떻게 반영되었는지를 고찰하였다.

셋째, 명말 상공인의 출현과 시장경제가 가져온 후원 시스템의 변화, 그리고 그로 인한 예술과 문학의 생산 환경 변화 양상을 살폈다. 유럽에서 르네상스 이후 17세기에 이르기까지 진행되었던 것과 유사하게 강남지역에서도 예술과 문학 방면에서 상업화가 촉진되고 문예 출판이 활발해졌는데, 그 결과 문예의 소비자들이 새로운 형태의 '후원자'로 등장하게 되었다. 이들이 바로 소비자 후원자(Consumer-patron)임을 확인하였다.

본 연구단에 참여한 연구원 11명은 모두 21편의 논문을 집필하였고, 이 연구를 기초로 하여 '명청대 강남후원문화 시리즈'로 1. 총괄 : 강남의 예술가와 그 패트런들, 2. 문인결사 분과 : 양자강의 르네상스, 3. 연극 분과 : 강남지역 공연문화의 꽃 - 곤극, 4. 출판 분과 : 중국 명청대 출판문화, 5. 회화 분과 : 명·청대 회화예술 6. 원림 분과 : 명청대 원림문화와 후원을 기획하였다.

본 연구를 통해 중국 강남지역의 문화예술이 수많은 사대부와 상인들의 후원에 의해 찬란히 꽃을 피웠으며, 오늘날 중국 강남지역은 예술의 발전에 기초하여 경제 문화가 지속적으로 발전했다는 결과가 다양하고 지속적인 후속 연구를 파생시키길 바란다. 아울러 본 연구에 참여했던 연구원들의 다년간의 노고에 감사를 표한다.

≪강남지역 공연문화의 꽃―곤극≫을 펴내며

　오늘날 중국의 강남지역에는 곤극崑劇을 비롯한 다양한 종류의 전통극이 공연되고 있다.[1] 이 가운데 곤극이라는 양식은 중국 연극사의 중심에 있다고 해도 과언이 아니며, 그 문화적 가치가 지대하여 2001년에는 유네스코가 지정한 세계문화유산에 등록되기도 하였다. 곤극은 청대 중엽에야 비로소 성립된 북경의 경극京劇과 더불어 중국 전통극의 쌍벽을 이루는 극 양식이며, 경극은 물론이고 여타 지방희地方戲의 형성에도 두루 영향을 끼친 중국의 대표적 전통극이다.

　중국 문화의 중심이 과거 서안西安・낙양洛陽・정주鄭州・북경北京을 중심으로 한 화북지역華北地域이었다면, 남송南宋 이후로는 줄곧 항주杭州・남경南京・소주蘇州・상해上海를 중심으로 한 강남지역이었다. 연극 문화의 경우도 예외가 아니어서 이곳을 배제하고는 아무것도 설명될 수 없을 만큼, 강남지역의 중요성은 아무리 강조해도 지나치지 않다. 명나라 초기 '사대성강四大聲腔'의 발상지인 '곤산崑山', '해염海鹽', '여

---

[1] 오늘날 강남지역에는 강소성의 회극淮劇・양극揚劇, 절강성의 월극越劇・무극婺劇・소극紹劇, 안휘성의 황매희黃梅戲・휘극徽劇, 강서성의 감극贛劇, 상해上海의 여극濾劇 등이 공연되고 있다.

요餘姚', '익양弋陽'이 모두 강남지역에 위치하고 있으며, 중국 연극사상의 대문호 서위徐渭(1521~1593), 탕현조湯顯祖(1550~1616), 심경沈璟(1553~1610), 이옥李玉(1591?~1671?), 이어李漁(1611~1680), 홍승洪昇(1645~1704)이 모두 명말청초에 강남지역에서 태어나 활동하였고, 대다수의 연극 이론서 혹은 극본집이 이 시기에 이곳에서 간행되었다.

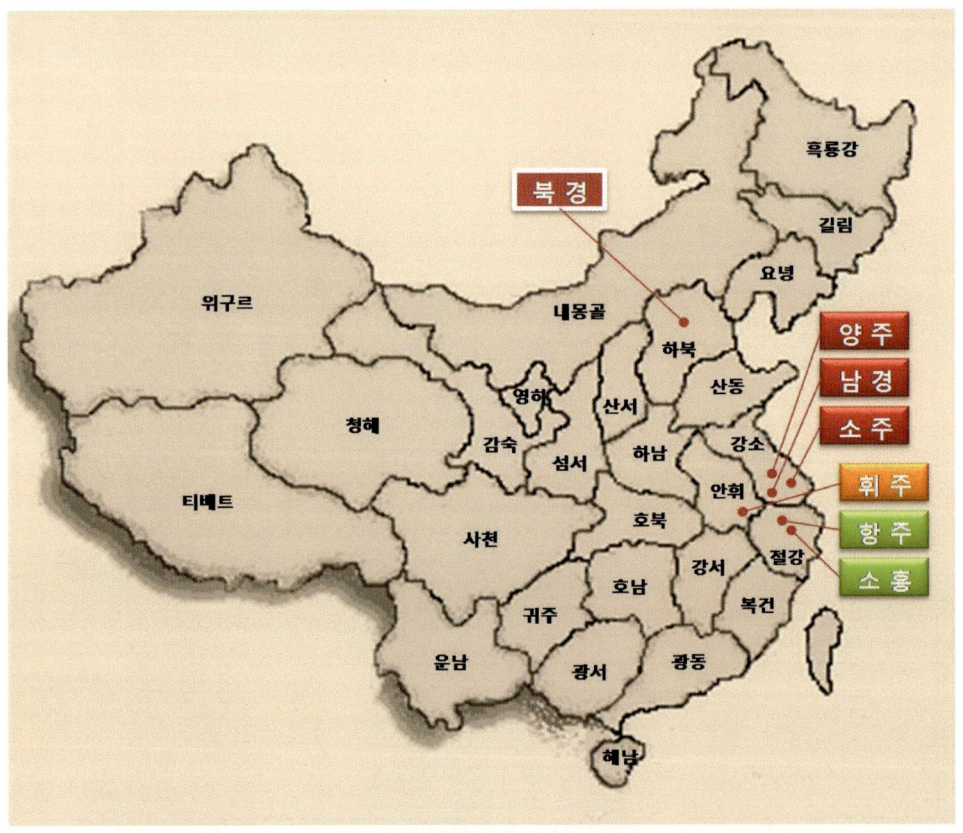

· 그림 1 강남지역 주요 도시의 위치. 이 글은 지역 문화학의 시각에서 출발한다. '강남'을 글자 그대로 풀이하면 '장강 이남' 지역을 의미하게 되지만, 명청대의 강남지역이란 오늘날의 강소성江蘇省 남부, 절강성浙江省 북부, 안휘성安徽省 남동부, 강서성江西省 북동부 일대를 가리킨다.

이렇게 강남지역이 명청대 극예술을 주도하게 된 원인은 지역 경제의 번영을 기반으로 한다. 그리고 강남지역의 경제적 번영은 대운하 건설, 그리고 마치 그물처럼 엮인 무수한 소운하 및 하천의 발달과 맥을 같이한다. 대운하의 건설은 수도 북경과의 교통 문제를 해결하였고, 소운하의 발달은 강남지역 특유의 수상교통 문화를 형성하여 경제적 번영의 기틀을 마련하였다. 이러한 지리적 이점을 바탕으로, 강남지역에서는 상업주의에 바탕을 둔 무수한 극작가를 배출할 수 있었고, 연극 구매력을 갖춘 수용자로의 시민 계층을 확보해나갈 수 있었다. 도시에서는 부유한 신사紳士 계층이 거대한 저택에 극단을 설치하여 배우를 양성하고 호화스런 원림園林의 청당廳堂 혹은 희대戱臺 그리고 누선樓船 등지에서 연출하게 하였고, 향촌에서도 상업 활동을 통해 부를 축적한 유력한 종족이 세시 풍속이나 조상 제사와 같은 마을 축제 때에 민간의 유명 극단을 초청하여 공연 활동을 개최하고 대가를 지불하였다. 특히 곤극이 명말청초에 강남지역에서 흥성하게 된 근저에는 유력한 후원자의 역할이 존재하였다.

'후원자'란 예술 작품의 경제적, 물질적 담당자일 뿐만 아니라 예술가를 이해하고 작품을 평가하고 예술가를 지원하는 사람들을 말한다.[1] 이는 전통 시기에 예술을 후원하던 패트런(Patron)을 말하며, 근대 이후의 스폰서(Sponsor)와는 궤를 달리하는 개념이다. 이들은 그야말로 "경제력을 문화적 힘으로 바꾸는 방법"을 알아낸 사람이라고도 말할 수 있다.[2] 그들의 일부가 고급의 문화적 소양을 갖춘 상태에서 개인의 정치적 좌절감을 곤극 예술 애호를 통해 해소하려 했을 뿐 아니라, 또 일부는 남부럽지 않은 부를 소유하였으되 신분적 한계를 돌파하고자 문인 계층과의 사교적 소통 수단으로 곤극 예술을 애호하기도 하였다. 주지하듯이 서구에서는 화단·시단·극단과 같은 예술 활동에 관해 후원문화의 관점에서 접근하여 지금까지 상당한 성과를 거두었다. 중국에서도 이미 20세기 초에 량치차오(梁啓超)가 회남淮南의 염상鹽商을 유럽의 문예부흥을 주도했던 후원자에 견준 바 있고, 최근에는 자신의 저택에서 사적으로 극단을 양성한 '가반주家

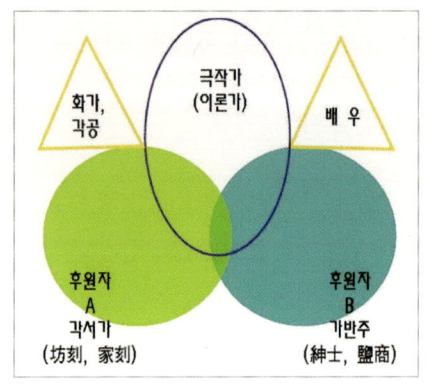

〈표 1〉 후원자와 피후원자의 관계

班主'를 극예술 후원자로 간주한 연구물이 보고되기도 하였다.[3] 더 나아가 필자는 텍스트와 공연의 상호보완성 및 연극의 4가지 기본 요소라 불리는 배우, 무대, 관객, 희곡의 측면을 고려하여 곤극 예술의 후원자와 피후원자의 관계를 <표 1>과 같이 추론할 수 있었다. 중국에 있어 후원자에 의한 곤극 예술의 번영은 강남지역 특유의 수상 교통망의 형성 및 지역경제의 번영과 따로 떼어 생각할 수 없으며, 그것은 문자와 서적을 엘리트가 독점할 수밖에 없었던 전통 사회에서 다량의 삽화본揷畫本 희곡戱曲이 간행되는 출판계의 상황이나 특히 화려한 누선樓船에서 공연을 관람하는 가운데 벌어지는 사교 활동에 드러난다. 바로 피후원자로의 극작가 및 배우에 관한 이해를 기반으로, 극단을 양성한 후원자로의 가반주와 물질문화인 누선에서의 공연에 대한 진전된 검토, 그리고 삽화본 희곡을 간행한 후원자로 방각坊刻과 가각家刻을 포함한 출판 주관자 '각서가刻書家'와 피후원자로 화가畵家 및 각공刻工의 문제까지 포함시켜 고찰할 필요성이 제기되는 이유이다. 물론, 삽화본의 간행은 희곡은 물론이고 소설을 비롯한 서적에 모두 보이는 현상이며, 누선에서도 곤극은 물론이고 다른 가락으로 창하는 전통극 및 가무희를 비롯한 여러 장르의 문예 활동이 벌어졌다. 그럼에도 불구하고, 곤극 후원문화의 표상으로 삽화본과 누선에 주목하는 이유는 그것이 부유 계층이 향수했던 우아하고 화려한 곤극 예술의 특징을 구비하고 있고, 명말 부유 계층의 사교 활동을 통한 곤극 예술 후원과 그로 인한 사치 향락적 문화를 드러내기에 가장 적합한 대상이기 때문이다. 따라서 곤극 예술에 보이는 후원의 문제를 총체적으로 바라보기 위해 다음과 같은 내용을 위주로 다루었다.

첫째, 곤극의 정체성(제1장)과 음악 형식(제8장) 그리고 배역 및 분장의 체계(제9장)를 파악하기 위한 논의이다. 우선 곤극의 정체성에 관해 가락과 창법을 중심으로 살펴보았다. 강남지역 가락들 중의 하나에 불과했던 곤산강崑山腔은 위량보魏良輔에 의해 개혁되어 곤곡崑曲이라는 곡창曲唱의 방식이 되었고, 다시 무대 공연에 적합한 극창의 방식으로 변화되었다. 또 곤극의 음악 형식과 관련해서는 남방 연극에 보이는 악곡 구성의 변화 상황을 알아보고, 곡패의 기능과 곡보 및 운서 그리고 공척보 및 반주 악기에 관해 설명하였다. 나아가 곤극 공연에서의 독특한 표현 방식과 유형화된 배역 및 분장의 체계에 관해 살펴보았다.

둘째, 극작가의 특징과 이론상의 전개(제2장~제7장)를 이해하기 위한 논의이다. 곤극 작품의 창작이 흥성한 시기는 특히 명나라 가정嘉靖 연간(1522~1566) 후반부터 만력萬曆 연간(1573~1620)까지라 할 수 있고 청나라 초기까지도 문단의 주도적인 위치를 차지하였다. 명말 여천성呂天成의 ≪곡품曲品≫(1610)에서는 당시의 전기 작품을 '구전기'와 '신전기'의 두 부류로 나누어 품평하고 있는데, 전자에 이개선李開先의 <보검기寶劍

記>(1547)가 수록되어 있으므로, 후자에 포함된 작품들은 대략 가정 29년 (1550) 이후에 창작된 것으로 볼 수 있다. 또 1560년을 전후한 시기는 위량보의 곤산강 개혁 작업이 성공하여 유행한 때였으니, '신전기'란 바로 곤극의 극본임을 알 수 있다.4) 따라서 신전기를 창작하였던 명말청초의 대표적인 극작가 서위, 탕현조, 심경, 이옥, 이어, 홍승의 생애 및 주요 작품의 내용과 그들의 이론 및 유파 형성에 관해 차례로 살펴보았다.

셋째, 가반주를 곤극 후원자로 간주하고 가정희반의 양성(제10장)에 관해 논하였다. 우선 시대적 구심점의 이동에 따라 소주蘇州 중심의 신사紳士와 양주揚州 중심의 염상鹽商이라는 두 층위로 나누어 가반주의 특성을 살펴보고, 가정희반의 양성이 곤극의 흥성 및 변화에 끼친 파급 효과를 검토하였다. 실로 가반주의 재정적 후원은 곤극 연출에 화려한 무대의상 및 무대장치를 가능케 하였고 대형 무대의 출현을 야기하였다. 또 이들은 가정희반 양성을 매개로 배우를 후원하였을 뿐 아니라, 신시행申時行의 이옥에 대한 영향 및 염상 강광달江廣達의 장사전蔣士銓에 대한 지원 사례에서 가반주의 극작가에 대한 후원의 단서도 발견할 수 있다. 나아가 신사 계층의 가반주는 때로 극작가·교습자·연출가·비평가·배우의 역할까지 담당하여 자신의 심미적 주장을 곤극의 공연에 직접 반영할 수 있었고 결과적으로 우아하고 수준 높은 곤극 본연의 특징을 확립시키는 파급 효과를 낳았다. 이러한 점들은 명말청초 곤극의 흥성에 후원자가 막대한 영향을 주었다는 점을 분명히 드러내고 있다.

넷째, 곤극 예술에 대한 후원 모습이 외적으로는 화려한 삽화본 희곡의 간행이나 사치스런 누선을 건립하고 벌이는 공연 활동 속에 드러난다는 점에 주목하여, 삽화본 희곡 간행(제11장)의 정황을 검토하고 누선에서의 사교 활동(제12장)에 관해 살펴보았다. 당시 강남지역의 각서가가 영리적 목적을 떠나서 유명 화가 및 각공을 고용하여 값비싼 삽화본 희곡을 간행한 행위는 곤극 후원문화의 단면을 드러내는 것이라 볼 수 있다. 또한 가반주는 거금을 들여 화려한 누선을 건립함으로써 공연 활동의 장을 마련하였는데, 이는 공연의 물질적 여건을 풍부히 만들었다는 점

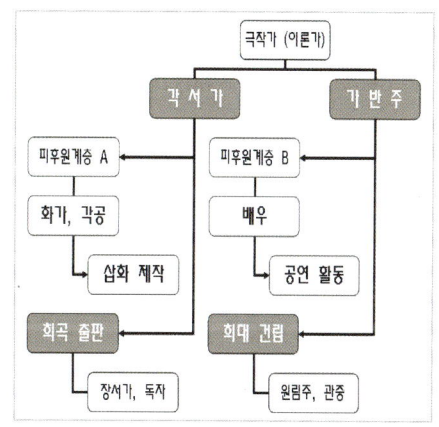

〈표 2〉 후원문화의 연관 고리

에서 역시 곤극 후원문화의 또 다른 일면을 드러낸다. 그리고 삽화본 희곡은 장서가를 비롯한 독자에게, 누선 희대는 원림주를 비롯한 관중에게 향유되었다. 이러한 후원과 피후원의 연관 고리들은 부유 문인 계층의 사교 활동 속에서 자연스레 조성된 것이었다. 전통 시기의 후원 행위는 문예에 대한 부유 계층의 심적인 애호로 말미암은 것으로, 그것은 상업적 이익을 떠난 문인 사회의 문화적 습성으로 존재하였고, 그것이 결과적으로는 곤극과 같은 전통극 예술의 번영을 가져왔던 것이다.

　이 책은 필자가 지난 6년간 '중국 강남지역 명청대 문화 후원시스템 연구' 프로젝트를 준비하고 진행하고 정리하는 과정에서 곤극에 관해 틈틈이 공부하고 얻은 작은 결실을 모은 것이며, 특히 제10~12장과 부록은 그간에 학술지에 게재했던 논문 〈명말청초 곤극의 흥성과 후원자〉(2006)와 〈명말 강남지역 전통극 문화후원의 두 표상〉(2007)에서 발

췌하여 보완한 것이다. 또 곤극과 연관된 내용이 중국 문학에서 다루는 전통극 분야의 거의 대부분을 포괄하고 있기에, 석사과정 이후로 줄곧 참여해왔던 여러 수업과 스터디 모임들에서 보고서를 작성하고 발제문을 준비하면서 터득한 배움의 내용들이 곳곳에 스며들어 있다. 그리고 프로젝트 팀에 참여하여 문인, 출판, 회화, 원림에 관해 연구하시는 여러 선생님들과 교류하면서 명청대의 강남문화 전반에 대한 관심과 이해의 폭이 넓어지고 입체화될 수 있었던 듯하다.

국내에는 아직까지 중국의 전통극에 관한 책이 그다지 많지 않다. 비록 연구의 목적은 후원 문화의 맥락을 밝히는 데 있었지만, 곤극에 관한 기본적인 이해를 돕는 내용의 서술에 많은 편폭을 할애하였다. 그러나 명말청초의 강남지역과 연관되는 부분에 집중했던 까닭에, 다른 지역의 상황이나 청대 중엽 이후 중국 전역으로 확대되어 전승된 근현대 곤극의 문제를 다루지 못하였다. 더불어 평점의 문제를 비롯한 더 깊이 있는 후속 연구를 다짐하지 않을 수 없다. 곤극이라는 넓고 깊은 바다 속에서 강남의 후원문화라는 코드로 미흡하나마 버거운 내용을 정리해낼 수 있었던 듯하나, 부족한 학습량에 따른 자괴감과 혹시라도 잘못된 정보가 전달되지나 않을까 하는 두려움을 금할 수가 없다. 중국의 전통극을 아끼는 여러 동지들의 호된 질책을 바란다. 끝으로 촉박한 기한에도 불구하고 흔쾌히 출판을 허락해주신 한국학술정보(주)의 이주은 선생님께 감사드린다.

북악산 아래에서

곤극 "요즈음 곤산에서 적·관·생·비와 같은 악기로 박자를 맞추며 남곡을 노래하는데, 글자와 비록 들어맞진 않지만 퍽이나 어울려 꽤 들을 만하니, 역시 오 지방의 기막힌 일이다."

−서위 〈남사서록〉

강남지역 공연문화의 꽃이라 할 수 있는 곤극崑劇은 명말청초의 가장 유력한 전통극 양식이자, 중국 전역에 유포되어 지금까지 줄곧 향수되고 있는 현대 중국의 대표적 지방희 가운데 하나이다.[①] 중국에서는 공간적 기준에 따라 전통극을 분류하여 각 지역을 대표하는 전통극 양식을 '지방희'라 부른다. 이때에 지방희를 구분하는 가장 근본적인 기준은 지역별로 서로 다른 각 방언方言의 발음에 따른 가락의 차이에 있다고 해도 과언이 아니다. 아래에서는 곤극의 가락이 어떠한 경로를 거쳐 탄생하고 변화되어갔는지 살펴보자.

::곤극이란

중국의 지방희 가운데 하나를 일컫는 '곤극'이라는 말은 근대 이후에야 붙여진 명칭이다. 그것이 전성기를 이루었던 명말청초에는 '곤산강崑山腔' 혹은 '곤곡崑曲'이라 불렀는데, 이는 연극적 관점보다는 음악적인 측면에 주안점을 둔 것이었다. 전통극 가락의 명칭은 대체로 발상지의 지명

---

① 청 중엽 이후로 곤극은 전국에 전파되었고, 오늘날까지 북경의 '북곤北崑', 사천성의 '천곤川崑'을 비롯해 지역마다 특색 있게 발전하고 있다.

에 따라 명명되곤 하는데, '곤산강'이라는 이름도 원나라 말에서 명나라 초에 강소성江蘇省의 곤산崑山 땅에서 생겨났기 때문에 붙여진 것이다. 본래 곤산강은 강남 지역에 유행하는 가락들 중의 하나에 불과하였다. 그러나 명나라 중엽에 위량보魏良輔를 비롯한 인물들이 곤산강의 촌스러운 가창 방식을 북방의 악곡을 참고하여 혁신하였고, 이에 따라 '곤곡'이라는 이름을 얻게 되면서 전국에 걸쳐 유행하기 시작하였다.

그런데 '곤곡'이라는 명칭은 '곡'이라는 말에 방점을 둔 것이기 때문에, 여기에는 악곡 자체만을 노래하는 '산곡散曲'과 연극적 흐름 속에서 악곡을 노래하는 '극곡劇曲'이 모두 포함될 수 있다. 바로 배역으로 분장하여 노래하는 것이 아닌 '청창淸唱'의 경우가 협의적 의미의 곤곡에 해당한다. 때문에 '곤산강'과 '곤곡' 그리고 '곤극'이라는 개념 간에 보이는 차이를 사소하게 취급할 수는 없다. 즉 '곤산강'은 곤산 지방의 본래 가락이라는 의미, '곤곡'은 위량보가 개혁한 이후에 강남지역에 널리 보급된 악곡이라는 의미, 그리고 곤극은 배역으로 분장하여 공연하는 전통극 양식이라는 의미로 구분하여 생각할 필요가 있다.[5]

::강남 지방에 유행한 가락들

명청 시기의 '전기傳奇'①는 다양한 가락으로 공연될 수 있었다. 처음

---

① 전기는 곤극을 비롯한 명청대 남방 연극의 극본을 의미하며, 대체로 25~55출出(혹은 척齣)로 된 장편 형식이다. 제1출은 개장開場(혹은 가문家門)이라 하며, 이 단락에서 연출가 역할을 하는 부말副末에 의해 작품의 대의가 설명된다. '출'은 악곡 조합과 무관하게 모두가 퇴장했을 때를 기준으로 구분한 단락이기에, 매 출마다 일정한 궁조도 없고 운도 바꿀 수 있다. 배역으로는 크게 부말과 함께 생生, 단旦, 정淨, 축丑의 4종류가 있는데, 누구나 노래할 수 있고 독창, 대창, 합창을 다 할 수 있다. 5음계의

에는 송원 시기의 '남희南戱'①와 마찬가지로 소위 '사대성강四大聲腔'이라 부르는 강소성의 곤산강, 절강성浙江省의 해염강海鹽腔과 여요강餘姚腔, 강서성江西省의 익양강弋陽腔이라는 네 가락을 사용하였다. 각 가락의 정체성에 관해서는 지금까지도 논란의 여지가 있지만, 서위徐渭는 1559년의 상황을 다음과 같이 적었다.

> 요즈음 소리꾼들이 '익양강'이라 부르는 것은 강서성에서 생겨난 것으로 북경北京과 남경南京, 호남성湖南省, 복건성福建省, 광동廣東과 광서성廣西省에서 사용한다. '여요강'이라 부르는 것은 회계會稽에서 생겨나고 상주常州, 윤주潤州, 지주池州, 태평太平, 양주揚州, 서주徐州에서 사용한다. '해염강'이라 부르는 것은 가흥嘉興, 호주湖州, 온주溫州, 대주臺州에서 사용한다. 오직 '곤산강'만이 오吳나라 땅에 유행할 따름이나, 흐르듯 곱고 그윽한 맛이 있어 세 가락을 뛰어넘는다.②⑥

이러한 가락들 간의 경쟁을 통해 전기에 사용되는 가락은 점차 남희의 것과 달라지게 된다.

우선 곤산강이 점차 해염강의 지위를 대체하게 되었다. '곤산강'은 비록 원나라 때에 생겨났지만, 당시에는 예술적인 면에서 조잡하였고 여전히 '청창'의 단계에 머물러 있을 뿐이었다. 그러나 명대 가정嘉靖 연간(1522~1566)이 되자, 먼저 위량보의 개혁을 거치고 후에는 극작가 양신어梁辰魚(1519~1591)가 '곤곡'의 창법을 적용하여 지은 <완사기浣紗記>③ 전기가 널리 보급되면서, 점차 신사紳士 계층을 위시한 문인들에

남곡 혹은 남북곡합투를 사용한다.

① 남희는 송원 시기에 남방 지역에서 연출된 전통극 양식을 의미한다. 이는 '남곡희문南曲戲文'의 줄임말로도 이해되는데, 이때에 남곡은 남방의 음악, 희문은 연극의 대본이라는 의미이다. 그 형식이 전기와 유사한데, 양자의 차이에 관해서는 제8장 '곤극의 음악 형식'에서 상세히 다루었다.

② 서위의 ≪남사서록南詞敍錄≫

게 주목받게 되었다.

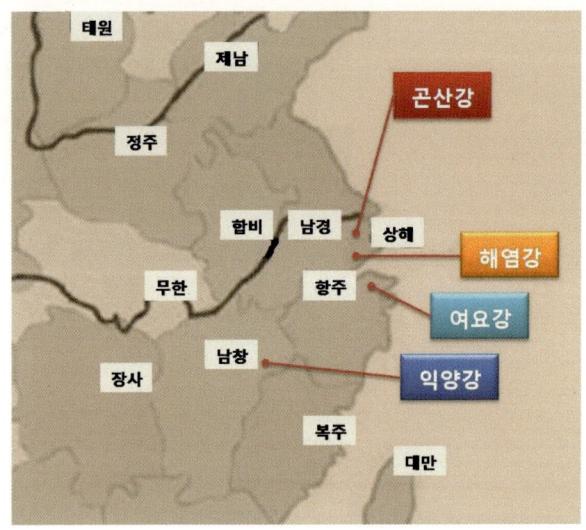

· 그림 2 사대성강의 위치. 원말명초의 네가지 주요가락은 모두 강남
지역에서 탄생하였다.

　이런 이유로 곤곡은 각 지역에 유포될 수 있었고 해염강이 누렸던 상
류층 가락으로의 지위를 빠르게 대체하였다. 비록 해염강이 문인들에게
선호되었더라도, 곤곡의 더 맑고 부들부들한 우아함에 비하면 졸렬함이
드러나지 않을 수 없었기 때문이었다. 명 만력萬曆 연간(1573～1620)에
이미 "해염은 기세가 꺾이고 곤산을 언급하곤 하는(海鹽不振, 而曰崑山
)"③ 국면이 나타났으며, 명말청초에 이르러 곤곡의 유포 범위는 거의 전

───────────────

③ 양신어는 자가 백룡伯龍, 호가 소백少白이고 강소성 곤산 사람이었다. 〈완사기〉는 춘추시대 오나라와
월나라의 전쟁 이야기를 다루고 있다. 오나라의 대신 범려范蠡는 자신의 연인이었던 미녀 서시西施를
월나라에 보내 전쟁에서 승리한다.

국 대부분의 지역으로 파급되었다. 바로 대도시와 상류 사회에서는 전기가 대부분 그것으로 공연된 듯하다.

한편, '익양강'은 민간의 농촌을 중심으로 한층 더 유포되어 독립적인 가락의 계통을 형성하였다. 익양강은 시끌벅적하고 경쾌하며 호탕한 느낌을 지녔기 때문에 품위를 중시하던 문인들의 주목을 받지는 못했지만 농민들에게는 환영 받았다. 게다가 "줄곧 곡보 없이 시골 풍속만을 따랐고(向無曲譜, 只沿土俗)"① 또 사투리를 섞어 썼기 때문에, 각지로 유포된 이후에는 지역 관중의 수요와 애호를 좇아 그곳의 시골말(土聲)이나 시골가락(土調)과 결합하면서 유연하게 변화하였고, 결국 낙평강樂平腔, 사평강四平腔, 경강京腔, 위강衛腔과 같은 새로운 지파를 형성하였다. 바로 곤곡이 해염강을 대체하여 대도시와 상류 사회에 널리 유포될 적에, 익양강은 농촌에서 무수한 하층 관중을 끌어들여 부단히 자신의 세력 범위를 확장시키면서 독립적인 가락의 계통을 이루었고 곤곡에 상대되는 존재로 성장하였던 것이다.

동시에 똑같이 민간의 특색을 지니고 하층 관중의 환영을 받았던 '여요강'은 안휘성安徽省의 청양靑陽 일대에 유포된 뒤로 그 지역의 민요(小調)와 결합하여 청양강靑陽腔을 형성하였고, 이는 점차 여요강을 대체하여 널리 유행하는 가락이 되었다. 따라서 민간의 농촌과 중소 도시에서는 전기가 대부분 익양강 혹은 청양강으로 연창되었을 듯하다.[7]

---

① 왕기덕王驥德의 ≪곡률曲律≫
① 이조원李調元의 ≪우촌극화雨村劇話≫

::‘곤산강’은 어떠한 가락이었나

‘곤산강’이란 곤산 지방의 발음을 사용하는 가락(腔)을 의미한다. 소위 ‘가락’이라는 것은 거기에 얼마간의 음악적 요소가 존재하더라도 주로 발음(語音)을 가리키는 것이다. 해염 가락은 강남지역에 통용되는 말의 발음을 사용하였고, 익양 가락은 북방 통용어에 더 가까운 발음을 사용하였으며, 곤곡 이전의 곤산 가락은 별다른 기교를 요하지 않는 노래(歌)에 불과하였다.[8] 서위는 곤산강의 정체성과 관련해 다음과 같이 말하였다.

> 요즈음 곤산에서 적笛 · 관管 · 생笙 · 비琵와 같은 악기로 박자를 맞추며 남곡南曲을 노래하는데, 글자와 비록 들어맞진 않지만 퍽이나 어울려 꽤 들을 만하니, 역시 오吳 지방의 기막힌 일이다.[①9]

어째서 곤산강으로 남곡을 노래하는데 글자와 들어맞지 않았는가. 이는 근본적으로 중국어가 글자마다 특정한 음의 높낮이를 갖는 성조어聲調語이기에 가능한 현상이라 할 수 있다. 바로 관현악 연주에 의해 주어지는 고정된 멜로디(旋律) 및 박자(節拍)에 맞추어, 본래 글자마다 평측平仄이 있어 자연스레 멜로디를 갖게 되는 노랫말(曲文)을 노래하였기 때문에 들어맞지 않았던 것이다. 여기에서 곤산강은 ‘가창歌唱’ 방식의 노래이지, 훗날의 곤곡과 같은 ‘곡창曲唱’ 방식의 노래가 아니었음을 알 수 있다.[10]

---

① 서위의 《남사서록》

::위량보가 '곤곡' 창법을 만들다

　명나라 융경隆慶 연간(1567～1572)과 만력 연간에 걸친 16세기 말에 곤산강은 위량보의 개혁에 의해 '가창'이 아닌 곤곡으로의 '곡창'의 단계로 접어든다. 위량보는 곤산 땅에서 가까운 소주蘇州 태창太倉 사람으로, 먼저 북곡北曲의 소리꾼 장야당張野塘 및 과운적過雲適 등에게 북곡의 곡창 방식을 익힌 뒤에, 이를 촌스럽게 여겨지던 남곡에 적용시켜 '남곡을 사용한 곡창 방식'을 완성시켰다.

　위량보가 남곡을 개혁했던 이유는 소위 '괴성乖聲' 때문이었다. 이는 글자 상의 '사성四聲' 즉 평平·상上·거去·입入과 음악상의 '오음五音' 즉 궁宮(도)·상商(레)·각角(미)·치徵(솔)·우羽(라)의 소리가 어긋나 음악에 글자가 들어맞지 않는 것을 의미한다. 바로 위량보가 곤산강에 걸맞게 남곡을 사용한 곡창 방식을 창시한 이유는 우선 북방과 남방의 '발음' 차이에서 찾을 수 있다.

　북방에는 음평陰平·양평陽平·상·거의 4가지 성조만 있을 뿐이었고, 게다가 양평성과 상성은 서로 호환되었기 때문에 비교적 간단한 편이었다. 반면, 남방에는 평·상·거·입에 모두 음과 양의 구분이 있어 8성혹은 10성도 가능했고 세부 지역마다 각기 차이가 있었기 때문에, 간단한 북곡 곡창법을 그대로 적용시키기 어려운 점이 있었다. 따라서 반드시 하나의 가락을 택해 발음상 성조의 기준을 정해야 했는데, 아마 위량보가 곤산 부근의 사람이었기 때문에 곤산강을 택한 것이라 볼 수 있다.

　그리고 '구의 구성(句式)' 문제도 거론할 수 있다. 북곡은 세트(套)를 이루되 구의 구성이 고정적이지 않았다.① 이에 비해 남곡은 보다 고정적인 구의 구성을 갖고 또 고정된 박자가 있었다. 따라서 북곡의 곡창법을 남곡에 간단히 적용시키기 어려웠던 것이다.

그러면, 위량보가 개혁한 것은 구체적으로 어떠한 것이었는가. 첫째, '가창'은 기본적으로 고정된 멜로디 위주이기에, 허사虛詞를 포함하는 노랫말이 멜로디를 따라가는 소위 '가락에 따라 글자를 넣는(以腔傳詞)' 방식을 말한다. 반면, '곡창'은 허사 없이 멜로디가 글자의 소리에 따라 규정되는 소위 '성조에 따라 가락을 진행(以字聲行腔)'하는 방식이었다. 때문에 위량보는 노랫말을 글자의 성조에 따라 음악적 소리로 만든 뒤에, 그것의 기본 멜로디 한 토막이나 혹은 박자가 들어가는 부분들을 연결하고 '가락이 넘어가는 부분을 이어주는 글자(過腔接字)'를 끼워 넣었다. 이로 인해 글자의 성조가 달라지면 그 부분의 멜로디도 달라질 수 있게 된 것이다.

둘째, 곤극의 창법을 보통 '수마水磨'라 부르는데, 이는 한 글자를 머리(頭)·배(腹)·꼬리(尾)로 나누어 세밀히 노래한다는 특징을 지닌다. 때문에 평성에 해당하는 글자는 적어도 1~2개의 음표(音符), 상성과 거성에 해당하는 글자는 적어도 3~4개의 음표를 가져 '가락을 길게 늘이는 (拖腔)' 방식을 취하게 된다. 따라서 남방의 노래에 '글자는 적고 소리가 많다(字少聲多)'는 점이나, 남곡의 장단(板眼)이 고정적이고 느린 경향에

---

① 원나라 때의 북방 잡극은 1설자楔子 4절折로 구성된 단편 형식이다. 매 절은 동일 궁조에 속하는 곡패만을 사용하여 하나의 악곡 세트(套數)가 된다. 매 절마다 한가지 운韻이 사용되며, 매 절마다 한 명의 등장인물이 처음부터 끝까지 독창하는 것이 원칙이다. 7음계의 북곡을 사용하였고, 비파琵琶를 비롯한 악기로 반주하였다. 배역(脚色)으로는 크게 말末, 단旦, 정淨, 축丑(혹은 외外)의 4종류가 있다. 남자주인공(正末)이 노래를 맡는 극본을 '말본末本', 여자주인공(正旦)이 노래를 맡는 극본을 '단본旦本'이라 한다. 작품의 말미에 제목題目과 정명正名이 붙어 있다.

부합되었다. 결국 위량보가 만든 곡창의 방식은 기존 가창의 방식을 압도하여 가장 수준 높은 방식으로 자리 잡게 되었다. 그리고 그것이 '곤산강'에 근거한 곡창의 방식이었기에 '곤곡'이라 부르게 된 것이다. 그러나 이 명칭은 청나라 중엽 이후 생겨난 것으로, 그것이 전성기를 누렸던 명말청초 시기에는 그저 '곡'이라 부를 따름이었다.

이와 같이 위량보가 만든 것은 노래 자체를 부르는 '청창'에서의 '성조에 따라 가락을 진행'하는 방식이었지, 결코 민요적인 '곤산강'이나 무대 위에서 공연하는 극창劇唱 즉 '곤강崑腔'이 아니었다. 바로 원나라 산곡의 '산곡창散曲唱' 전통과 일맥상통하는 것으로, 당시 산곡이 쇠퇴하고 전기가 우세를 차지하던 흐름 속에서 전기 작품 중의 노랫말을 가져다가 '청곡창清曲唱'으로 불렀던 것이다. 때문에 곤곡을 본래의 '산곡'과 구별하기 위해 '청곡清曲'이라 부르기도 한다.[11]

::무대에서 노래하는 '곤강'의 시대

명나라 만력 연간(1573~1620) 이후가 되자, 위량보가 만든 '곤곡'이라는 청곡창의 방식은 순식간에 배역으로 분장하여 노래하는 극창의 방식에 적용되어 소위 '곤강'이라는 곤극의 가락으로 자리 잡게 된다. 그것은 양신어가 자신의 극작품 <완사기>에 성공적으로 적용시킨 것이 계기가 되었다.

여기에서 극창이 청곡창을 본받은 것이지, 청곡창이 극창에서 파생된 것은 아니라는 사실을 알 수 있다. 물론, 극창의 유행 때문에 청곡창이 쇠퇴하지도 않았으며, 당시에 극창의 수준은 결코 청곡창의 수준을 뛰어넘지 못하였다. 그 이유는 청창이 순수한 노래인데 비해 극창은 무대 공연이라는 연극적 제약에서 벗어날 수 없었기 때문이었고, 또 청곡창은 다시 문인 계층이 행한 수준 높은 '곡학曲學'의 성과를 그대로 담아낼 수 있었지만 극창은 주로 예인들에 의한 것이었기에 다소 한계가 있었기 때문이다.

양신어의 <완사기>가 나온 이후로 극창은 청곡창과 크게 다음의 두 가지 차이를 드러내게 되었다.

첫째, 곡의 구조적인 문제 때문에 차이가 생겨났다. 위량보가 고안한 곤곡의 소위 '수마水磨'라는 창법은 노랫말(曲文)을 한 글자 한 글자 분해해서 멜로디를 만든 것으로, 단구單句가 더욱 안정화된 반면에 전체 곡패曲牌는 산만해졌다. 본래 '수마'의 방식은 청곡창에 걸맞는 것이었는데, 청곡창에는 대사(白)가 없기 때문에 문제가 되지 않았다. 그러나 극창에서는 원칙적으로 한 구절을 부른 뒤에 중단하거나, 혹은 구절과 구절 사이에 대사를 넣어 연결시킬 수 있기 때문에 문제가 되었다. 바로 '수마'라는 창법에서는 단구가 독립적인 구성 단위 역할을 했기 때문에 본래의 곡패 체제가 와해되었고, 또 명나라 후반기의 극창에는 여러 곡패의 구절을 떼어 모아서 만든 '집곡集曲'의 형태가 나타났다.

둘째, 피리 반주의 문제로 생겨난 차이이다. 무대에서 공연하는 '곤강'은 피리로 반주되었다. 이는 구멍이 7개 달린 피리이기 때문에, 과학적인 음악 시스템으로 여겨지는 '피리의 7가지 음색(笛色七調)'을 지닌다. 이는 '북구궁北九宮'·'남구궁南九宮'이라는 이전의 궁조宮調 시스템①을

---

① 본래 '궁'은 조성(key), '조'는 선법(Mode)을 의미했다. 그런데 송대부터는 '궁조'로 통합되어 조성과 선법을 동시에 나타내게 된다. 조성에는 '삼분손익법三分損益法'에 의해 만들어진 '12율려려려呂' 즉 황종黃鐘(C), 대려大呂(C♯·D♭), 태주太簇(D), 협종夾鐘(D♯·E♭), 고선姑洗(E), 중려仲呂(F), 유빈蕤賓(F♯·G♭), 임종林鐘(G), 이칙夷則(G♯·A♭), 남려南呂(A), 무역無射(A♯·B♭), 응종

근본적으로 폐기한 것이라 할 수 있다. 청곡창에서는 주로 단곡單曲을 창하는 반면, 극창에선 여러 곡패를 연이어 노래하기 때문에 조調와 조 사이의 관계가 더욱 명확해야 했다. 따라서 청곡창과 달리 극창에서는 '피리의 7가지 음색'이라는 과학적 경향이 더욱 두드러지게 되었다.

셋째, '피리의 7가지 음색'이 완전히 확립됨에 따라 악보樂譜가 필요하게 되었다. 이 악보는 글자에 따른 것이기에 매 구절마다 멜로디가 달라지게 된다. 따라서 매 단락 매 구절의 노랫말(曲文)마다 모두 특정한 악보가 있는 소위 '정사정보定辭定譜'가 생겨나게 되었다. 이는 청나라 초기 즉 17세기 말에서 18세기 초에 벌어진 대단한 사건이라 할 수 있다. 왜냐하면 곤강이 성립된 뒤에 글자가 아닌 음악의 지위가 노래 부르는 방식 중에 높이 자리매김하였고, 노랫가락(唱腔)이 음악적인 의미의 단어가 되었다고 볼 수 있기 때문이다.12)①

이와 같이 강소성 곤산 일대의 촌스러운 가창 방식이었던 '곤산강'은 위량보에 의해 수준 높은 곡창의 방식 '곤곡'으로 변화되었고, 만력 연간부터는 배역으로 분장하여 노래하는 극창의 방식에 적용되어 '곤극'의 가락으로 사용되었다.

應鐘(B)이 있다. 또 북곡의 경우는 궁(도), 상(레), 각(미), 변치變徵(파), 치(솔), 우(라), 변궁變宮(시)의 7음계를 사용하므로, 여기에 12율려를 대응시키면 모두 84가지의 선법이 나온다. 그러나 실제 사용된 것은 당나라 때의 '연악燕樂 28조'였고, 이는 송나라 때까지 궁정 연악과 민간 속악俗樂에 응용되었다. 그리고 원 잡극 이후 북곡과 남곡에 쓰인 궁조는 9가지뿐이었다.

① '구의 구성', '곡패' 및 '집곡', 악보 등에 관해서는 제8장 '곤극의 음악 형식'에서 보다 상세히 다루었다.

서위와 월중파

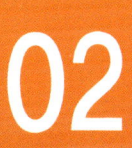
02

서위徐渭(1521~1593)는 명대 중엽에 활동한 뛰어난 화가이자 극작가로 자신의 귀를 송곳으로 찌르고 아내를 살해하는 등의 기괴한 행태를 일삼으며 파란만장한 삶을 살았다. 그는 남방 연극에 관한 이론서 ≪남사서록南詞敍錄≫을 저술하고, 또 민간 연희를 극중극의 형식으로 삽입하거나 남장 여자의 이야기를 다룬 기발한 극작품들을 창작하였다.

:: 세상을 비웃은 광인

서위는 절강성浙江省 소흥부紹興府의 산음山陰 사람으로, 자가 문장文長, 호가 천지산인天池山人 혹은 청등도인靑藤道人이었다. 시와 산문 그리고 그림, 심지어 거문고(琴) 연주와 병법兵法에 이르기까지 못 하는 것이 하나 없었으나, 다재다능함에 못지않게 세상에 융화하지 못하는 고집스런 성미를 지녔고 또 주변의 여건도 평탄치가 않았다. 태어나 100일 쯤이 지났을 때에 아버지가 돌아가셨고, 뒤이어 어머니는 물론이고 의지하던 큰형과 작은형도 잇달아 세상을 떠났다. 또 21세 때에 반씨潘氏와 첫 결혼을 하였으나 불과 5년만에 여의게 되었고, 그 뒤로 몇 차례 후처를 들인 바 있지만 끝내 화합하지는 못하였다.

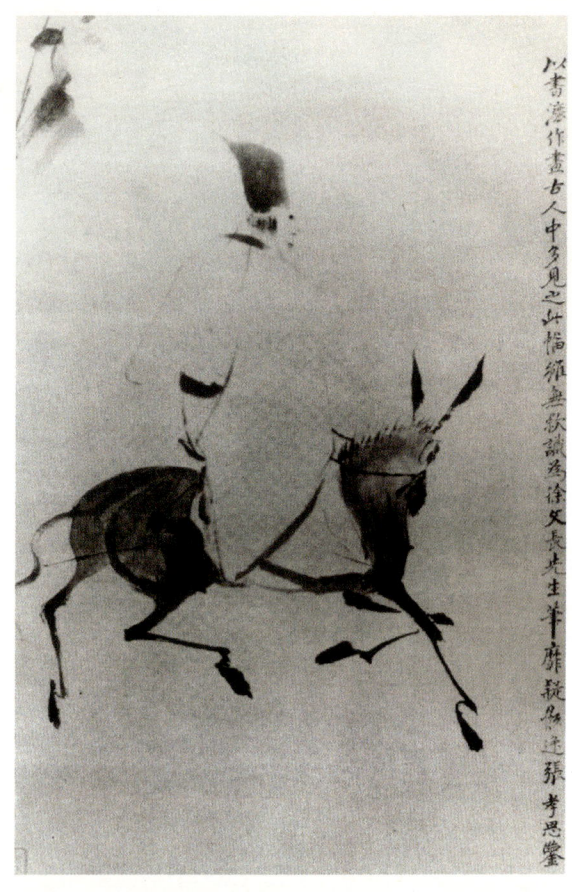

· 그림 3 서위의 <당나귀 등에 타고 시를 읊는 그림(驢背吟詩圖)>

　　어릴 적부터 총명하여 10여 세가 되었을 때부터 글재주로 이름을 날리
고 약관의 나이에 수재秀才가 되었으나, 그 뒤로는 거인擧人 시험에 통
과하지 못하여 궁핍한 생활을 하였다. 이후 37세가 되던 해인 가정嘉靖
36년(1557)에는 절강성 총독總督 호종헌胡宗憲의 수하에 들어가 서기書
記의 직을 담당하다가 왜구倭寇와 전쟁을 치러 공을 세우기도 했다. 그

러나 45세가 되었을 때에 호종헌이 엄당閹黨①으로 몰려 탄핵을 받고 옥중에서 사망하자, 자신에게 화가 미칠 것을 염려한 끝에 원래 지병으로 앓고 있던 정신병이 심해져서 커다란 송곳을 자신의 귀와 콩팥에 찔러 넣어 자살을 시도하기도 하였다. 또 46세 때에는 후처로 들였던 장씨張氏가 외도를 저질렀다고 오해하여 살해하였고, 결국 감옥에 갇히는 신세가 되어 7년이 지난 53세 때에야 한림원翰林院에서 수학하고 있던 동향 사람 장원변張元汴②이 힘을 써서 석방될 수 있었다. 그 후로도 20년 동안을 병에 시달리다가 73세의 나이로 세상을 떠났다.[13]

   사상적으로는 정주程朱 이학理學의 속박에 강한 불만을 표출하였는데, 스승이었던 계본季本과 왕기王畿가 왕양명王陽明 좌파에 속했던 것이 영향을 주었을 것이다.[14] 이러한 배경 하에 서위는 전통이라는 틀과 신분적 권위를 경시하고 진정성을 중시하는 자유분방한 태도를 지니고 있었다.

> 서문장徐文長은 울분을 지닌 강직한 선비다. 기쁨과 분노 그리고 답답함, 원한이나 그리움의 감정이 일고, 만취하거나 무료할 때에 마음이 동하면 하나같이 시와 산문에 담아내었다. 틀에 박힌 시와 산문만으로는 끝내 마음대로 방출할 수 없었기에, 조롱하고 모욕하는 글을 노래에 입히고서야 분을 풀 수 있었다.③[15]

   극작에 관해서는 통속성과 진실성 그리고 언어의 내재적인 아름다움과 음률의 자연미를 드러내야 한다는 '본색론本色論'을 주장하며, 당시 모방을 일삼던 틀에 박힌 시문時文④이나 지나치게 격률格律을 따져 독창적

---

① '엄당'이란 명말 전횡을 일삼던 환관 위충현魏忠賢의 파벌을 말한다.

② 장원변은 장대張岱(1597~1679)의 증조부였다. 그가 가정희반家庭戲班의 주인으로 화려한 누선樓船을 건립하고 명사들과 교유한 점에 대해서는 제12장 '사교적 공연 공간'에서 상세히 다루었다.

③ 종인걸鍾人傑의 〈사성원四聲猿 · 인引〉

이고 개성적인 극작을 속박하는 것에 모두 반대하였다.[16]

말이 꼭 필요한 곳에 들어갔다면 터럭만큼도 꾸미지 말아야 한다. 속된 것일수록
더 익숙하게 느껴지고 더 깨달음을 준다. 이것이 비로소 좋은 물방아가 터럭만큼
도 쌀겨 껍질을 섞이지 않게 하는 것처럼 진정한 본색이다.①[17]

서위의 극작품과 이론서는 생전에는 인정받지 못했지만, 오늘날까지 전통
극 연구의 명작으로 여겨지고 있다. 그가 36~39세에 저술한 이론서 ≪남
서서록≫에는 원말명초의 남방 연극 '남희南戲'의 역사, 남방지역에서 사용
하는 아홉 가지 궁조宮調 '남구궁南九宮'의 성질, 남방의 음악 '남곡南曲'
과 북방의 음악 '북곡北曲'의 비교, 각종 가락(腔)의 유래 및 전파, 남방 연
극 극작가들에 대한 비평, 문장 수사 및 운韻의 사용 법칙, 전통극 배역(脚
色)의 원류에 대한 고증, 송원 시기의 작품 및 명대의 극본 목록과 같은 다
양한 분야에 관한 높은 식견이 담겨 있다. 이외에도 <서상기西廂記>와
<비파기琵琶記> 등에 관해 평점評點을 가하기도 하였다.[18]

:: 네 가지의 기발한 이야기

서위의 극작집 ≪사성원四聲猿≫에는 대체로 원나라 때의 잡극雜劇과
달리 편폭이 짧아진 형태의 잡극(短劇)들이 수록되어 있다.② 북곡을 사용

---

④ '시문'이란 과거시험의 답안에 쓰이는 팔고문八股文 식의 규범화된 문제를 말한다.
① 서위의 <제곤륜노잡극후題崑崙奴雜劇後·삼三>
② ≪사성원≫외에 극작품으로 <가대소歌代嘯> 잡극과 <전수월홍리기田水月紅梨記>가 있다고 하나, 전
자는 서위의 작품이 아닌 위탁이라는 설이 우세하며 후자는 극본이 전하지 않는다.

한 <미친 북잡이가 저승에서 한을 풀다(狂鼓史漁陽三弄)>(1출), <옥통선사가 꾼 류취의 꿈(玉禪師翠鄉一夢)>(2출), <여장부 목란이 아비를 대신해 종군하다(雌木蘭替父從軍)>(2출), 그리고 남곡을 사용한 <여자 장원이 황새를 버리고 봉새를 얻다(女狀元辭凰得鳳)>(5출)①가 그것이다.

이야기 하나, <미친 북잡이가 저승에서 한을 풀다>는 ≪후한서後漢書≫ 권80 <이형전禰衡傳>에 근거한 작품이다. 역사적 기록에 따르면, 이형은 동한東漢(25~220) 때에 <앵무부鸚鵡賦>와 같은 작품을 창작했던

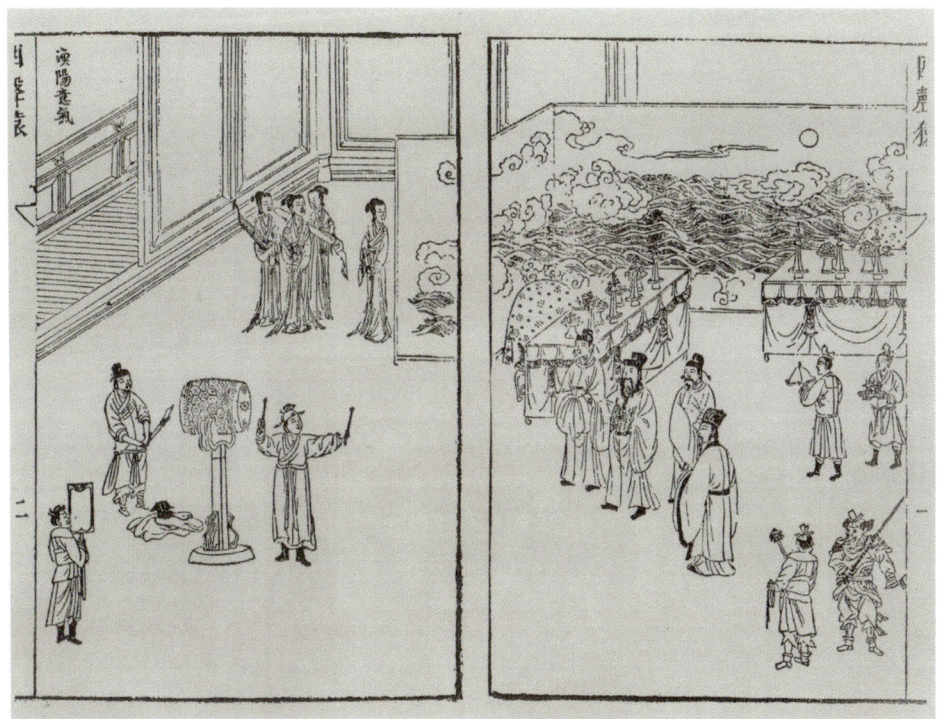

·그림 4 <미친 북잡이가 저승에서 한을 풀다>의 삽화

① 이 작품들은 간략히 〈광고사狂鼓史〉, 〈옥선사玉禪師〉, 〈자목란雌木蘭〉, 〈여장원女狀元〉이라 부른다.

부賦 작가였다. 당시 조조曹操는 그의 재주를 알고 수하로 포섭하려 했지만 이형은 조조의 요구를 끝내 거절한다. 이런 까닭에 조조는 그를 북잡이로 소환하여 모욕을 주려 했지만 이형은 오히려 조조에게 온갖 욕설을 퍼부었고, 이에 조조는 남몰래 사람을 시켜 이형을 죽였다고 전한다.

서위는 마치 이형의 억울한 죽음을 풀어주려는 것처럼, 그가 저승에 가서 조조에게 복수하는 내용으로 작품을 구성하였다. 이 과정에서 저승의 판관判官이 소귀小鬼들을 이끌고 재판을 하는 가운데, 이형과 조조로 하여금 이승에서의 사건을 재현하게 하는 극중극이 배치된다. 또 그 와중에 본래 조조가 거느리고 있던 여악女樂들이 나와서 오히려 그를 조롱하는 내용의 노래를 부르기도 하는 재미난 장면이 배치되며, 결국 조조는 다시 수감되고 이형은 옥황상제의 수문장이 되는 것으로 끝맺는다.[19]

이야기 둘, <옥통선사가 꾼 류취의 꿈>은 불교 수행자의 계율 중 '색계色戒'[①]를 범한 파계승의 전생과 후생에 관한 이야기다. 서위는 남송南宋 소흥紹興 연간(1131~1162) 절강성 임안臨安(즉 항주杭州) 일대에 유포되었던 전설들을 바탕으로 창작하였다.[②] 오랜 세월 임안의 수월사水月寺에서 수행 중이던 고매한 승려 옥통선사玉通禪師는 새로 부임한 태수 류선교柳宣敎의 부름에 응하지 않은 까닭에 원한을 샀다. 이에 제1출에서 부슬비가 내리던 청명절清明節의 깊은 밤, 옥통선사는 동자童子가 자

---

① 색계 즉 '불사음不邪淫'의 계율과 더불어 '불살생不殺生', '불투도不偸盜', '불망어不妄語', '불음주不飮酒'의 다섯 계율을 '오계五戒'라 한다.

② 이 전설은 명 가정嘉靖 26년(1547) 전후에 간행된 전여성田汝成의 《서호유람지西湖遊覽志》 권13 〈남산분맥성내승적南山分脈城內勝跡〉 등에 기록이 보인다. 또 원나라 이수경李壽卿의 잡극雜劇 〈월명화상이 류취를 제도하다(月明和尙度柳翠)〉도 유사한데, '류취'가 전생에 관음보살 정병淨瓶 속의 버들가지로 설정되어 있고, 하늘나라에서 속세로 내려온 나한羅漢 '월명화상'이 류취를 제도하는 과정에 이야기가 집중되어 있다.

리를 비운 사이 류선교가 파견한 아리따운 기녀妓女 홍련紅蓮의 배앓이를 가장한 유혹에 넘어가 파계하고 자결한다.

제2출에서는 옥통선사가 류선교의 유복녀 류취柳翠로 환생하고 기녀로 전락하자, 옛 친구였던 월명화상月明和尙이 전생의 업을 깨닫게 하여 제도하는 내용이 전개된다. 그런데 도입부와 결말부 약간의 편폭을 제외하고 극중극의 형식으로, 민간의 탈놀이 <대두화상大頭和尙>의 표현법을 빌려 전생에 있었던 파계 이야기를 월명화상이 말없이 재현하는 방식으로 구성되어 있다.[20]

이야기 셋, <여장부 목란이 아비를 대신해 종군하다>는 목란木蘭이 아버지를 대신해 남장을 하고 종군하여 공을 세웠다는 민간에 구전되던 오랜

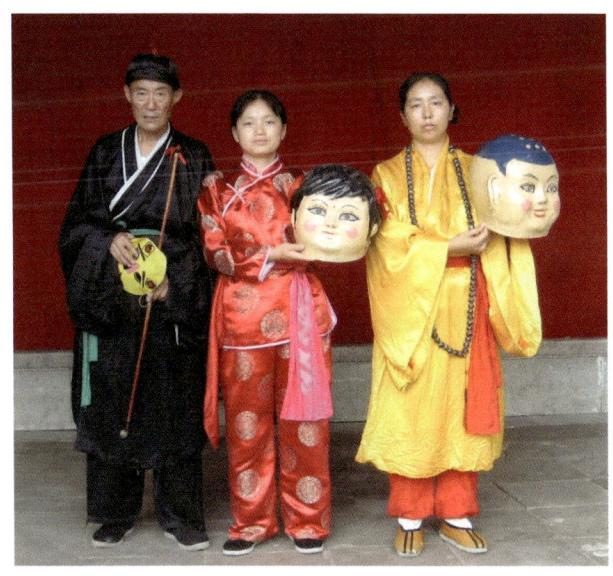

· 그림 5 오늘날 연행되는 탈놀이 <대두화상>의 하나로 안휘성安徽省 휘주徽州 <류취 아씨(柳翠娘)>에 등장하는 배우들의 모습이다. 류취와 대두화상이 희롱하고, 이를 목격한 곰방대(小頭煙客)가 끼어들어 방해하는 내용을 무언의 춤으로 표현한다.

영웅담을 바탕으로 한다. 이 이야기는 남북조南北朝(439~589) 때의 악부민가樂府民歌 <목란사木蘭辭>로 인해 널리 알려진 바 있고, 오늘날에는 영화 <뮬란(Mulan)>을 통해 대중에게 익숙한 이야기가 되었다.

제1출에서 목란은 흑산黑山의 도적 표자피豹子皮의 난으로 징집된 연로한 아버지를 대신해 종군하기로 결심하고, 이에 필요한 장비와 무기를 구입하여 검술劍術, 창술槍術, 궁술弓術, 마술馬術과 같은 무예를 연습한다. 그리고 부모와 동생을 설득한 뒤에 기대감과 불안감 속에 두 군인을 따라 종군한다. 이 단락에서는 목란의 현란한 무술 동작에 많은 편폭을 할애하여 충분한 볼거리를 제공하고 있다.

제2출에서는 장군 신평辛平이 목란에게 표자피를 사로잡으라는 명령을 내리고, 이윽고 목란은 표자피를 잡은 공으로 상서랑尙書郞의 벼슬을 제수받는다. 그리고 귀향길에는 함께 떠났던 두 군인에게 자신이 여자였음을 밝히고, 고향집에 돌아와서는 가족들과 회후한 뒤에 여성스런 자태로 이웃의 청년 왕랑王郞과 결혼한다. 갑작스런 왕랑의 등장이 극적 분위기를 느슨하게 만드는 감이 없지 않지만, 결혼 소식을 듣고 부끄러워하는 모습을 통해 남장 여자에서 본래의 여성성을 회복해가는 과정을 부각시킬 수 있었다.[21]

이야기 넷, <여자 장원이 황새를 버리고 봉새를 얻다>도 남장 여자가 장원에 급제한 뒤에 벌어지는 이야기인데, 오대五代(907~960) 시기 양용수楊用修의 <황숭하춘도기黃崇嘏春桃記>를 바탕으로 하였다. 제1출에서 춘도春桃는 어린나이에 부모를 여의고 유모 황고黃姑와 함께 산속에서 바느질로 생계를 유지하며 곤궁히 생활하였고, 이러한 생활을 벗어나기 위해 과거시험에 응시하고자 한다는 결심을 밝힌다. 이윽고 춘도와 황고는 각기 이름을 황숭하黃崇嘏와 황과黃科로 바꾸고 남장을 한다.

제2출은 사천성四川省의 승상부丞相府에서 벌어지는 과거시험장을 배경으로 한다. 승상丞相 주상周庠은 과거시험을 노래(樂府)로 치를 것을 알리는데, 주상이 선창하면 운韻에 맞추어 다음 구절을 연결시키는 방식이다. 이 과정에서 운이 맞지 않는다는 주상의 트집에 황숭하와 가여賈轤 그리고 호안胡顔 등의 응시자들이 운의 주관성과 무용론을 골계적으로 역설하며, 결국 황숭하가 장원에 급제한다. 이 단락에서는 과거시험에 거듭 낙방한 바 있는 서위가 시험 제도의 부조리를 풍자하고, 지나치게 노랫말에 운을 맞추려 했던 세태에 대해 비판한 것이라 볼 수 있다.

제3출에서는 황숭하가 사천성 성도成都의 사호참군司戶參軍을 제수받고 주상을 보좌한 지 3년이 되었다. 황숭하는 고소 사건 3가지를 해결하기 위해 죄인들을 불러내어 심문하고 지략을 발휘하여 차례로 누명을 벗겨준다. 즉 관청의 인장을 위조하여 모도毛屠에게 사기를 친 황천지黃天知, 남편을 독살했다는 혐의로 수감된 오씨烏氏, 강도 혐의로 수감된 떠돌이 악사 진가초眞可肖의 사건이었다. 이 부분에서는 여자의 몸으로 관리가 된 황숭하의 탁월한 능력이 부각되어 있다.

제4출에서 주상은 자신의 딸 봉추鳳雛와 아들 봉우鳳羽의 배필을 찾기 위해, 황숭하를 연회에 초대하여 글재주를 시험한다. 그리고 주상은 황숭하에게 딸 봉추를 소개시키며 거문고, 그림, 바둑에 이르기까지 승부를 가르게 하는데, 하나같이 황숭하의 재주가 봉추를 뛰어넘는다. 이에 주상은 황숭하에게 사위가 되어달라는 청혼의 편지를 보내고, 편지를 읽은 황숭하는 하는 수 없이 답신을 써서 자신이 여자라는 사실을 밝힌다. 그런데 답장을 받은 주상은 아들 봉우가 장원 급제하면 황숭하를 며느리로 삼아야겠다고 결심한다.

제5출에서 춘도는 주상을 속인 잘못에 대해 사과하러 승상부로 간다. 그러나 주상은 오히려 며느리가 되어달라고 말하고, 황제에게 상소를 올려 결혼의 윤허를 청한다. 황제는 축하하는 친서를 전달하고 춘도가 맡았던 관직에 봉우를 임명한다. 이어서 떠들썩한 분위기 속에서 결혼식이 이어진다.[22]

이처럼 서위는 ≪사성원≫에서 현생의 원한을 저승과 내세에 가서 갚는다는 이야기를 다루면서 민간 연희를 극중극의 형식으로 삽입하고, 여자가 종군하여 공을 세우거나 장원에 급제하는 이야기를 다루면서 간간이 유희적 표현들을 가미하고 있다. 비록 탁월한 능력에도 불구하고 유능한 남성과 결혼하여 그간의 성과를 포기하는 소극적 방식으로 끝맺고 있지만, 전통 시기 여성의 지위를 생각할 때 서위의 작품은 당시에 매우 기발하고 진보적인 내용이었음을 알 수 있다.

:: 월나라 땅의 작가들

절강성浙江省 소흥부紹興府의 산음山陰 및 회계會稽 그리고 여요餘姚와 상우上虞 일대에서 활동한 극작가 및 이론가들을 소위 '월중파越中派'라 부른다. 이 지역은 춘추春秋시대 월越나라 땅에 해당하는 곳으로, 남희의 4가지 대표 가락 가운데 '여요강餘姚腔'이 탄생한 바 있고, 명대 중엽에 와서는 곤산강崑山腔도 그 발원지인 강소성江蘇省에 뒤지지 않을 만큼 유행하였다.

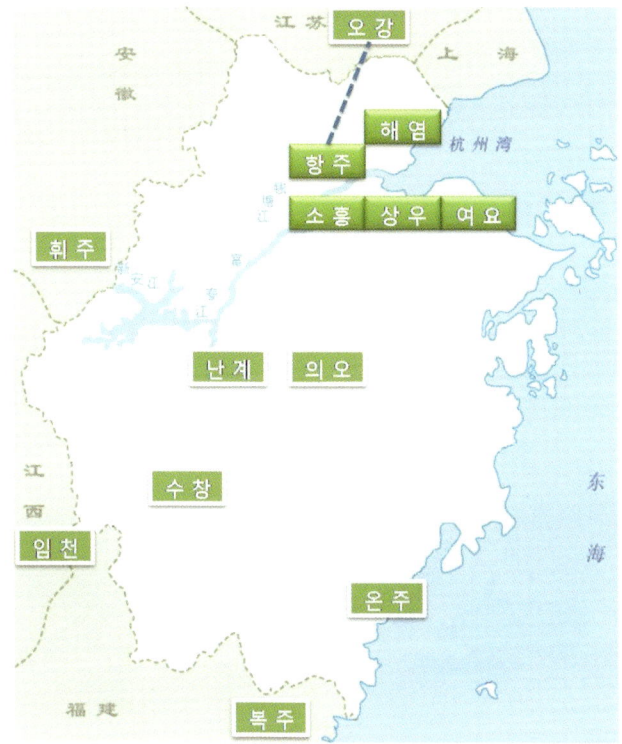

· 그림 6 절강성의 주요 도시. 월중파의 주요 활동무대는 '소흥'과 '항주' 등지였다. 또 절강성 남부의 '온주'는 남희가 탄생한 곳이고, 탕현조는 '수창'에서 벼슬을 지낸바 있으며, 이어의 고향인 '난계' 역시 절강성에 속한다.

　사실 '월중파'라는 명칭은 기본적으로 월나라 지역 출신이라는 지연을 바탕으로 구분한 것이다. 이것이 하나의 유파로 자리매김하기 위해서는 적어도 서로 간의 교유 증거 혹은 그들이 주장한 이론과 극작에 공통된 특징이 존재해야 할 것이다. 이들은 서로 간에 사제 관계를 맺은 바 있는데, 일례로 사반史槃, 왕담王澹, 진여원陳汝元, 왕기덕王驥德 등이 모두 서위를 스승으로 모신 바 있다. 비록 의도적으로 구성된 유파는 아니나, 서위와 더불어 대체로 <표 3>과 같은 인사들이 포함된다.①23)

〈표 3〉 월중파 주요 작가의 대표 극작 및 이론서

	출신지	자 호	현전 대표 극작 및 저서
徐 渭 (1521~1593)	山陰 (紹興)	文淸, 文長. 天池生, 天池山人, 靑藤道人	잡극 ≪四聲猿≫(〈狂鼓史〉〈玉禪師〉〈雌木蘭〉〈女狀元〉) / 이론서 ≪南詞叙錄≫
史 槃 (1539~1629)	會稽 (紹興)	叔考	전기 〈櫻桃記〉〈鷫鸘記〉〈唾紅記〉〈夢磊記〉
王 澹 (1557~1620)	會稽 (紹興)	澹翁. 雪魚	잡극 〈櫻桃園〉
王驥德 (1557?~1623)	會稽 (紹興)	伯良. 方諸生, 秦樓外史	전기 〈題紅記〉 잡극 〈男王后〉〈兩旦雙環〉〈棄官救友〉〈金屋招魂〉〈倩女離魂〉. / 이론서 ≪曲律≫ ≪南詞正韻≫
單 本 (1562?~1636?)	會稽 (紹興)	槎仙	전기 〈蕉帕記〉〈露綬記〉
葉憲祖 (1566~1641)	餘姚	美度. 桐柏, 檞園居士, 紫金道人	전기 〈金鎖記〉〈鸞鎞記〉. 잡극 〈寒衣記〉〈易水寒〉〈北邙說法〉〈三義成姻〉〈四艶記〉〈團花鳳〉〈琴心雅調〉〈罵座記〉〈渭塘夢〉
陳汝元 (1572?~1629?)	會稽 (紹興)	起侯, 太乙. 燃藜仙客	전기 〈金蓮記〉. 잡극 〈紅蓮債〉
朱 期 (?~?)	上虞	萬山	전기 〈玉丸記〉
呂天成(呂文) (1580~1618)	餘姚	勤之. 郁藍生	잡극 〈齊東絕倒〉 / 이론서 ≪曲品≫
謝弘儀(謝國) (?~?)	會稽 (紹興)	簡之. 竄云	전기 〈蝴蝶夢〉
孟稱舜 (1595?~1665?)	會稽 (紹興)	子塞, 子适, 子若. 臥雲子, 花嶼仙史	전기 〈嬌紅記〉〈二胥記〉〈貞文記〉. 잡극 〈桃花人面〉〈花前一笑〉〈英雄成敗〉〈死裏逃生〉〈眼兒媚〉 / 극본집 ≪古今名劇合選≫(〈柳枝集·酹江集〉)
祁彪佳 (1602~1645)	山陰 (紹興)	虎子, 幼文, 弘吉. 世培, 寓山居士	전기 〈全節記〉〈玉節記〉 / 이론서 ≪遠山堂曲品≫ ≪遠山堂劇品≫

① 이외에 탄쿤(譚坤)은 월나라 지역의 곡가 군체로 총 40명의 생졸년, 자호, 관적, 가정 배경, 신분 등을 정리해놓고 있지만, 이들 모두를 서로 간의 교유를 통하여 동일한 극작론을 주장했거나 그것을 극작에 적용시킨 동일한 유파의 인물들로 보기는 어렵다.

이들은 대체로 평생토록 극작가로 활동하여 다수의 작품을 남기었고, 전통극 창작에 있어 극본의 공연 가치를 중시했을뿐더러 극본 자체의 문학성에도 주목하였으며, 당시 심경沈璟(1553~1610)과 탕현조湯顯祖(1550~1616) 간에 벌어졌던 극작에 관한 논쟁①의 장단점을 종합하여 전통극 이론의 발전에 공헌하기도 하였다.24) 특히 왕기덕의 ≪곡률曲律≫, 여천성呂天成의 ≪곡품曲品≫, 기표가祁彪佳의 ≪원산당곡품遠山堂曲品≫과 ≪원산당극품遠山堂劇品≫은 모두가 전통극 연구의 대표적인 이론서들이다.

일례로 서위의 제자였던 왕기덕(1557?~1623)의 경우를 거론할 수 있다. 그는 몰락한 가문의 출신으로 겨우 담 하나 사이에 거처를 두고 지내면서 서위로부터 직접 <서상기>와 <비파기>에 대한 강의를 듣기도 하였다. 그러나 사상적으로는 차이가 있어 서위가 왕양명 좌파를 지지했던 것과 달리, 이탁오李卓吾(1527~1602)와 같이 전통을 무시하고 개성 해방을 외치던 이단적 행위에 대해서는 불만을 가지고 있었다. 그러다가 훗날 원굉도袁宏道(1598~1610)가 서위의 시와 문장을 크게 칭찬하여 전후칠자前後七子②의 명성을 압도한 뒤로는 서위의 제자로 자처하였다.25)

또한 오강파吳江派 심경의 관점도 흡수하여 전통극의 기원, 궁조宮調, 음률音律, 구조(結構), 이야기(情節), 언어, 배역, 우스개(科諢) 등에 관해 논한 ≪곡률≫을 편찬한 동시에, 심경의 이론이 극작에 제대로 실천되지 않았다는 점에 대해서는 신랄하게 비판하기도 하였다.③

① 심경과 탕현조의 논쟁에 관해서는 제3장 '탕현조와 임천사몽'에서 상세히 다루었다.
② '전후칠자'는 명 중엽의 복고주의 유파로 '문장은 진한 시대를 따르고, 시는 성당 시대를 따라야 한다 (文必秦漢, 詩必盛唐)'는 주장을 하였다. 전칠자로는 이몽양李夢陽과 하경명何景明, 후칠자로는 이반룡李攀龍과 왕세정王世貞이 대표적이다.
③ 심경의 이론과 극작에 관해서는 제4장 '심경과 오강파'에서 상세히 다루었다.

평생을 성운聲韻과 궁조宮調에 관해 지나치게 조심할 것을 말하였는데, 자신의 극작에 있어서는 매 절마다 운을 바꾸고 조를 바꾸었으니 참 많이도 스스로를 용서하였다.①26)

왕기덕은 '사성四聲'이나 '구의 법칙(句法)'에 있어 격률을 엄수하지 않은 적이 없었으며, '운의 사용(用韻)'에 있어서는 소수 몇 개의 운부韻部에서 다소 자유로웠지만 어떤 점에 있어서는 심경보다 더욱 엄격히 격률을 적용했던 것이다.27)

사실 위량보魏良輔가 만든 '곤곡崑曲'이라는 노래 방식이 극창에 적용된 이후로 궁조 시스템이 붕괴되어, 당시에는 극작을 할 때에 곡보를 뒤적이지도 않고 글자의 소리만을 따지던 상황이었다. 그런데 명말의 심경이나 왕기덕 등의 이론가들은 위량보나 양신어梁辰魚(1519~1591)와 소위 '글자에 대한 인식(識字)'·'운에 대한 이해(知韻)'·'노랫말의 반절 표기(反切)'·'음에 대한 확정(正音)'에서는 뜻을 같이 했지만, 근본적으로 위량보가 만든 노래 방식에는 반대하였다.② 이들은 《중원음운中原音韻》이나 《태화정음보太和正音譜》에 보이는 북곡의 정해진 격식을 사수했을 뿐만 아니라, 심경은 '북구궁北九宮'에 의거해서 사상누각과 같은 《남구궁십삼조곡보南九宮十三調曲譜》를 만들어내고, 왕기덕은 《곡률》에서 '궁조가 살아 있는 북곡北曲의 체제'를 추종하였다. 바로 궁조 시스템이 이미 와해된 것도 모르고 곡보를 가지고 곡창을 해석하려 노력했던 것이다.28) 그러나 남곡을 규범화하려 했던 이들의 시도는 일정한 성과가 있었고, 그것을 완전히 홀시할 수는 없다.

① 《곡률》 권4 '잡론' 제71조
② 위량보의 개혁 및 궁조 시스템의 붕괴에 관해서는 제1장 '곤산강과 위량보'에서 논의한 바 있다.

03

"정이라는 것이 어디에서 생겨나는지는 알 수 없으나 한번 시작되면 깊어져, 산 자를 죽일
수 있고 죽은 자를 살릴 수 있다."

-탕현조 〈모란정가·제사〉

탕현조湯顯祖(1550~1616)는 뛰어난 문장력으로 그간 보잘 것 없게 여겨지던 극작품을 시와 산문으로 대표되는 정통 문학과 동등할 지위로 끌어올린 극작가였다. 그는 진정성을 중시하는 진보적인 생각을 작품 속에 담아내었고, 또 부귀영화의 무상함이나 부패한 사회 세태를 극작을 통해 폭로하였다.

:: 천재적인 몽상가

탕현조는 강서성江西省 임천臨川의 유력한 장서가藏書家① 집안에서 가정嘉靖 29년(1550)에 태어나 만력萬曆 44년(1616)까지 살았다. 그는 자를 의잉義仍, 호를 약사若士·해약海若·해약사海若士·충옹茧翁이라 하고, 자서自署를 청원도인淸遠道人이라 했다. 어려서부터 능력이 출중하여 14세의 나이로 수재秀才가 되었으며, 이미 21세 때에 향시鄕試에 급제하여 '시문時文'을 잘 쓰기로 세상에 이름을 떨치었다. 그러나 회시會試에서는 4차례나 낙방을 거듭하였다. 그 이유에 관해서는 수보首輔

---

① '장서가'란 다량의 진귀한 서적을 수집하여 수장하는 부유 계층을 말하며, 보통 가택에 서적을 보관하는 누각 '장서루藏書樓'를 소유하고 있었다.

장거정張居正(1525∼1582)의 아들이 합격하도록 도우라는 요구를 거절한 탓에 보복을 당한 것이라는 설도 전한다. 결국 장거정이 죽은 다음해인 만력 11년(1583)에야 비로소 34세의 나이로 진사進士에 급제하였다.

어렵사리 벼슬을 얻은 뒤로도 권세가의 비위를 맞출 줄 모르는 강직한 성격은 변하지 않았던가 보다. 당시 수보였던 신시행申時行(1535∼1614)이 그를 문하에 들이려 한 바 있지만 탕현조는 거절하였고, 결국 권세가들의 눈 밖에 난 신세가 되어 남경南京에서 태상시太常寺 박사博士(1584), 첨사부詹事府 주부主簿(1588), 예부사제사禮部祠祭司 주사主事(1589)와 같은 대수롭지 않은 한직을 약 7년 동안 전전하였다.

그러던 중, 만력 15년(1587)부터 17년(1589)까지 전국에 걸쳐 가뭄이 일어나고 남경 일대에는 역병이 돌게 된다. 그리고 만력 19년(1591) 신시행이 재난을 수습하라고 강남지역에 파견한 양문거楊文擧가 사사로이 뇌물을 수수하고 북경에 돌아가서는 벼슬까지 더 높아지는 일이 발생한다. 이에 분노한 탕현조는 장거정과 신시행 등의 비리와 혼탁한 황제를 비판하는 내용의 상소를 올렸고, 그 언사의 불경함으로 인해 황제의 노여움을 사서 당시에는 오지였던 광동성 서문徐聞의 전사典史로 좌천되기에 이른다. 이 문제의 상소문에는 탕현조의 꼿꼿한 성품이 잘 드러나 있다.

> 모두들 수보의 은혜를 입은 것은 알아도, 황상의 은혜를 입은 줄은 모릅니다. ……지금 폐하께서 천하를 경영하신 지 20년이 되었습니다. 앞 10년 동안의 정치는 장거정이 강직하나 욕심이 있어 친분 있는 무리들이 왁자지껄하게 망쳐놓았고, 뒤 10년 동안의 정치는 신시행이 부드러우나 욕심이 있어 또 친분 있는 무리들이 휩쓸듯이 망쳐놓았습니다.[1]29)

① 탕현조의 〈보신과 과신을 논하는 상소(論輔臣科臣疏)〉

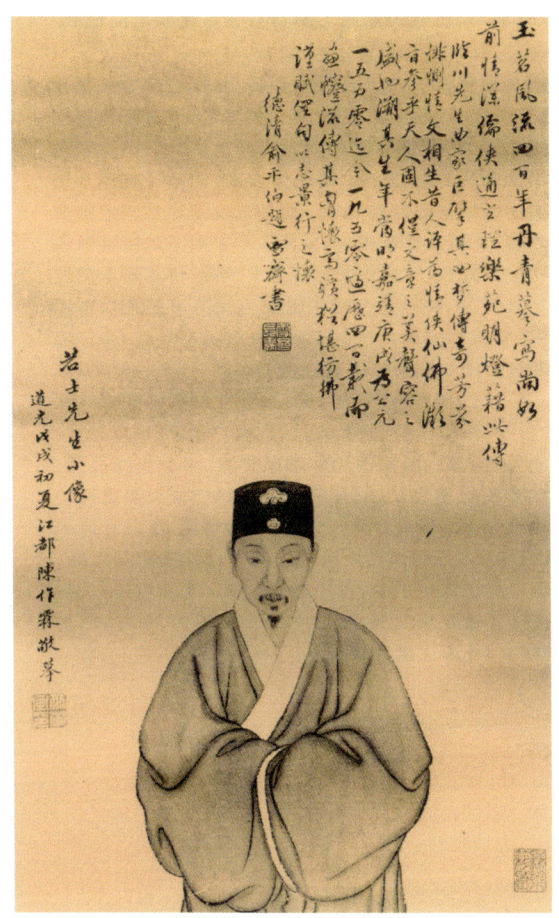

· 그림 7 청나라 사람이 그린 탕현조의 모습

다시 만력 21년(1593)에는 절강성 수창遂昌의 지현知縣으로 옮기게 되는데, 그곳에서는 덕망 있는 일처리로 백성들의 존경을 한 몸에 받았다. 그는 호랑이로 인한 민간의 피해를 없애고, 서당을 짓고, 권세가들의 농간을 억제하고, 섣달 그믐에는 잠시 죄수들을 풀어주어 가족과 함께 보내게도 하였다. 그러나 지역 세도가의 반대에 직면하게 되었고, 결국에는 정치적 암투에 대한 환멸을 느껴 만력 26년(1598) 관직을 버리고 고향 땅 임천으로 되돌아가 극작에 몰두한다.

후세에 남긴 극작품으로는 <자소기紫簫記>(1577~1579전후)와 이를 바탕으로 개작한 <자차기紫釵記>(1587 혹은 1595), 그리고 <모란정牧丹亭>(1598), <남가기南柯記>(1600), <한단기邯鄲記>(1601)의 다섯 전기가 있다. 이 모두가 꿈을 제재로 하였다는 점이 독특하여, 그가 말년을 보냈던 고향 '임천에서의 네 가지 꿈(臨川四夢)' 혹은 벼슬을 버리고 칩거했던 서재 '옥명당에서의 네 가지 꿈(玉茗堂四夢)'이라 부른다.[30)]

::진정한 사랑을 꿈꾸다

탕현조의 네 가지 꿈 가운데 <자소기>(<자차기>)와 <모란정>에서는 진정한 사랑을 꿈꾼다. <자차기>에서는 극의 말미에 남녀 주인공이 다시금 사랑을 지켜나갈 수 있도록 노란 저고리를 입은 검객이 꿈속에 등장하고, <모란정>에서는 극의 초반에 남녀 주인공이 꿈속에서 사랑을 나누는 장면이 배치되어 있다. 이러한 꿈의 장치는 억눌린 현실로부터 진정한 사랑을 탈출시키는 해방구로 기능한다.

우선 <자소기>(34착)는 탕현조가 서른 즈음에 지은 처녀작이다. 정월 대보름에 곽소옥霍小玉과 이익李益 두 사람은 밤늦도록 등불 구경을 했다. 이때에 곽소옥이 옥피리를 줍게 되고, 내감은 그녀가 궁중의 물건을 도둑질했다고 생각하여 잡아들인다. 곽비郭妃는 심문 끝에 그녀가 곽왕

霍王의 서출임을 알고 옥피리를 하사한다. 한편, 이익은 장원 급제한 뒤에 군대를 따라 출정하게 되고 곽소옥은 그리움의 세월을 보내던 끝에, 두 사람은 칠월칠석날 다시 만나게 된다. 이는 당나라 장방蔣防의 단편 문언전기 소설 <곽소옥전霍小玉傳>을 모티프로 삼고 있지만, 사내가 부귀공명을 이루기 위해 여인을 저버린다는 전통적 결말 방식을 바꾸어, 이익이 서울로 가서 과거에 응시하지만 곽소옥과의 사랑을 잊지 않고 부부의 연을 맺는다는 결말로 처리하였다.

이러한 <자소기>를 개작한 <자차기>(53착)에서는 원작에 없던 악덕한 권세가로 노태위盧太尉를 등장시켜 두 남녀의 사랑을 방해하게 한다는 점이 흥미롭다. 이 악인은 이익이 자신을 알현하러 오지 않았다는 점때문에 그를 변경 지역에 파견하여 과거 급제 후에도 곽소옥과 만나지 못하게 농간을 부린다. 이러한 변화는 그들의 사랑을 더욱 애절하고 드라마틱하게 보이게 할뿐더러, 구성도 엉성하고 변려문처럼 지나치게 화려한 문장 수사를 띠었던 <자소기>에서 크게 발전한 점이라고 평가된다.[31]

그러나 곤극 중에서도 가장 수준 높은 작품으로 손꼽히는 <모란정>(55착)에 비할 바가 아니다. 어느 봄날, 하녀 춘향春香의 꾀에 힘입어 정원을 산책하게 된 두려낭杜麗娘은 꿈속에서 버들가지를 든 채로 다가와 구애하는 잘생긴 서생 유몽매柳夢梅를 만나고, 천상에서 내려온 꽃의 신령(花神)의 도움으로 사랑을 나눈다.

한편, 가난한 서생 유몽매도 모란꽃이 흐드러지게 핀 정원에서 아름다운 여인을 만나는 꿈을 꾼다. 사실, 이 여인은 남안태수南安太守 두보杜寶의 딸로 꽃다운 열여섯의 나이에도 불구하고 스승 진최량陳最良으로부터 고리타분한 봉건 예교를 학습하고 있던 현실 속의 인물이었다.

꿈속에서 유몽매와 사랑을 나눈 뒤 깨어난 두려낭은 그리움에 지쳐 몸이 상하게 되고, 자신을 정원의 매화나무 아래에 묻고 자신의 초상화를 태호석 아래에 숨겨놓을 것을 유언하고 죽는다. 무정한 아버지 두보는 회양안무사淮陽安撫使로 승진하여 떠나야 했던 탓에 진최량에게 딸의 장례를 부탁한다.

그 후로 3년이라는 시간이 흐른 뒤, 유몽매는 과거시험에 응시하러 가던 도중에 두려낭의 초상화를 줍고 바로 꿈속에서 만났던 여인임을 알아차린다. 이어서 저승에 갔다가 내쫓긴 두려낭의 혼령이 나타나 유몽매와 다시금 사랑을 나누게 된다. 그리고 우유부단한 성격의 유몽매는 석도고石道姑 등의 도움을 받아 두려낭의 무덤을 파헤쳐 되살려낸다.

또 유몽매는 진최량에 의해 도굴꾼으로 고발당하기도 하고, 두려낭의 '환혼還魂'을 두보에게 알리려다가 감금당하기도 하는데, 그가 장원 급제했다는 소식이 들려왔음에도 고집스런 아버지 두보는 딸의 혼사를 수락하지 않는다. 그러나 황제의 명에 의해 두 남녀는 결국 혼인에 이르게 된다.

이처럼 <모란정>에서는 두려낭과 유몽매의 생사를 뛰어넘는 사랑을 다루고 있는데, 그 과정에서 남녀 간의 자연스런 정감을 속박하는 틀에 박힌 봉건 예교의 잔혹성을 폭로하였다고 평가된다.[32]

::한바탕의 덧없는 꿈이라

<남가기>와 <한단기>는 극 전체가 꿈속에서 벌어진 일을 줄거리로 삼고 있다. 모두 남주인공이 꿈나라에서 부귀영화를 누리다가 잠에서 깨

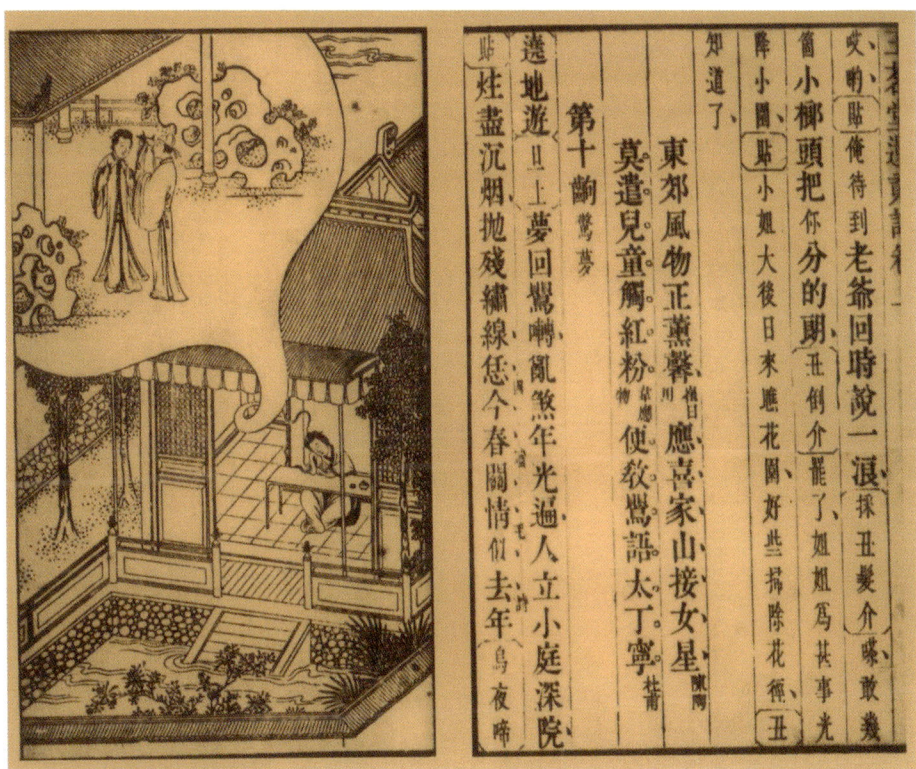

· 그림 8 <모란정>의 제10출 '경몽驚夢'

어나 삶의 무상함을 깨닫게 된다는 이야기인데, 결국에는 현실세계 속 엘리트 계층의 허위성을 폭로하고 있는 것이다.

먼저 <남가기>(43착)는 불교적 색채가 짙은 작품으로, 당나라 이공좌李公佐의 단편 문언전기 소설 <남가태수전南柯太守傳>에서 모티프를 취하였다. 일개 서생이었던 순우분淳于棼이 꿈속에서 대괴안국大槐安國의 부마駙馬가 되어 남가태수가 된다. 또 후단라국後檀蘿國의 침입으로 공주公主가 죽은 뒤에는 좌승상左丞相이 되어 총애를 등에 업고 교만하게 권력을 휘두른다. 결국 우승상 단공段功에 의해 그간의 죄상이 폭로되어 인간 세상으로 쫓겨난다. 꿈에서 깨어난 순우분은 계현선사契玄禪師의 깨우침을 통해 대괴안국이 정원에 있는 홰나무 구멍 속의 개미 소굴에 불과한 것을 알고 불교에 귀의한다.[33]

반면, <한단기>(30착)는 도교적 색채가 짙은 작품으로, 당나라 심기제沈旣濟의 단편 문언전기 소설 <침중기枕中記>에서 모티프를 취하였다. 노생盧生이 한단邯鄲 지방의 한 여관에서 신선神仙 여동빈呂洞賓을 만나고, 자침瓷枕 하나를 그에게 빌려 베고 눕자 꿈나라로 들어간다. 그 세상에서 노생은 온갖 인생의 질곡을 겪고 부귀영화를 누리다가 80여 세의 나이로 죽는다. 그러나 잠에서 깨어나 자신이 누워 있는 곳은 여전히 한단 지방의 여관이고, 또 기장밥(黃粱)이 다 익지 않았을 정도로 짧은 시간이었음을 안다. 이에 노생은 인간의 삶이 덧없는 한바탕의 꿈에 불과하다는 점을 깨닫고 여동빈을 따라 출가한다.

<한단기>는 이야기 구조가 단순하고 문장 수사도 소박하지만, 그 예술성은 <모란정>에 비견될 정도의 걸작이라 평가받는다. 특히 당나라 때의 인물을 빌어 명말 과거제도의 문제점을 비롯한 문인 계층의 부패와 관리들의 암투와 같은 사회 문제를 폭로한 것이 주목된다. 제5착에서 양梁 무제武帝 소연蕭衍의 자손 소숭蕭嵩이 배광정裴光庭을 도와 장원 급제시키려는 수작을 꾸미는가 하면, 제6~7착에서 노생의 처 최씨崔氏가 금전을 풀어 소숭과 배광정을 2, 3위로 밀치고 고력사高力士의 지원을 통해 노생을 장원 급제시키는 이야기가 전개되는 것이 좋은 예이다.[34]

이처럼 <남가기>와 <한단기>는 모두 당나라 때의 이야기를 빌어 명말의 사회 문제를 풍자하고 있으며, 탕현조가 낙향 후에 지은 말년의 작품으로 정치적 암투에 환멸을 느꼈던 자신의 인생 역정을 투영한 것이라 하겠다.

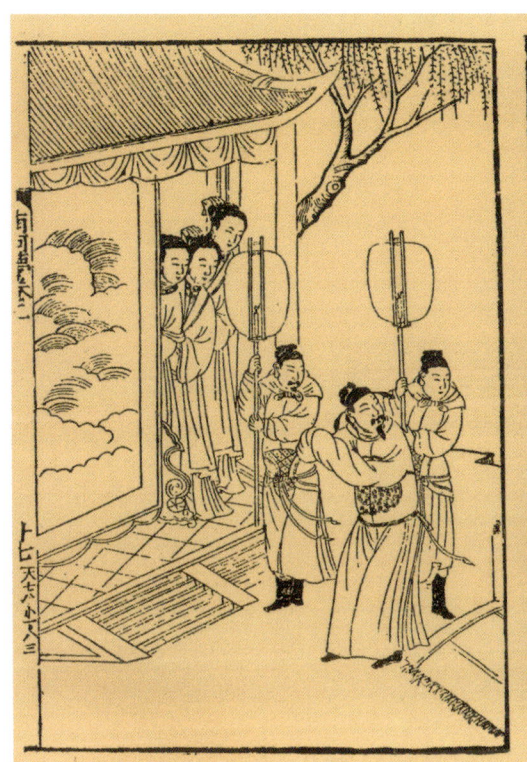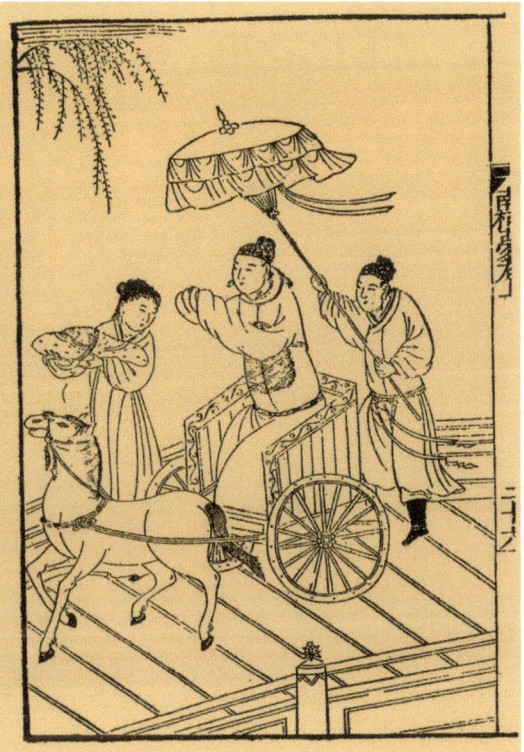

· 그림 9 명나라 때에 간행된 <남가기> 삽화

::틀보다 맛과 멋이 먼저다

탕현조의 삶과 작품에는 진정성을 중시하고 겉치레를 경멸하던 왕양명
王陽明 좌파의 성향이 묻어난다. 어릴 적 스승이었던 나여방羅汝芳은 왕
양명 좌파의 창시자였던 왕간王艮(1483~1541)의 제자였고, 남경에서 한
직을 전전할 때에도 당시 이단아로 치부되었던 진보적 사상가 이탁오李

卓吾(1527~1602)나 선종禪宗의 시각에서 정주程朱 이학理學을 반대했던 자백화상紫柏和尙(1543~1603)을 흠모하였다.[35]

이러한 사상적 배경 하에 탕현조는 '정情'과 '이理'를 공존할 수 없는 대립물로 보고, 여주인공 두려낭을 세상의 속박이라는 '이'에 저항하고 진실한 사랑을 갈구하는 지극한 '정'의 대변자로 그려내었다.

> 온 세상 여자가 '정'을 지녔다지만, 어찌 두려낭과 같은 이가 있겠는가? ……'정'이라는 것이 어디에서 생겨나는지는 알 수 없으나 한번 시작되면 깊어져, 산 자를 죽일 수 있고 죽은 자를 살릴 수 있다. 살아서 함께 죽지 못하고 죽어서 다시 살아나지 못하는 것은 다 지극한 '정'이 아닌 것이다. 꿈속의 '정'이라 하여 어찌 꼭 진실이 아니겠는가?[①36]

또한 노랫말을 짓는 데 있어서는 지나치게 형식의 구속을 받는 것에 반대하며 글이란 소위 '생각(意)', '맛(趣), '영감(神)', '멋(色)'을 위주로 해야 한다고 보았는데, 이러한 관점은 극작에 곧바로 실천되었고 당시 연극계를 주도하던 심경沈璟(1553~1610)을 비롯한 오강파吳江派와의 뜨거운 논쟁을 불러일으켰다.[②]

> 무릇 글이란 '생각', '맛', '영감', '멋'을 위주로 합니다. 이 4가지가 때가 되면 아리따운 어휘와 빼어난 소리로 쓰이게도 되지요. 이때에 일일이 구궁九宮과 사성四聲을 따져볼 수 있을까요? 만약에 꼭 글자에 따라 소리를 더듬어봐야 한다면, 메이고 막히고 터지고 당기는 고통이 있어 아마도 문장이 될 수 없을 것입니다.[③37]

---

① 탕현조의 〈모란정기牧丹亭記·제사題詞〉(1598)
② 이 논쟁에 관해서는 제4장 '심경과 오강파'에서 상세히 논의하였다.
③ 탕현조의 〈여강산에게 답하는 편지(答呂姜山)〉

본래 남방 연극의 음악은 서위徐渭(1521~1593)가 ≪남사서록南詞敍錄≫에서 말한 대로 그저 '마음 가는대로 부르는 노래(隨心令)'에 불과하였다.① 그러나 원나라 주덕청周德淸의 ≪중원음운中原音韻≫과 명나라 초기 주권朱權의 ≪태화정음보太和正音譜≫에서 북곡北曲의 규범화 작업이 이루어진 뒤로, 강남의 문인들에게는 북곡처럼 구궁과 사성을 따져 남곡南曲도 규범화 하려는 분위기가 만연해 있었다.38)

그런데 파격적인 탕현조의 <모란정>이 나오자 연극계에는 파문이 일어났고, 특히 음률이라는 틀에 맞추기 위해 멋대로 <모란정>에 손을 대어 노랫말을 고치는 상황이 발생하였다. 이러한 연유로 <모란정>을 쓰고 10년이 흐른 뒤에 능몽초凌濛初(1580~1644)에게 보낸 답신에서 탕현조는 싸늘히 분개한다.

> 저는 태생부터가 오월吳越 지방을 잘 모르고 지식과 생각이 짧고 보잘것 없으며,…… 저의 <모란정>이 여옥승呂玉繩②의 수정을 거쳐 오 지방의 노래에 맞게 되었다고 말합니다. 저는 기가 막혀서 웃으며 "옛날에 어떤 사람이 마힐摩詰의 겨울 풍경에 파초가 있는 것이 싫다고 파초를 없애고 매화를 더했는데, 겨울은 겨울일 것이나 왕마힐의 겨울 풍경은 아닌 게지요"라 말했답니다.③39)

여기에서 '마힐'이란 당나라 때의 시인이자 화가였던 왕유王維(699~759)를 말한다. 일찍이 소식蘇軾(1037~1101)이 '시 속에 그림이 있고, 그림 속에 시가 있다(詩中有畫, 畫中有詩)'고 평가한 수묵 산수화의 대가인데, 그는 눈이 내린 겨울 풍경 속에 여름날의 파초를 그려 넣는 식으로

---

① 남방 연극의 음악에 관해서는 제8장 '곤극의 음악 형식'에서 상세히 논의하였다.
② '여옥승'의 본명은 여윤창呂胤昌이고 옥승은 자이며 호는 강산姜山이다. 절강성浙江省 여요餘姚 사람으로 탕현조와 같은 해에 진사가 된 동기였고, 또 심경의 제자로 ≪곡품曲品≫을 저술한 여천성呂天成의 부친이기도 했다.
③ 탕현조의 <능초성에게 답하는 편지(答凌初成)>(1608)

실재하는 풍경이 아닌 마음속의 풍경을 그렸다고 한다. 겨울 풍경에 파초를 그려 넣는 것은 이치에는 맞지 않지만, 진솔한 감정과 더불어 '생각'·'맛'·'영감'·'멋'을 중시한 탕현조의 입장에서는 음률이라는 틀에 노랫말을 꼼꼼히 맞춰야 한다는 이치에 동의할 수 없었을 것이다.

일찍이 월중파越中派에 속하는 인물로 중도적 입장을 취했던 왕기덕王驥德(1557?~1623)은 '임천' 즉 탕현조와 '오강' 즉 심경의 입장 차이와 장단점을 종합하여 다음과 같이 말하였다.

> 임천과 오강은 얼음과 숯이다. 오강은 법칙을 지키고 사소한 것까지 지나치게 따져 한 글자라도 격률에 어긋나지 않게 하려 했다. 그러나 붓끝은 졸박하였다. 임천은 맛을 숭상하여 거리낌 없이 써내려갔고, 엮어내는 능력은 거의 직녀와 재주를 겨룰 만하였다. 그러나 소리 내어 부르기가 어려워 대체로 노래하는 이들이 혀를 깨물었다. ……여이부呂吏部 옥승이 임천에게 보내자, 임천께서 기뻐하지 않으시며 이부에게 답신으로 "저들은 노래의 의미를 잘못 알고 있구려! 내 뜻이 전달된다면 천하 사람들의 목을 꺾어 부러뜨려도 무방하오"라고 말씀하셨다. 그 지향하는 바가 이처럼 달랐다.①40)

당시 심경을 비롯한 이들은 탕현조의 <모란정>이 음률에 맞지 않아 노래하기에 적합하지 않다고 비판했지만, 그렇게 난해하고 노래하기에 어려웠음에도 불구하고 어떠한 작품보다도 오늘날까지 무대에서 환영받는 곤극의 대표작이다. 탕현조는 생존한 시기가 엇비슷한 셰익스피어(Shakespeare, 1564~1616)에 비견되곤 하는데, 거기에 모차르트(Mozart, 1756~1791)와 살리에리(Salieri, 1750~1825) 간의 갈등까지 떠올리게 하는 중국의 천재적인 극작가였던 것이다

---

① 왕기덕의 ≪곡률曲律≫ 권4 '잡론雜論' 제74조

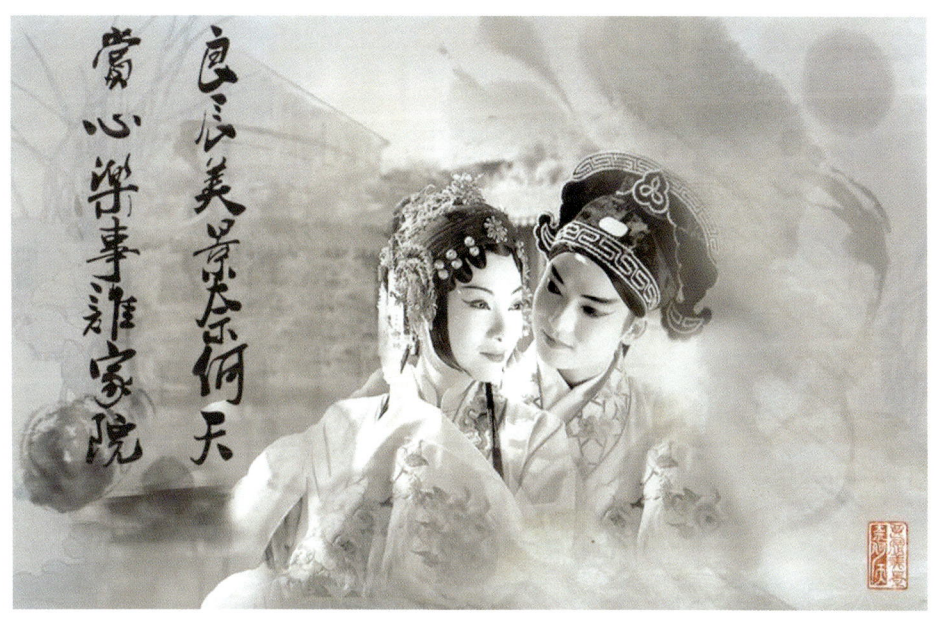

· 그림 10 **2004**년 바이셴융(白先勇)이 현대적 감각에 맞게 각색한 청춘판 <모란정>에 등장하는 두려낭과 유
몽매의 모습이다.

"반드시 격률에 부합되고 가락에 맞도록 해야 한다. 차라리 세상 사람들이 감상할 수 없게 되더라도, 사람들이 목구멍을 비틀게끔 해서는 안 된다."

—심경 〈사은 선생이 곡에 관해 논하다〉

심경沈璟(1553~1610)은 극작에 있어 엄격한 격률의 준수와 소박한 언어의 사용을 주장하였고, 또 북곡에 근거해 남곡의 규범화을 꾀한 ≪남구궁십삼조곡보南九宮十三調曲譜≫를 편찬하였으며, '오강파吳江派'에 속하는 유수한 인물들이 극작에 관한 열띤 논쟁을 벌일 때에 영수로서 추종하였던 인물이었다.

::소박한 원칙주의자

심경은 강소성江蘇省 소주부蘇州府 오강吳江 사람으로 자를 백영伯英 혹은 담화聃和, 호를 녕암寧庵 혹은 사은詞隱이라 했고, 가정嘉靖 32년(1553)에 대대로 높은 벼슬을 지낸 엘리트 가문에서 태어나 만력萬曆 38년(1610) 58세의 나이로 생을 마감하였다. 그는 만력 2년(1574) 우수한 성적으로 진사進士에 급제한 후로 병부兵部·예부禮部·이부吏部의 주사主事 및 원외랑員外郎 그리고 광록사승光祿寺丞 등의 벼슬을 지내기도 했는데 겨우 5년간에 불과했던 관직 생활은 순탄치 않았다.

우선 만력 16년(1586) 황태자를 책봉하고 왕씨王氏를 귀비貴妃로 승격시키는 일에 관해 상소를 올렸다가 만력 황제 신종神宗의 노여움을 사서

잠시 폄적당하는 일이 있었고, 또 만력 16년(1588)의 향시鄕試에서 시험 감독 업무를 수행할 때에 부정 답안을 끼워 넣어 당시의 내각 수보首輔 신시행申時行(1535~1614)의 사위 이홍李鴻을 합격시킨 사건이 발생하기도 하였다. 이로 인해 심경은 정치에 대한 좌절감과 환멸감을 느끼게 되었고, 광록사승으로 있던 만력 17년(1589)에는 병을 핑계로 삼아 스스로 사직하고 귀향하였다. 그 뒤로 20여 년의 세월을 오로지 극작과 연구에만 전념하였는데, 특히 곤극에 관한 업적으로는 남곡南曲 곡패曲牌의

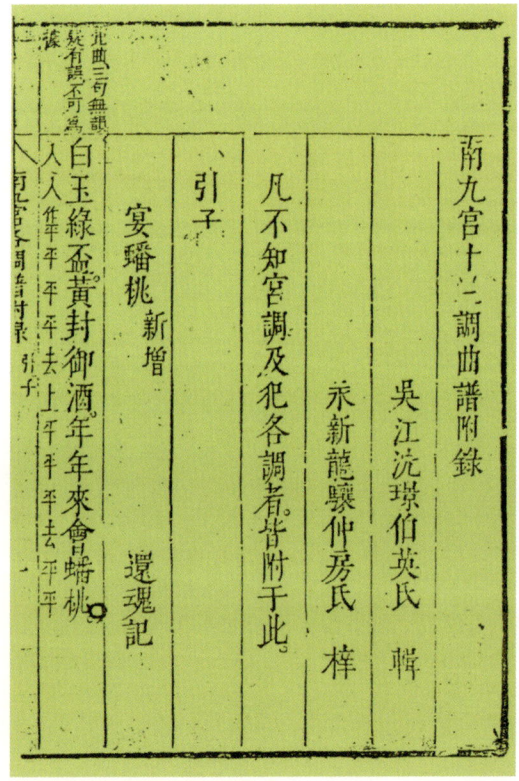

· 그림 11 <남구궁십삼조곡보>

규범화에 공헌한 ≪남구궁십삼조곡보≫ 21권이 대표적이다.①41)

이는 장효蔣孝가 가정 28년(1549)에 백씨白氏의 ≪십삼조남곡음절보十三調南曲音節譜≫ 및 진씨陳氏의 ≪구궁사보九宮詞譜≫를 기초로 편찬했던 ≪남구궁보南九宮譜≫②를 보완하여 만든 것이다. 본래 장효는 '남구궁南九宮'에 속하는 곡패 625종에 노랫말(曲文)을 달아 예시하였고 '십삼조十三調'에 속하는 곡패 503종은 목록만을 기록하였을 뿐이었다. 여기에서 한 걸음 더 나아가 심경은 80여 편에 이르는 많은 남희南戲와 전기傳奇 작품을 참고하여 '곡패의 내력', '구의 법칙(句法)', '장단 구성(板式)', '사성四聲' 및 '운의 사용(用韻)' 등을 고증하고 남구궁 곡패 625종의 규범을 확정하였으며 십삼조 곡패 가운데 67종의 노랫말을 보완하였다.③42)

이러한 ≪남구궁십삼조곡보≫는 명말 곤극을 애호하던 많은 사람들의 추앙을 받아 노랫말을 지을 때 근거로 삼는 곡보로 기능하였으나, 훗날 여러 곤극 이론가들의 비판을 받아 거듭 수정된 바 있다. 옛날 원나라 때에 주덕청周德淸이 ≪중원음운中原音韻≫에서 평성平聲을 음평陰平과 양평陽平으로 나눈 바 있고, 이를 바탕으로 심경은 상성上聲, 거성去聲, 입성入聲에 대해서도 음양을 구분하였는데, 이는 진전된 면이 있지만 상식적인 수준에 머물 뿐이라 정밀하지는 못하였기 때문이다.

---

① 간략히 '남사전보南詞全譜'라 부른다. 이외에 ≪남사운선南詞韻選≫이 있고, 지금은 전하지 않지만 ≪노래 부르는 상식(唱曲當知)≫, ≪노랫말에 관한 여섯 법칙(論詞六則)≫, ≪준제정오편遵制正吳編≫, ≪평점시재악부지미(評點時齋樂府指迷)≫ 등이 있었다. 또 산곡집으로 ≪정에 미친 이의 잠꼬대(情癡囈語)≫, ≪사은 선생의 새로운 노랫말(詞隱新詞)≫, ≪노래 바다 속의 푸른 얼음(曲海靑冰)≫ 등과 시문집 ≪속옥당고屬玉堂稿≫ 2권이 있다.

② 이는 '남사구보南詞舊譜'라고도 부른다.

③ 곡패와 곡보에 관해서는 제8장 '곤극의 음악 형식'을 참고하기 바란다.

일례로 명말청초에 뉴소아鈕少雅는 ≪구궁정시九宮正始≫①에서 심경의 ≪남구궁십삼조곡보≫에 보이는 100여 가지의 착오를 수정한 바 있는데, 대체로 다음과 같은 내용이었다. 첫째로 동일한 곡을 명칭이 다르다 하여 각기 다른 궁조에 편입시켰고, 둘째로 겹치는 구절(疊句) 등을 대범하게 삭제했거나 혹은 글자를 임의대로 바꾸었고, 셋째로 근거를 제대로 규명하지 않고 마음 가는 대로 독단하였다는 것이다. 따라서 탕현조湯顯祖(1550~1616)의 오강파에 대한 비판은 이러한 정밀하지 못한 태도에서 기인한 바도 있으므로 일정 부분 타당한 면이 있다고 하겠다.[43]

::교훈을 주는 이야기들

심경의 극작품으로는 자신과 견해의 차이를 보였던 탕현조의 <모란정牧丹亭>을 수정하여 지은 <동몽기同夢記>와 원나라 말기 고명高明의 <비파기琵琶記>에 대한 교정본이 있었다지만 지금은 모두 전하지 않는다. 그리고 ≪속옥당전기屬玉堂傳奇≫에 17종의 전기가 실려 있는데, 그 가운데 <십효기十孝記>와 <분전기分錢記>는 노랫말만 전하고 <홍거기紅蕖記>, <매검기埋劍記>, <쌍어기雙魚記>, <도부기桃符記>, <의협기義俠記>, <타차기墮釵記>(일명 <일종정一種情>), <박소기博笑記>의 7종은 전체가 온전히 남아 있다.

첫 작품 <홍거기>는 당대 단편 문언전기 소설 <정덕린전鄭德璘傳>에서 제재를 취한 것으로, 두 쌍의 남녀들 간에 벌어지는 사랑에 관한 이

---

① 원래의 명칭은 ≪회찬원보남곡구궁정시匯纂元譜南曲九宮正始≫다.

야기다. 그러나 심경 자신도 자구에만 신경 쓴 책상머리극(案頭劇)에 불과하다고 치부하며 불만스러워했던 작품이었다. 사실 심경의 극작품은 곤극에 대한 그의 글이나 이론서에 비해 그다지 좋은 평가를 받지 못한다. 능몽초凌濛初(1580~1644)는 심경 극작의 엉성함에 관해 다음과 같이 비판하였다.

> 심백영은 작품이 아주 많은데, 기이한 일과 옛날 이야기를 가장 좋아하였다. 몇 종류가 되었든 하나로 묶어서, 인물의 이름을 바꾸고 겉만 번지르르하게 만들었다. 그런데 운용하고 배치하는 재주도 모자라, 옷깃을 당기니 팔꿈치가 드러나는 꼴로 모호하게 두서가 없으니, 더욱이 기괴하다고 할 만하다.①44)

명말에는 옛것에서 모범을 찾고 그것을 다시 회복하려는 복고주의가 팽배해 있었고, 과거시험에 급제하려고 시문時文을 짓는 데만 몰두하는 세태나 공연에 부적합한 책상머리극을 창작하는 풍토에 대해 비판적인 자각이 일어나고 있었다. 이러한 풍조 속에서 심경 역시 옛날 소설이나 원나라 잡극雜劇에서 주로 작품의 제재를 취하였고, 노랫말이 격률에 맞아 공연에 적합할 것을 추구하였다. 나아가 심경의 극작품은 전통 유가의 윤리를 선양하는 교화적인 내용들로 구성된 것이 특징적이다.

초기 작품 중의 <매검기>는 당나라 때의 단편 문언전기 소설 <오보안전吳保安傳>에서 제재를 취하였다. 이는 주인공 오보안吳保安이 포로가 된 친구 곽중상郭仲翔을 가산까지 탕진하며 구출하고, 훗날 오보안이 병으로 죽은 뒤 곽중상이 천리 길을 달려와 장례를 치르고 아들을 대신 부양한다는 내용인데, 본래 <오보안전>에는 보이지 않던 친구의 처가

① 능몽초의 《담곡잡차譚曲雜箚》

허벅지 살을 베어 부모님의 병을 고치는 이야기도 추가되어 있다. 또 <쌍어기>는 원나라 마치원馬致遠의 잡극 <천복비薦福碑>에서 제재를 취하였고, <도부기>는 원나라 정정옥鄭廷玉의 잡극 <후정화後庭花>에서 제재를 취하였다. 이러한 작품들 모두가 운명론적인 시각에서 인과응보의 이치를 표현하였다고 평가된다.

심경의 가장 빼어난 작품이라는 <의협기>는 명나라 초반 시내암施耐庵(1296?∼1370?)의 <수호전水滸傳> 제22∼24회에 보이는 무송武松 이야기에서 제재를 취한 것이다. 무송이 경양강景陽崗에서 호랑이를 때려잡고, 음탕한 형수 반금련潘金蓮을 살해하고, 술에 취해 권세가 장문신蔣門神을 구타하고, 원앙루鴛鴦樓를 피범벅으로 만들고, 양산박梁山泊에

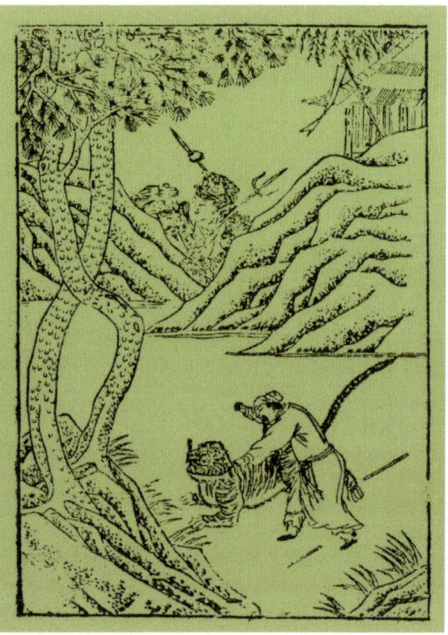

· 그림 12 <의협기>에서 무송이 호랑이를 때려잡는 부분의 삽화

합류한 뒤로 조정의 부름을 받아 중용되는 이야기가 주된 내용이다. 그런데 심경은 무송을 고아한 사대부의 모습으로 설정하였고, 또 양산박 영웅들의 반사회적 성향보다는 부패한 관리나 악덕 세도가를 비판하는 도덕적 측면을 더 강조하였다. 황실에 대한 충절이라는 심경의 유가적 윤리관이 드러나는 대목이다.

그리고 열 가지의 독립적인 희극喜劇 작품들로 구성된 <박소기> 28출은 ≪이담耳談≫에 보이는 재미나고 기괴한 이야기들에서 제재를 취하였다. 몇 가지 예를 들자면, <칠현의 보좌관이 온종일 잠에 취하다(七縣佐竟日昏眠)>에는 종일 잠만 자려고 하는 아둔한 관리들의 모습이 과장적으로 묘사되어 있다. 또 <사악한 소년이 아녀자를 잘못 팔아먹다(惡少

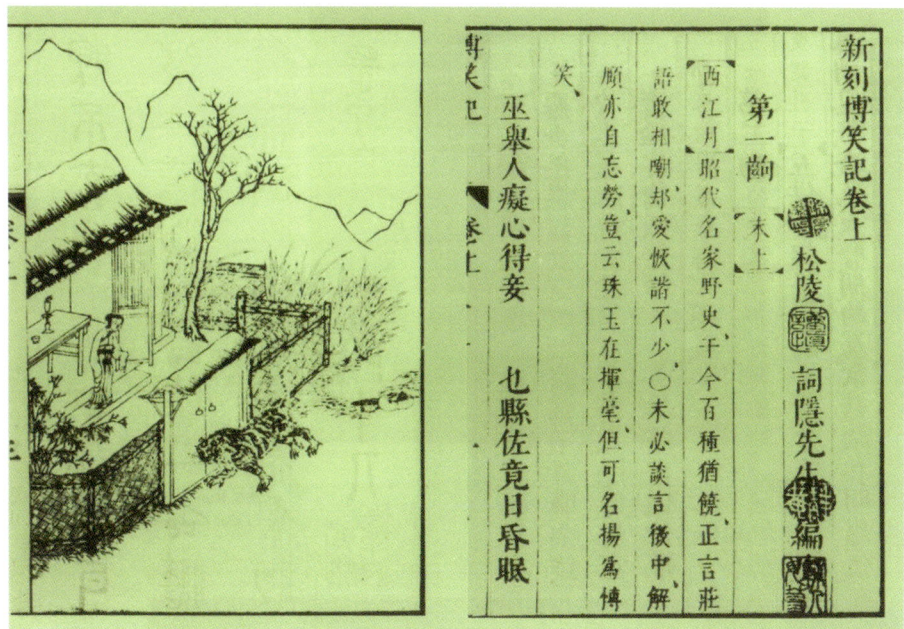

· 그림 13 <사악한 마음의 부녀자가 문을 열어 호랑이를 만나다>

年誤鬻妻室)>는 어느 소년이 형이 외지로 장사를 떠나 없는 사이 형수를 팔아먹으려다가 결국에는 자신의 어미를 팔아먹게 된다는 이야기다. 그리고 <사악한 마음의 부녀자가 문을 열어 호랑이를 만나다(邪心婦開門遇虎)>는 어느 과부가 한밤중에 희롱하려는 손님인 줄 알고 문을 열어주었더니, 사람이 아닌 호랑이여서 잡아먹히게 되었다는 이야기다. 이처럼 <박소기>는 재미난 이야기로 이루어져 있지만, 본질적으로는 지배층의 무능을 풍자하고 형제간의 우애를 권장하고 여인의 정절을 중시하는 전통 유가적 시각에서 교화하려는 의도가 두드러진다.

끝으로 <타차기>는 명나라 초반 구우瞿佑(1341~1427)의 단편 문언 전기 소설집 ≪전등신화剪燈神話≫의 <금봉차기金鳳釵記>에 근거하고 등장인물과 줄거리를 조금 더 보태어 구성한 작품이다. 일찍이 왕기덕王驥德(1557?~1623)이 "사은 선생의 <타차기>는 <모란정> 때문에 시작된 듯하다"①고 했듯이, 마치 두려낭杜麗娘과 유몽매柳夢梅가 그랬던 것처럼 하흥낭何興娘의 귀혼이 최사종崔嗣宗과 꿈속에서 만나는 표현 방식이 보인다.45) 그러나 현실의 봉건 예교에 저항하던 자유분방함이 묻어난다기보다, 저승에서 일 년 동안 부부가 되었다가 헤어지게 된다는 숙명론에 굴복하는 모습이 부각되어 있다. 숙명론을 '이理'라 하고 자유분방함을 '정情'이라 할때, 심경과 탕현조가 극작에 관해 가졌던 주장의 차이를 엿볼 수 있는 부분이다.46)

---

① 왕기덕의 ≪곡률曲律≫ 권4 '잡론雜論' 제78조

::오나라 땅의 작가들

심경과 뜻을 같이 했던 곤극 이론가들을 소위 '오강파'라 한다. 이는 심경이 강소성의 오현吳縣 즉 '오강' 사람이었기에 붙여진 이름인데, 역시 의도적으로 결성된 조직은 아니었지만 하나의 유파로 기능하였다.[①]

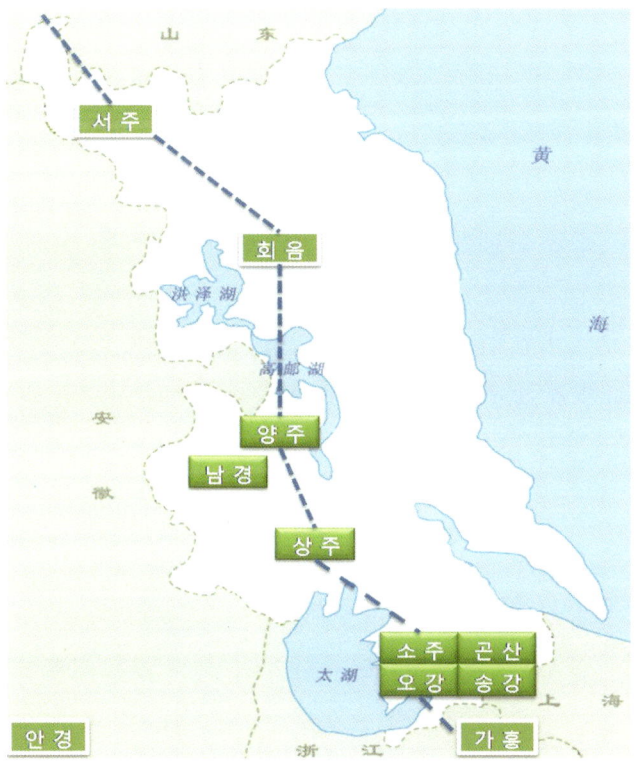

· 그림 14 강소성의 주요 도시. 오강파의 주요 활동무대는 '소주'와 '남경' 등지였다. 강소성 남쪽의 '곤산'은 곤산강의 발상지이며, 중부의 '양주'는 청나라 초기 염상들의 근거지였다. 그림속의 점선은 북경에서 항주로 이어지는 대운하를 표시한 것이다.

---

① 반면, 탕현조는 유파를 형성하지는 않았다. 그러나 오강파의 견해에 대립각을 세웠기에, 상대적으로 탕현조와 같은 입장을 임천파臨川派 혹은 문사파文辭派라 부르기도 한다.

주요 인물로는 심경의 종형제 심자진沈自晋 및 심자징沈自徵과 더불어 풍몽룡馮夢龍, 원우령袁于令, 왕정눌王廷訥, 범문약范文若, 고대전顧大典, 오병吳炳, 호준화胡遵華, 그리고 월중파越中派의 인물로 거론되는 사반史槃, 왕기덕王驥德, 섭헌조葉憲祖, 여천성呂天成까지 총 13명의 이름이 거명된 바 있고,① 또 ≪남사신보南詞新譜≫②에는 무려 30~40명 가량이 오강파 인물로 언급되기도 했다.⁴⁷⁾ 그러나 이론적 입장의 동질성과는 별개로 관계가 있는 인사들을 모두 거론했던 듯하다. 때문에 최근에는 대체로 <표 4>와 같은 이들이 오강파에 속하는 인물로 여겨지고 있다.⁴⁸⁾

〈표 4〉 오강파 주요 작가의 대표 극작 및 이론서

	출신지	자 호	현전 대표 극작 및 저서
沈 璟 (1553~1610)	吳縣 (蘇州)	伯英. 聃和. 寧庵. 詞隱.	〈紅蕖記〉〈埋劍記〉〈雙魚記〉〈桃符記〉〈義俠記〉〈墮釵記〉〈博笑記〉 / 이론서 ≪南九宮十三調曲譜≫ 외
馮夢龍 (1574~1646)	長洲 (蘇州)	猶龍. 龍子猶. 墨憨齋主人. 顧曲散人. 綠天館主人 등.	〈雙雄記〉 / 극본집 ≪墨憨齋定本傳奇≫ 15종
卜世臣 (1572~1645)	秀水 (嘉興)	大荒. 大匠. 藍水. 大荒通客.	〈冬靑記〉
袁于令 (1592~1672?)	吳縣 (蘇州)	晋. 韞玉. 于令. 令昭. 鳧公. 籜庵. 幔亭仙史. 吉衣道人.	전기〈西樓記〉〈鷫鸘裘〉〈長生樂〉〈珍珠衫〉〈瑞玉記〉〈玉符記〉〈汨羅記〉〈合浦記〉. 잡극〈雙鶯傳〉〈戰荊軻〉
汪廷訥 (?~?)	休寧 (徽州)	昌朝. 昌期. 松蘿道人. 淸痴叟 등.	전기〈獅吼記〉 등 7종. 잡극〈廣陵月〉 / 극본집 ≪環翠堂樂府≫
范文若 (1591~1638)	松江 (上海)	景文. 更生. 香令. 吳儂荀鴨.	≪博山堂三種≫(〈花筵賺〉〈夢花酣〉〈鴛鴦棒〉)
沈自晋 (1583~1665)	吳縣 (蘇州)	伯明. 長康. 鞠通生.	〈翠屏山〉〈望湖亭〉〈耆英會〉 / 이론서 ≪廣輯詞隱先生增定南九宮十三調詞譜≫

---

① 이에 관한 기록은 심자진의 ≪망호정전기望湖亭傳奇·임강선臨江仙≫에 보인다.

② 이는 심자진이 심경의 ≪남구궁십삼조곡보≫를 증보하여 편찬한 것으로 총 26권이며, 원래 명칭은 ≪광집사은선생증정남구궁십삼조사보廣輯詞隱先生增定南九宮十三調詞譜≫다.

명말의 극작가들은 높은 수준의 소양을 지닌 문인들이 다수였기 때문에 문학성이 뛰어난 작품들을 쏟아낼 수 있었지만, 본래의 송원대 '서회재인書會才人'①과는 다른 두 가지 특징을 지니고 있었다. 그 하나는 격률에 부합되지 않는다는 점이다. 옛 서회재인은 예인藝人에 가까워 자연스레 격률에 밝았고 공연 경험도 풍부하여 그들의 작품은 공연되지 않는 것이 없었다. 이와 반대로 당시의 문인들은 탁상공론에 불과하여 실제로 공연에 적합한 작품을 창작하지 못하였다. 다른 하나는 우아함을 추구하였다는 점이다. 송원대 서회재인에 의한 극작은 언어의 사용이 통속적이고 평이한 소위 '본색本色'적인 것이었는데, 명말의 문인들은 귀족적인 화려함을 선호하고 민간의 속된 것을 싫어하여 문장의 수사를 깎고 다듬었다. 바로 심경을 비롯한 오강파의 주장은 이러한 두 가지 병폐에 대한 모종의 처방이었지만, 재능상의 한계와 문인들의 습성으로 인해 실제 작품 창작에 그다지 이상적으로 실현되지는 못하였다.[49]

심경의 극작에 관한 주장은 크게 2가지로 나누어 생각할 수 있다. 그 하나는 '격률을 엄수하라'(嚴守格律)는 것으로, 오강파에 속하는 인물들 간에 대체로 일치된 견해였다. 이는 ≪박소기≫의 앞부분에 실려 있는 <사은 선생이 곡에 관해 논하다(詞隱先生論曲)>에 표명되어 있다.

> 하원랑何元朗은 한마디 말로 문장 대가로의 보물 같은 글을 시작하셨다. 바로 "새로운 소리를 짓고자 하거든 본래의 모습을 잃지 말라"고 말씀하신 것이다. 명칭을 '노래(樂府)'라 하였으면, 반드시 격률에 부합되고 가락에 맞도록 해야 한다. 차라리 세상 사람들이 감상할 수 없게 되더라도, 사람들이 목구멍을 비틀게끔 해

---

① '서회재인'이란 송원대에 문예를 애호하던 이들이 모임을 만들어 함께 극작을 하던 보통의 시민 계층 문인들을 말한다.

서는 안 된다. 재능이 뛰어나다고 말할 것이 아니라, 재능이 뛰어날수록 주의해서 헤아려봐야 한다.①50)

이처럼 심경은 하원랑, 즉 하량준何良俊(1506～1573)이 ≪사우재총설四友齋叢說≫에서 주장한 바를 계승하여, 곡을 짓는 데 있어 격률 엄수를 우선으로 삼고 문장 수사(文辭)를 그 다음으로 보았다.

오강파의 인물 중에서 심경의 주장을 가장 엄격히 지킨 사람은 복세신卜世臣(1572～1645)이었고, 왕정눌은 탕현조와 교유 관계가 있었지만 극작에 있어서는 심경의 뜻을 지지하였으며, 원우령(1592～1672?)은 격률을 엄수해야 한다는 주장에 찬동했지만 융통성 있게 극작의 내용도 더불어 중시하였다.

그리고 풍몽룡(1574～1646)의 경우에는 ≪태하신주太霞新奏≫의 편찬을 통해 제자로서 심경을 매우 추앙했음을 알 수 있지만, ≪묵감재사보墨憨齋詞譜≫에서는 높은 안목으로 ≪남구궁십삼조곡보≫의 착오를 수정하기도 했고, 왕양명 좌파의 영향을 받았던 까닭에 탕현조도 존경하여 극작의 내용도 중시하였다. 또 ≪묵감재정본전기墨憨齋定本傳奇≫ 15종의 편찬을 통해 극본 각색(改編)에도 두드러진 성과를 내었는데, 그가 각색을 했던 목적은 원작의 편폭을 압축하고 격률에 수정을 가하여 공연 효과를 높이기 위한 것이었다.

다음으로 심경의 극작에 관한 다른 하나의 주장은 '본색을 숭상하라(崇尚本色)'는 것이었다. 그는 자신의 처녀작이었던 <홍거기>에 대해 스스로 불만을 표시한 뒤로 <의협기>부터는 통속적이고 알아듣기 쉬운 언어

① 심경의 〈사은 선생이 곡에 관해 논하다〉 중의 【이랑신二郎神】

를 사용하였다. 이에 대해 심경이 논한 체계적인 이론은 전하지 않지만, 본색에 관한 그의 주장은 복세신, 풍몽룡, 고대전 등이 질박한 경향의 작품을 창작하는 데에 영향을 주었을 것이다.

반면, 오강파 중의 일부 인물들은 심경의 본색론에 동조하지 않았다. 바로 지나치게 자구를 다듬지 않아 언어가 거칠고 촌스럽게 느껴졌기 때문에, 오병이나 범문약 같은 이들은 심경과 탕현조가 각기 장단점을 가지고 있다고 파악하고 격률과 문사를 아울러 중시하였다. 일례로 범문약(1591~1638)은 옛 소설 및 희곡에서 극작의 제재를 취한 것이 많았고 공연 효과를 중시하여 줄거리를 배치하였으며 격률 엄수를 중시하였지만, 소박한 언어를 사용해야 한다는 심경의 주장과 달리 언어의 조탁을 추구하였다.51)

이외에 월중파의 주요 인물로 거론되는 여천성(1580~1618)은 훗날 심경을 스승으로 섬기어 격률에 정통하게 되었고, 본래는 우아하고 화려한 수사를 숭상하였으나 점차 심경을 따라 질박하고 쉬운 문체로 변화하였다. 또 왕기덕(1557?~1623)은 심경에 대해 비판한 바 있으나① 본색론에 관해 반대한 것은 아니었고, 다만 본색에 대한 기준 자체가 근본적으로 달랐던 것으로 보인다. 스승이었던 서위徐渭(1521~1593)의 영향으로 본색의 의미를 축소시켜 생각했던 것이다. 바로 심경의 본색론에 우호적이었던 여천성과 비판적이었던 왕기덕 두 사람 모두 격률 엄수와 문장 수사의 통합적 미에 대해 주장한 인물이었지만, 여천성은 심경의 본색론을 직접적으로 수용하여 질박하고 평이한 쪽으로 변화한 반면, 왕기덕은 좀더 문장 수사를 다듬는 길로 접어들었던 것이다.52)

① 왕기덕의 심경 비판에 관해서는 제2장 '서위와 월중파'에 언급되었다.

이와 같이 오강파에 속하는 인물들이 완전히 똑같은 견해를 갖고 있지는 않았지만, 극작에 있어 격률을 중시했던 심경의 주장은 송원대의 본래 모습으로 돌아가기 위한 시대적 사명감으로 높이 평가받으며 월중파에 속하는 중도적 인물들에 의해 더욱 객관화되고 발전되었다.

"지극히 노비로의 기세를 토해내고 있어, 첫머리에 가죽옷 입고 말 타며 호화롭게 보내니, 귀공자에게 호통 치는 것이라 했다."

-초순 《극설》

　　이옥李玉(1591?~1671?)을 비롯한 '소주파蘇州派' 극작가들은 주로 시사적인 문제를 다룬 '시사희時事戱'를 창작하였다. 또 소주파의 극작 경향은 곤극의 중점 사항이 '곡'에서 '극'의 단계로 접어드는 전환기와 맞물려 있다. 이들은 노랫말을 어떻게 구사할지에 대한 관심만이 아니라, 무대에서의 연기 동작과 표현 방식을 비롯한 무대 공연의 문제에 관해서도 주목하였다.

::시민 의식의 대변자

　　소주파의 대표 극작가 이옥은 지금의 소주蘇州에 해당하는 강소성江蘇省 오현吳縣 태생으로 자를 현옥玄玉 혹은 원옥元玉이라 했다. 그의 호는 '소문소려蘇門嘯侶' 혹은 '입암주인笠庵主人'이라 하는데, 그 의미처럼 소주라는 번화한 도시의 골목길에서 흘러나오는 휘파람 소리와 짝을 이루고, 마치 초가삼간의 주인처럼 도시 하층민과 함께하는 소박한 삶을 살았던 것인가.

　　그의 삶에 관해서는 정확한 기록이 없어 꽤 논란이 분분하지만,[53] 명말의 수보首輔 신시행申時行이 양성하던 가정희반에서 성장하였다는 설이 전할 정도로 보잘것없는 신분이었을 가능성이 크다. 부친이 신시행의 장남 신용무申用懋의 노복奴僕이었던 탓에, 어릴 적에는 시동侍童이었다가 점차 가인家人으로 성장하게 되었다는 것이다.

> 이옥은 신상국의 가인으로 손공자孫公子에 의해 억류되어 과거시험에 응시하지 못하였기에 전기傳奇를 지어 마음을 달래었는데, 〈일봉설一捧雪〉, 〈인수관人獸關〉, 〈영단원永團圓〉, 〈점화괴占花魁〉가 세상에 특히 흥행하게 되었다. 이 가운데 〈일봉설〉은 지극히 노비로의 기세를 토해내고 있어, 첫머리에 "가죽옷 입고 말 타며 호화롭게 보내니, 귀공자에게 호통 치는 것"이라 했다. 의중이 진실로 여기 있으리라.①54)

여기에서 '손공자'란 신시행의 손자이자 신용무의 장남인 신전방申傳芳을 말하며, 과거에 응시하지 못한 것은 그의 사망으로 말미암아 3년 상을 치러야 했기 때문이었다.55) 후세에 이름을 남기는 극작가들이 대체로 그러하듯이, 그 역시 "그 재능은 천년을 아우르며, 그 학식은 예술계를 뒤덮을 만하다"②56)고 말할 정도로 넘치는 재능을 지녔지만 벼슬길은 순탄치 않았던가 보다. 각종 신변상의 이유로 몇 차례의 낙방을 거친 끝에 명나라가 망하기 직전에야 간신히 정원 외로 더 뽑은 합격자 명단에 이름을 올렸으나, 이후 청나라가 들어선 뒤로는 아예 벼슬길에 뜻을 접고 극작에만 전념하였다.

---

① 초순焦循의 《극설劇說》 권4
② 오위업吳偉業의 《북사광정보北詞廣正譜·서序》

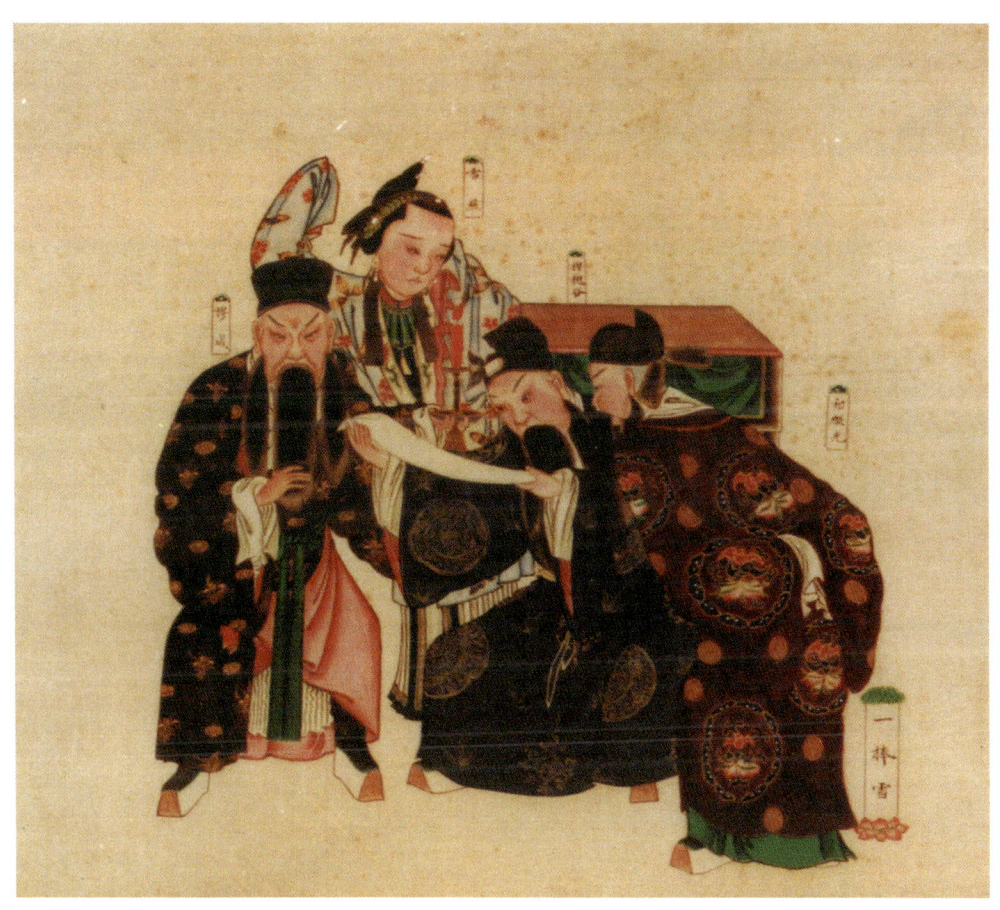

· 그림 15 <일봉설>을 묘사한 그림

  또 노비로의 기세를 토해내었다는 <일봉설>은 명나라 가정嘉靖 연간
(1522~1566) 내각內閣의 수보였던 엄숭嚴嵩 부자의 전횡과 <청명상하
도淸明上河圖>에 관한 뜬소문에 근거해 창작한 작품으로, 전당錢塘 사
람 막회고莫懷古가 벼슬을 얻으러 북경北京으로 가려는 데서 이야기가
시작된다. 표구장이 탕근湯勤은 매관매직을 일삼던 엄세번嚴世蕃을 부추

겨 막회고가 수장한 옥배玉杯 '일봉설'을 빼앗게 한다. 가짜 옥배를 받은 엄세번은 대노하여 막회고의 집안을 수색하지만, 막회고는 노비 막성莫誠의 기지로 위기를 넘긴다. 또 도망치던 중에 척계광戚繼光에게 붙잡히자, 막성은 주인 막회고를 대신해 목숨을 버린다. 훗날 엄세번의 죄상이 밝혀지고 막회고 일가는 막성의 죽음을 추모한다. 이처럼 작품 속에 노비의 희생이 크게 부각되어 있다.[57]

이외에도 이옥이 모두 34편이나 되는 전기를 지었다고 하는데, 오늘날에는 <일봉설>, <인수관>, <점화괴>, <청충보淸忠譜>, <만민안萬民安>, <미산수眉山秀>를 비롯한 18편의 작품만이 전한다. 당시 이옥 작품의 인기는 다음의 글에서 실감할 수 있다.

> 이옥의 글이 세상을 뒤덮으니 탈고할 때마다 계림鷄林의 호사가들은 다투어 관현악을 입히었다. 옛날 고적高適과 왕창령王昌齡이 명성을 날려 술집의 기녀들이 모두 그들이 지은 시를 노래했던 것과 같다.[①58]

> 처음 엮은 〈인수관〉이 유행하게 되자, 배우들은 특별 상금을 받을 때마다 다투어 새로운 극본을 샀다.[②59]

그의 작품이 인기를 끌 수 있었던 것은 무대 공연에 적합했을 뿐 아니라, 사회적인 문제를 적나라하게 드러내고 있어 소주 시민들로부터 공감을 얻어낼 수 있었기 때문이리라. 가장 대표적인 작품은 청나라가 들어선 뒤에 지은 <청충보>인데, 이는 명말에 실제로 일어났던 시민 봉기의 내용을 담고 있다.

---

① 전겸익錢謙益의 〈미산수眉山秀·제사題詞〉
② 풍몽룡馮夢龍의 〈묵감재에서 다시 바로잡은 '영단원' 전기 서문(墨憨齋重訂永團圓傳奇序)〉

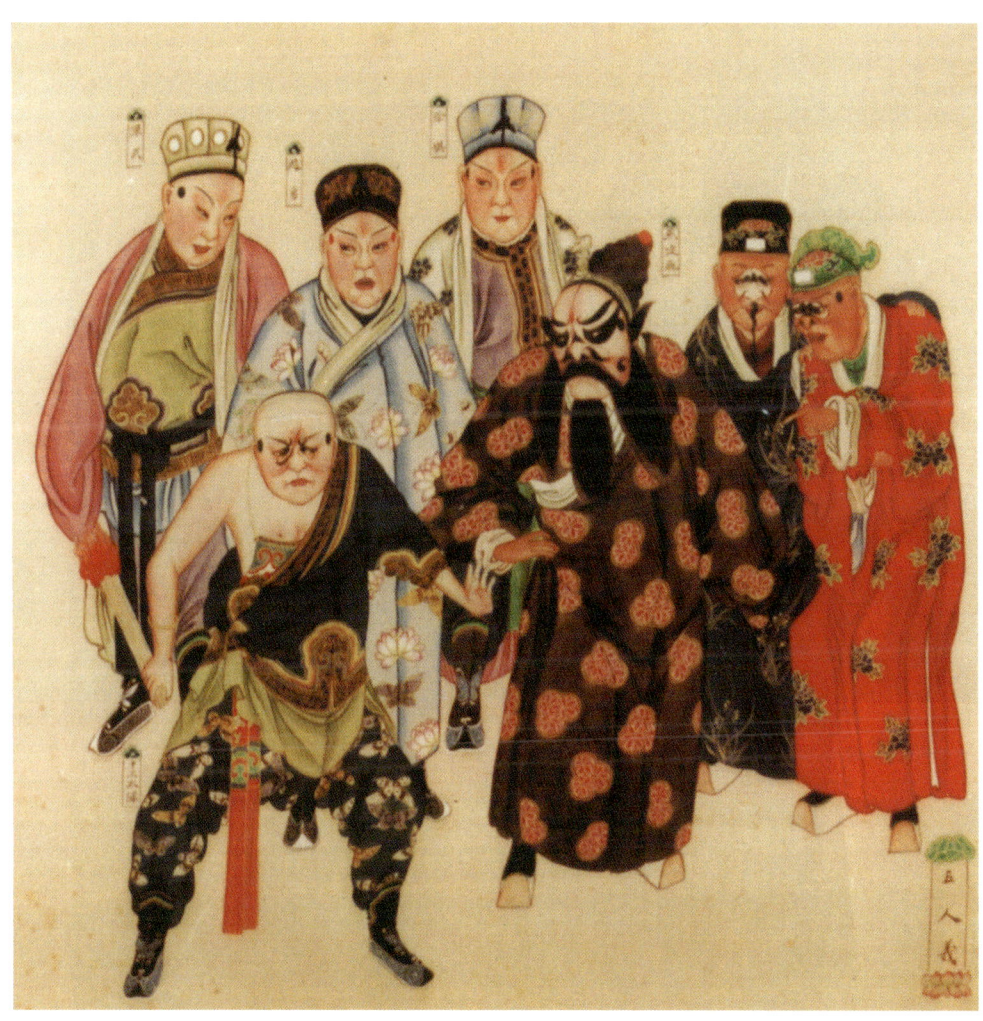

· 그림 16 <청충보>을 묘사한 그림

::의로운 시민들의 폭동

<청충보>는 명나라 천계天啓 6년(1626) 소주에서의 동림당東林黨 사건을 다루고 있다. 당시 엄당閹黨의 영수였던 환관 위충현魏忠賢이 전권을 휘둘러 강남지역 문인들로 구성된 동림당과의 관계가 점차 악화되어 가고 있었다. 소주에서는 시민들의 존경을 받던 동림당 주순창周順昌이 체포되는 사건이 발생하고, 이에 안패위安佩韋, 양념여楊念如, 마걸馬杰, 주문원周文元, 심양沈揚의 5인이 군중들과 함께 폭동을 일으킨다. 그러나 주순창은 북경으로 압송되어 옥사하고, 다섯 명의 의로운 시민들도 소주에서 처형된다.[60] 이처럼 이옥은 한 편의 역사책을 들여다보는 듯한 착각을 불러일으키는 시사적인 사건을 소재로 삼았을 뿐 아니라, 무대에서의 실제 공연을 염두에 두고 작품을 구성하였다.

첫째, 무대 공연에 적합한 긴장감 있는 이야기 구성이 돋보인다. 본래 전기는 40~50출 전후로 구성된 장편의 형식이었고, 일부 극작가들은 분량을 채우기 위해서라도 때로 내용 전개와 별다른 상관이 없는 단락이나 인물을 끼워 넣거나, 또 심각한 역사적 사건을 다루는 데 중점이 있는 작품에서조차 갑자기 남녀 간의 달콤한 사랑 이야기를 끼워 넣어 해피엔딩으로 마무리하곤 하였다. 그러나 이옥은 무대 공연에 적합한 25~30출 전후의 짧은 편폭으로 분량을 최소화하고 중심 내용에 걸맞게 인물을 등장시켜, 주제 의식이 분명히 드러나면서도 다양한 장면이 포함되도록 구성하였다. 예를 들어 <청충보>의 경우에는 25출로 동림당 주순창과 엄당 간의 갈등 상황, 다섯 의인을 비롯한 소주 시민들과 엄당 간의 갈등

상황이라는 두 갈래의 이야기가 교차되도록 구성하였다.

둘째, 무대 공연을 고려한 웅장한 장면 구성이 독특하다. 이옥은 장면을 구성함에 있어서 무대 공연의 상황에 적합한지를 따져서 배우가 연기하기에 좋을지, 충분히 관중들에게 어필할 수 있을지를 고려하였다. <청충보>에는 소주 시민들이 봉기하는 스펙터클한 장면이 여러 번 나온다. 예를 들어 군중들이 주순창의 석방을 요구하는 장면, 엄당이 몰락한 후에 위충현의 사당을 무너뜨리는 장면, 위충현 동상의 머리를 잘라 와서 다섯 의인의 무덤에 바치며 제사지내는 장면이 그렇다. 그러나 어느 극단이든 배우의 수는 제한적일 수밖에 없으므로, 동일한 배우를 여러 차례 번갈아 등·퇴장시켜 시각적으로 사람이 많다는 인상을 관중들이 갖도록 하였다. 또 청각적으로도 무대 위와 무대 뒤에서 내는 소리를 서로 조화되게 하여 떠들썩한 군중의 소리라는 느낌을 극대화시켰다.

셋째, 시민 관중들의 관심을 끌기 위한 장면 배치다. 시민들이 좋아하는 설서說書와 사화춤(跳社火)을 비롯한 민간 예인의 공연 장면을 삽입하되, 그것이 작품의 주요 맥락과 유기적으로 결합되게 하였다. <청충보> 제1출 '서뇨書鬧'의 경우에는 설창 예인이 이왕묘李王廟 앞에서 <악전岳傳>을 설창하는 장면이 있는데, 이때에 안패위顔佩韋는 동관童貫이 한세충韓世忠을 모함에 빠뜨렸다는 대목을 듣고 설창 예인의 책상을 발로 차서 뒤엎고 구타한다. 이 부분을 통해 관중들은 잠시나마 재미난 설창 공연을 볼 수 있을 뿐 아니라, 안패위의 정의로운 성품을 자연스레 감지할 수 있게 된다.

넷째, 등장인물의 캐릭터에 부합하는 언어 구사와 악곡 구성이다. 이옥은 기본적으로 옛날 원元 잡극雜劇과 유사하게 자연스럽고 소박하며 인물의 신분 및 성격에 걸맞은 언어를 사용하였다. 또 이옥이 ≪북사광정보北詞廣正譜≫를 편찬한 것에서 알 수 있듯이 노랫말의 격률에도 매우 밝았기 때문에 실제 연주에 적합하도록 구성할 수 있었을 뿐 아니라, 작품의 줄거리나 인물의 성격에 부합되도록 악곡을 배치하였다.[61] 이처럼 이옥은 공연 장면과 관중의 문제까지 충분히 감안하여 작품을 구성하였기에 시민들의 호응을 받을 수 있었고, 또 그러한 탁월한 능력으로 인해 '소주파'의 리더로 활동할 수 있었을 것이다.

::소주 지방의 작가들

명나라 말기 소주라는 도시는 방직업이 크게 발달했던 경제 중심지였고, 중추절中秋節 축제 때마다 외지의 극단까지 몰려들어 서로 재주를 겨루던 '호구虎丘 곡회曲會'가 벌어질 정도로 곤극 예술의 집산지로도 기능하였다. 이에 고급 문인이나 부유 상인과 같은 상류층만이 아니라 일반 시민이나 하층민들도 곤극에 대한 이해와 관심이 남달랐고, 그러한 공연의 수요에 발맞추어 극작품의 창작도 이곳에서 대폭 증가할 수밖에 없었다. 또한 무릇 돈이 있는 곳에 사람이 모이고, 사람이 모이는 곳에서 사건이 벌어지기 마련이다. 강남지역의 문인들은 소주라는 도시에 모여 문화예술에 관한 자신의 견해를 밝히고 시사적인 문제들에 대해서도 토론하였으며 뜻을 같이 하는 이들은 '결사結社'를 구성하곤 했는데, 이러한 배경 하에 곤극에 있어서는 '소주파'라는 극작 유파가 형성된다.[62]

소주파 극작가로는 모임의 리더였던 이옥을 비롯하여 주좌조朱佐朝,

주학朱㿥, 장대복張大復, 섭시장葉時章, 구원邱園, 필위畢魏, 주운종朱雲
從, 성제시盛際時, 진이백陳二白 등의 10여 명이 거론된다. 이들은 가정
희반家庭戲班을 양성할 만큼 부유 계층에 속하지는 않았지만, 그렇다고
지적 수준이 아주 일천한 하층의 문인도 아닌 의식 있는 보통 시민의 신
분이었다.63) 이들은 극작에 관해 토론하던 중에 때로는 작품을 공동 수정
하기도 했는데, 이옥이 자신의 대표작 <청충보> 첫머리에 다음과 같은
글로 서명했을 정도였다.

> 소문소려 이옥 원옥 선생께서 지으시고, 동리同里의 필위 만후와 섭시장 치비 그
> 리고 주학 소신이 함께 엮다.①64)

이외에도 이옥과 주좌조가 <일품작一品爵> 및 <매륜정埋輪亭>을
합작한 것을 비롯해 소주파 극작가들 간의 공동 창작이 있었다. 이처럼
소주파 극작가들은 상호 합작하는 특별한 관계를 맺고 있었을 뿐 아니라,
극작의 내용과 형식에 어느 유파보다도 뚜렷한 공통점이 드러난다.

명말의 소주는 도시 경제가 발전했던 만큼 통치자들의 부패와 수탈도
지나쳤고, 청나라가 들어선 뒤로는 한족에 대한 탄압까지 생기게 되었다.
때문에 사회적 현실에 관심이 많던 의식 있는 시민으로의 소주파 극작가
들은 주로 하층민의 현실과 그들이 핍박에 항거하는 내용을 소재로 극본
을 창작하였다.

예를 들어 이옥의 <만민안>은 명나라 만력萬曆 29년(1601) 방직공 갈
성葛成을 영수로 하는 소주 시민들의 실제 폭동 사건을 다루었고, 주좌조

---

① 이옥의 〈청충보清忠譜〉 '권수卷首'

의 <어가락漁家樂>은 동한東漢 말에 우비하鄔飛霞라는 어부의 딸이 아버지의 원수를 갚기 위해 대장군 양기梁冀를 살해하는 내용을 담고 있으며, 섭시장의 <영웅개英雄概>와 <호박시琥珀匙>는 각기 양요楊么와 황소黃巢를 두목으로 했던 농민 봉기를 다루고 있다.

〈표 5〉 소주파 주요 작가의 대표 극작 및 이론서

	출신지	자 호	현전 대표 극작 및 저서
李 玉 (1591?~1671?)	吳縣 (蘇州)	玄玉, 元玉. 蘇門嘯侶, 笠庵主人.	〈一捧雪〉〈人獸關〉〈永團圓〉〈占花魁〉〈淸忠譜〉〈天忠戮〉〈眉山秀〉〈牛頭山〉〈萬里圓〉〈兩須眉〉〈太平錢〉〈麒麟閣〉〈五高風〉〈昊天塔〉〈風雲會〉〈七國記〉 / 합작 〈一品爵〉〈埋輪亭〉 / 이론서 《北詞廣正譜》
朱佐朝 (?~?)	吳縣 (蘇州)	良卿	〈漁家樂〉〈艶雲亭〉〈九蓮燈〉〈吉慶圖〉〈壽榮華〉 외 / 합작 〈一品爵〉〈埋輪亭〉〈四奇觀〉
朱㿟 (1621?~1701?)	吳縣 (蘇州)	素臣. 笙庵.	〈十五貫〉(즉 〈雙熊夢〉) / 합작 〈四大慶〉〈四奇觀〉
張大復(彝宣) (?~?)	吳縣 (蘇州)	心其, 星期. 寒山子.	〈如是觀〉〈天下樂〉 / 이론서 《寒山堂曲譜》《南詞便覽》《元詞便考》《詞格備考》 외
葉時章 (1612?~1695?)	吳縣 (蘇州)	稚斐, 美章. 牧拙.	〈英雄槪〉〈琥珀匙〉 / 합작 〈四大慶〉
邱 園 (1617~1690)	常熟	嶼雪. 烏邱山人, 烏邱先生.	〈黨人碑〉〈御袍恩〉〈幻緣箱〉〈虎囊彈·山門〉 외 / 합작 〈四大慶〉
畢 魏 (1623~?)	吳縣 (蘇州)	萬後, 萬侯. 晋卿.	〈三報恩〉〈竹葉舟〉
朱雲從 (?~?)	吳縣 (蘇州)	際飛, 雯虬.	〈龍燈賺〉〈兒孫福〉
盛際時 (?~?)	吳縣 (蘇州)	昌期	〈人中龍〉〈胭脂雪〉 / 합작 〈四大慶〉
陳二白 (?~?	長洲 (蘇州)	于令	〈稱人心〉〈雙冠誥〉

그리고 민간에 떠도는 전설이나 야사野史 속의 이야기와 같이 하층민들이 선호하는 소재를 채택하였고, 언어적인 측면에서도 충분히 하층민들

도 이해할 수 있는 쉬운 표현을 사용하였다. 이러한 점은 이전의 극작가들이 주로 '재자가인才子佳人'의 사랑 이야기를 다루고, 일정한 지적 수준이 있어야만 이해할 수 있는 어휘를 사용하여 작품을 창작했던 것과 차별성을 드러낸다.[65] 이들이 살아가던 명말청초는 왕조가 교체되는 혼란한 시기였기에 당시의 시사적인 문제를 소재로 삼은 것이 자연스런 현상

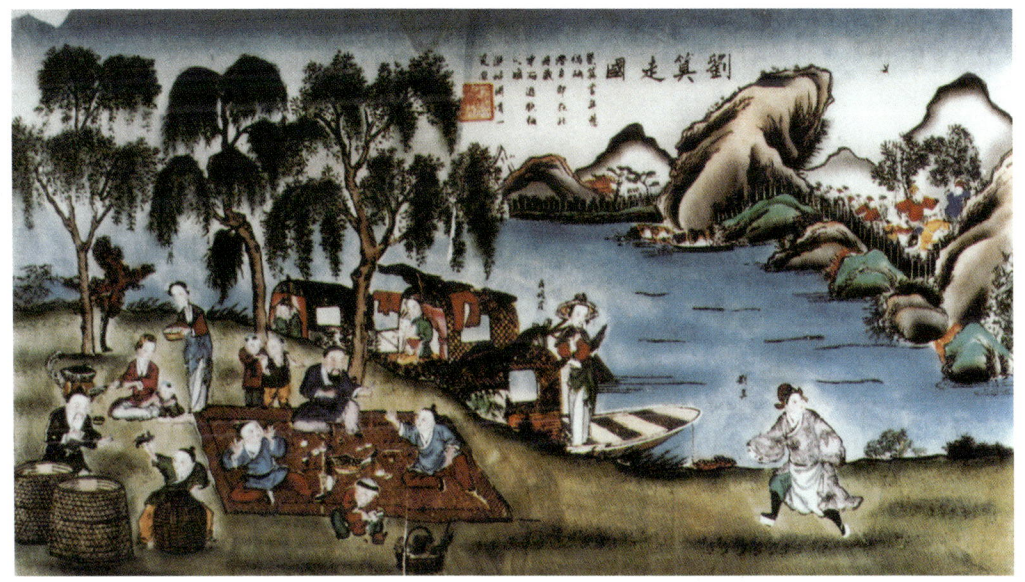

· 그림 17 <어가락>의 이야기를 연화年畵로 그린 그림이다.

으로 보이기도 하지만, 이들이 대부분 별다른 관직을 역임하지 않은 보통 시민의 신분이었다는 점도 작품 속에 시사성이 짙은 하층민의 이야기를 다루게 된 중요한 배경이 되었을 것이다.

오늘날에는 소주파 극작가들의 작품 다수가 곤극은 물론이고 다른 지방 희로도 각색(改編)되어 공연되고 있다. 일례로 장대복의 <천하락天下樂>

중 '종규가 여동생을 시집보내다(鍾馗嫁妹)>' 단락은 지금까지도 곤극의 대표적인 레퍼토리 중의 하나이며, 주학의 <십오관十五貫>은 1956년에 새로이 각색되어 현대 곤극의 부흥을 알리는 신호탄이 되었다. 또 이옥의 <청충보>는 경극京劇 <오인의五人義>로 각색되었고, 진이백의 <쌍관고雙冠誥>는 경극 <삼낭교자三娘敎子>로 각색되어 공연되고 있다.[66]

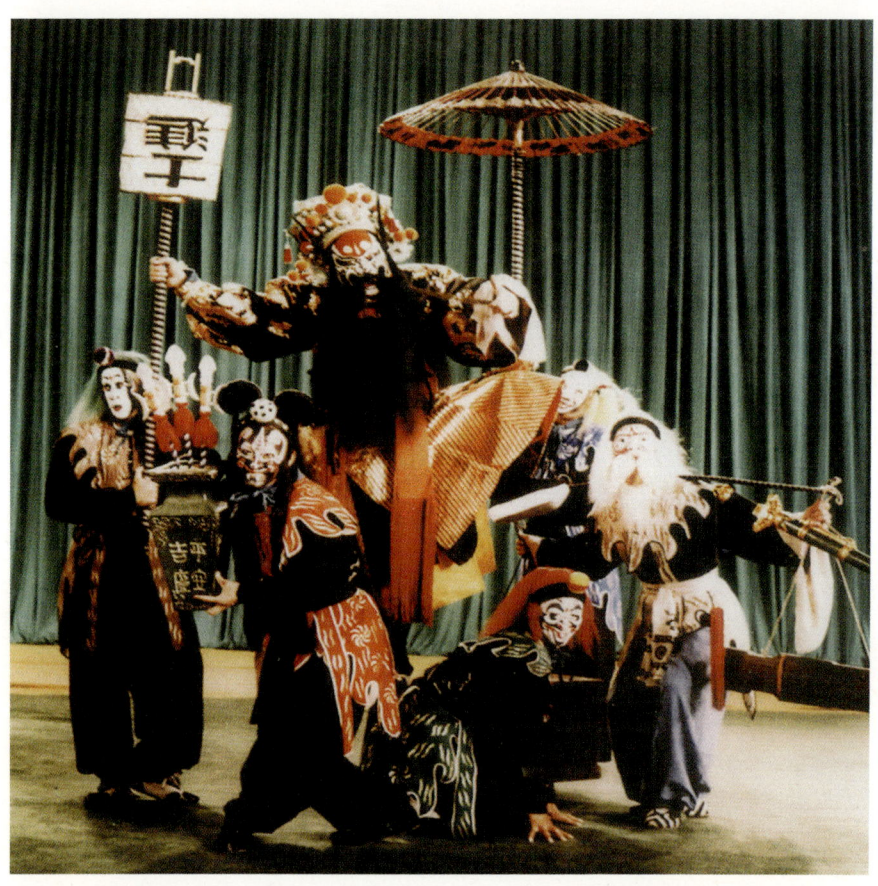

· **그림 18** 허우위산(侯玉山)이 종규로 분장한 <천하락>의 공연 모습이다. 종규는 과거시험을 보러 가던 중 귀신소굴에 들어가 추악한 용모로 변하였고, 이로 인해 낙방하여 분개하며 자살한다. 그러나 저승에 가서 생사를 관장하는 신이 되고, 생전의 약속대로 여동생을 서생 두평杜平에게 시집보낸다.

이어李漁(1611~1680)는 향유자 지향적인 태도로 유쾌하고 통속적인 희극喜劇 작품을 창작했던 상업주의 극작가이자, 영리적인 극단 양성과 그에 따른 풍부한 연출 경험을 토대로 근대적 개념의 연극론을 ≪한정우기閒情偶寄≫에 담아낸 연출가였다. 그는 무대와 관중을 중시한 소주파蘇州派 작가들의 영향을 받았지만, 명말청초라는 혼란한 시기와 무관하게 개인적인 삶을 살아갔다.

::유쾌한 상업 작가

이어는 절강성浙江省 금화金華 부근의 난계蘭谿 사람으로, 명말의 만력萬曆 39년(1611) 강소성江蘇省 여고如皐에서 출생하였다. 어릴 적 이름은 선려仙侶였는데, 훗날 자를 입홍笠鴻 혹은 적범謫凡이라 하고, 호를 입옹笠翁, 호상입옹湖上笠翁, 수암주인隨庵主人, 신정초객新亭樵客 등이라 했다. 유년 시절에 부친 이여송李如松과 백부 이여춘李如椿은 여고에서 의술을 업으로 삼고 있었고, 당시 "집안이 평소 풍족하여 그곳의 원림園林 정자와 비단 옷은 마을에서 최고였다"①67)고 말할 정도였다. 그러나 10세

---

① 황학산농黃鶴山農의 〈옥소두玉搔頭·서序〉

즈음에 고향 난계로 돌아간 뒤 부친을 여의고 가세가 점차 기울어갔던 듯하다. 총명하고 재주가 많았다고는 하나 향시鄕試조차 합격하지 못하였고 청나라가 들어선 뒤로는 아예 과거시험에 응시하지 않았다.

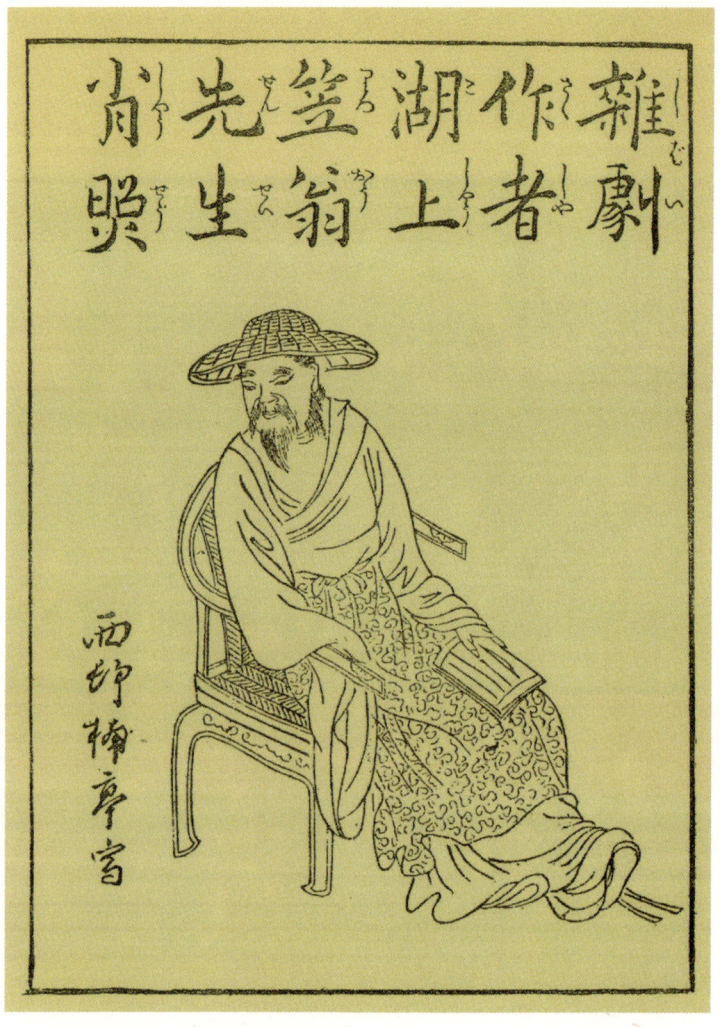

·그림 19 일본인이 그린 이어의 모습

훗날 청나라 순치順治 8년(1651) 나이 마흔이 되어 항주杭州로 거처를 옮긴 뒤로 인생의 전환기를 맞이했던가 보다. 이때부터 이어는 희곡과 소설을 창작하기 시작했으며,① 자신이 가택에서 양성한 극단 '가정희반家庭戲班'을 이끌고서 강남지역 곳곳의 벼슬 높고 부유한 이들의 집안을 들락거리며 공연을 연출한 뒤 받은 사례비로 생활하였다.⁶⁸⁾ 이러한 정황은 보통 신사紳士 계층이 풍부한 재력을 바탕으로 개인적인 향유 혹은 사교적 목적에서 폐쇄적 성격의 가정희반을 양성하였던 것과 크게 구별된다.② 이는 미약한 경제적 기반에서 비롯된 근대적 발상이라 하겠다.

이처럼 극단 운영을 통해 생활비를 마련하였던 이어가 극작을 했던 주된 배경은 영리적 공연에 소요되는 극본을 마련하기 위한 것이었다. 때문에 작품의 내용이나 형식이 관중들의 구미에 맞아 그들이 충분히 즐길만한 것이어야 했으리라.

> 전기傳奇는 본래 근심을 풀기 위해 짓는 것이라.
> 노래 한 곡조에 가진 돈을 쾌척할 수 있어야 하리.
> 무엇 때문에 돈을 내고 울음소리를 사고.
> 즐거움을 되레 슬픔과 오열로 변하게 한단 말인가.
> 내가 극작을 하는 까닭은 애수를 팔기 위함이 아니니.
> 단 한 사람이라도 웃지 않는 것이 나의 걱정거리다.
> 온 세상이 모두 다 미륵불彌勒佛처럼 웃어야만.
> 사람 제도하는 서툰 붓을 비로소 던져놓을 수 있으리.③⁶⁹⁾

---

① 극작품 외에 시문집 ≪일가언一家言≫이 있고. 단편 소설집 ≪무성희無聲戲≫와 ≪십이루十二樓≫ 등을 저술한 소설가이기도 하다.
② 신사 계층의 가정희반에 관해서는 제10장 '가정희반의 양성'에서 상세히 다루었다.
③ 이어의 〈풍쟁오〉 제30출 '석의釋疑'【미성尾聲】 뒤의 퇴장시

실제로 이어의 작품 속에서는 어두운 사회 문제에 대한 비판이나 심각하고 구슬픈 내용 같은 것은 거의 찾아볼 수가 없으며, 또 보수적인 부유계층을 주요 관중으로 삼았기 때문인지, '재자가인才子佳人'의 사랑이야기가 많을뿐더러 이야기 속에 교화적인 측면이 강조되어 있다. 모두가 재미나고 유쾌한 결말을 갖는 희극 작품들이다.

순치 18년(1661) 전후에는 지금의 남경南京에 해당하는 금릉金陵으로 이사하고 강희康熙 2년(1663) '익성당翼聖堂 서포書鋪'를 열면서 본격적으로 자신의 작품을 출판하였으며 강희 8년(1669)에는 '개자원芥子園 서사書肆'라는 후세에까지 명성을 떨친 책방을 열어 적지 않은 화려한 서화書畫를 인쇄 출판하였다. 말 그대로 '개자원'은 '겨자씨'만 하여 규모가 크지는 않았지만, 조경 전문가이기도 했던 이어가 자신의 거처로 만든 아기자기한 형태의 원림園林이었고, 연극 공연은 물론이고 명사들이 사교 활동을 벌였던 명소였다. 이곳의 간행물로는 사대기서四大奇書를 비롯한 통속 소설류가 많았고 ≪개자원화보芥子園畵譜·초집初集≫과 같은 실용서가 유명하였으며,[70] 그러한 출판 활동을 기반으로 오위업吳偉業(1609~1672), 우동尤侗(1618~1704), 주량공周亮工과 같은 명사들과도 교유할 수 있었다. 그리고 강희 16년(1677)에는 금릉에서 다시 항주 서호西湖 부근으로 돌아와 살다가 강희 19년(1680)에 70세의 나이로 풍진 세상을 떠나간다.[71]

::열 가지의 재미난 이야기

이어는 '입옹십종곡笠翁十種曲'이라 부르는 <연향반憐香伴>(일명 <미인향美人香>), <풍쟁오風箏誤>, <의중연意中緣>, <옥소두玉搔頭>(일명 <만년환萬年歡>), <신중루蜃中樓>, <내하천奈何天>(일명 <기복기奇福記>), <비목어比目魚>, <황구봉凰求鳳>(일명 <원앙잠鴛鴦賺>), <신란교愼鸞交>, <교단원巧團圓>의 10가지 극작품을 남겼는데, 대체로 남녀 간의 애정사에 관한 웃음을 자아내는 소품들이다.

하나, <연향반>은 수재秀才 범개부范介夫의 처 최전운崔箋雲이 조어화曹語花에 대한 호감으로 애써 남편의 첩으로 받아들이고, 처첩 간의 갈등 없이 자매처럼 화목하게 살아간다는 이야기다. '일부다처一夫多妻'라는 봉건적인 제도를 긍정하고 있다는 점에서 현대 중국에서는 비판을 받아왔지만, 전통 시기에는 그것의 교화적 측면으로 인해 보수적인 관중들에게 환영받았을 것이다.

둘, <풍쟁오>는 연애시가 쓰인 연을 잘못 주워 상대가 뒤바뀌었다가 결국에는 미남 한세훈韓世勛과 미녀 첨숙연詹淑娟, 추남 척우선戚友先과 추녀 첨애연詹愛娟이 맺어지게 되는 이야기다. 여기에서 추녀는 얼굴만 못생긴 것이 아니라 재주와 인덕까지 전혀 찾아볼 수 없는 데 반해, 미녀는 재색을 겸비한 단아한 모습으로 그려져 있다. 지금의 관점으로 읽어보아도 간간이 폭소를 터뜨리게 하는 이어의 가장 빼어난 작품으로 손꼽는다.

셋, <의중연>은 그림을 잘 그리던 명기名妓 양운우楊雲友와 가난한 수재秀才의 딸 임천소林天素라는 두 여인이 각기 동기창董其昌과 진계유陳繼儒라는 두 저명 인사와 인연이 닿아 혼인하는 이야기다. 이는 선남선녀 간에 짝을 맺는 것이 당연하다는 식의 통속성이 짙다.

넷, <옥소두>는 명나라 무종武宗이 미복 차림으로 궁 밖에 나가 기녀를 만나고 그녀를 귀비貴妃로 맞아들이는 이야기다. 황제는 음탕한 풍류

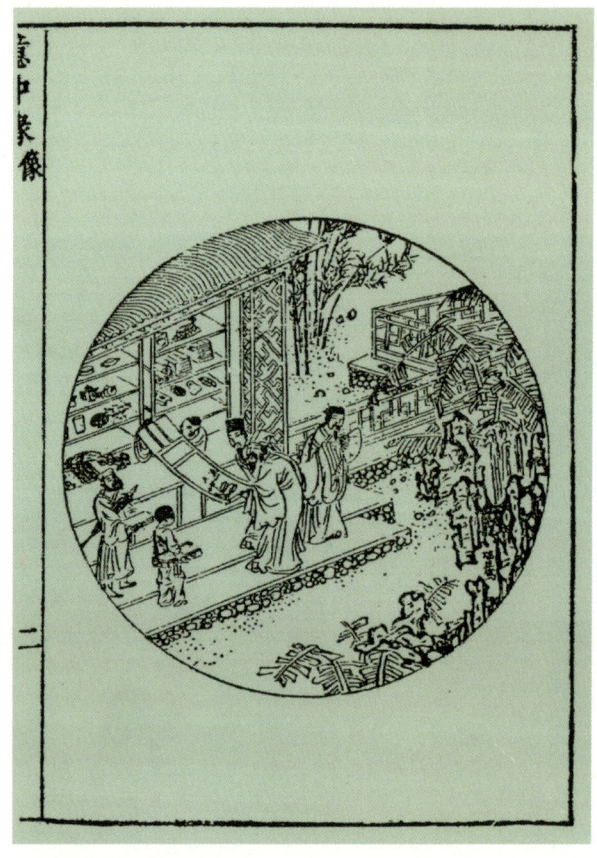

· 그림 20 <의중연>의 삽화

객의 모습으로, 기녀는 진솔하고 품위 있으며 재물이나 권력에 구애받지 않는 모습으로 그려져 있다.

다섯, <신중루>는 동해東海 용왕龍王의 딸 경련瓊蓮 및 동정호洞庭湖 용왕의 딸 순화舜華가 각기 서생 장우張羽 및 유의劉毅와 결혼에 골인하는 이야기다. 당나라 때의 단편 문언전기 소설 <유의전서劉毅傳書>와 원 잡극雜劇 <장생자해張生煮海>에도 보이는 환상적이고 낭만적인 색채의 작품이다.

여섯, <내하천>은 추남 궐리후闕里侯가 자신의 못난 외모에 놀라 떠나간 미모의 세 아내와 다시 만나게 되는 이야기다. 이어의 단편소설집 《무성희無聲戲》 중의 <못생긴 남자가 미녀를 두려워하다(醜郎君怕嬌得艶)>와 동일한 이야기를 연출하고 있다.

일곱, <비목어>는 신들이 서생 담초옥譚楚玉과 배우 유막고劉藐古의 지고지순한 사랑에 감동하여 두 사람을 맺어주는 이야기로, 역시 《무성희》 중의 <부귀를 경시하는 여인의 정절 이야기(輕富貴女旦全貞)>와 동일한 내용이다.

여덟, <황구봉>은 세 미녀가 서로 잘생긴 사내를 얻기 위해 온갖 수작을 부리는 이야기다. 결국 가인佳人이 명사名士와 짝을 맺고 과거에 급제하여 화촉을 밝힌다는 통속적인 내용이다. 이는 《연성벽連城璧》 중의 <과부가 계략을 짜서 새신랑을 맞고, 여러 미녀가 한 마음으로 재능 있는 사내를 빼앗다(寡婦設計贅新郎, 衆美齊心奪才子)>와 이야기가 동일하다.

아홉, <신란교>는 소주의 명기 왕우장王又嬙과 등혜연鄧蕙娟이 각기 기생 생활을 접기 위해 적당한 남편감을 찾는 이야기를 다루고 있다. 왕우장은 신중하여 신사紳士 화수華秀와 좋은 짝을 맺지만, 등혜연은 경솔하게 몸을 허락하여 몇 차례나 버림을 받는다.

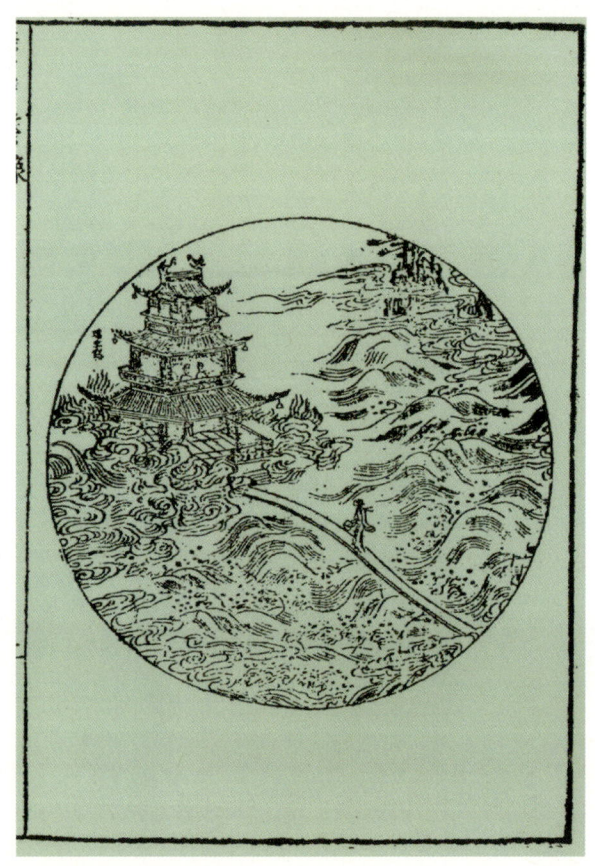

·그림 21 <신중루>의 삽화

열, <교단원>은 수재 요극승姚克承이 이웃사람 조옥우曹玉宇의 양녀와 정혼한 뒤 난리 통에 헤어졌다가 여러 곡절 끝에 부부가 되고 부모와도 다시 만나게 된다는 이야기다. ≪십이루十二樓≫ 중의 <생아루生我樓>와 동일한 이야기를 연출하였다.

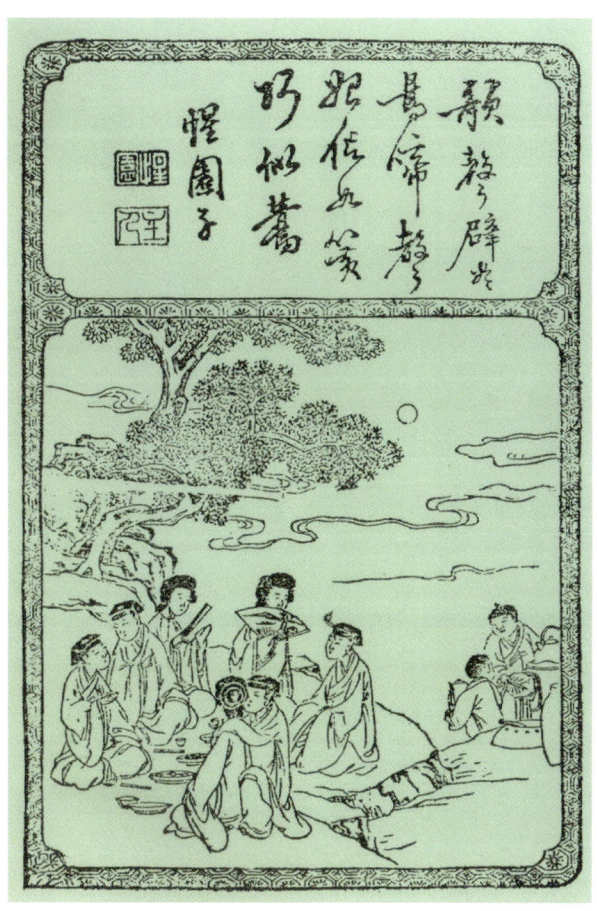

· 그림 22 <신란교>의 삽화

이처럼 이어의 작품들은 혼란스런 현실 사회의 문제와는 별다른 상관이 없는 가볍고 통속적인 내용이지만, 봉건적 관념을 선양한다든지 재미난 애정사를 다루고 있다는 점에서 고관대작들의 환심을 사고 관중들의 이목을 끌기에 충분하였을 것이다. 게다가 이야기 구조가 분명하고 장면 구성도 치밀하여 무대 공연에 적합하였으며, 에도(德川) 시대(1603～1876) 일본에도 전해져 큰 인기를 끌 수 있었다.[72]

:: 연극에 관해 쓴 호젓한 글

이어는 소주파 극작가들의 영향으로 무대와 관중을 중시하는 입장을 취하였고, 더 나아가 향유자 지향적인 태도로 재미까지도 고려한 '극학劇學' 이론을 ≪한정우기≫에 담아내었다. 명나라 말기에 왕기덕王驥德(1557?～1623)이 ≪곡률曲律≫에서 노랫말에 초점을 둔 전통적인 '곡학曲學' 이론을 집대성한 바 있지만, 무대 예술로의 연극 이론에 관해서는 상대적으로 소홀한 편이었다. 물론, 이어의 ≪한정우기≫는 ≪곡률≫보다 겨우 60년 가량 늦은 청나라 강희 10년(1671)에 완성되었으며, 왕기덕도 극작품을 건축물에 비유하며 구조적 측면을 감안하고 관중 확보를 위한 대중성과 통속성을 인식한 바 있으니, 왕기덕 역시 이어에게 소주파 작가들 못지않은 영향을 끼쳤을 것이다.[73]

≪한정우기≫는 모두 16권으로 극작, 연출, 연기를 아우르는 연극 전반에 관한 이론이 체계화되어 있고, 이외에 화장 기술, 원림 조경, 가구 수장, 요리 기술, 화초 재배, 보건 양생 등에 관한 내용도 포함되어 있다.

이 중에서 극작의 문제를 다룬 '사곡부詞曲部'의 <결구結構>, <사채詞采>, <음률音律>, <빈백賓白>, <과원科諢>, <격국格局> 6권과 연출의 문제를 다룬 '연습부演習部'의 <선극選劇>, <변조變調>, <수곡授曲>, <교백敎白>, <탈투脫套> 5권을 따로 떼어 '이립옹곡화李笠翁曲話'라 하며, 이 밖에도 '성용부聲容部'의 <습기習技>에 배우 양성과 관련된 내용이 보인다.74)

먼저 극작론에 있어서는 구조적 완정성에 관한 논의가 두드러진다. 마치 목수가 집을 짓는 것처럼 극작가는 전체적인 구조를 확정하고나서 비로소 극작에 들어가야 한다면서, 극의 구조가 음악적 요소보다 더욱 중요하다고 보았다. 이러한 관점은 극작을 '시詩'와 '사詞'의 연장선상에서 바라보던 기존의 '곡曲' 본위 연극관과 구별되어 주목된다.

> 노랫말을 짓는 데에 음률音律을 가장 중시하지만, 나에게만은 구조가 먼저이다. 음률은 책을 참고하면 그 이치가 비교적 명확히 드러난다. ······목수가 집을 짓는 것도 마찬가지다. 땅을 평평하게 하고 기둥을 세우기 전에 먼저 어느 곳에 대청을 지을지, 어느 쪽으로 문을 낼지, 대들보로 어떤 나무가 필요한지, 서까래는 어떤 재목으로 쓸지를 분명하게 한 후에 연장을 들어야 한다. 만약 기둥 하나를 세운 후에 다시 기둥 하나를 만들려면, 처음에는 편해도 나중에는 불편하게 된다. ······ 유행하는 작품을 읽어본 적이 있는데, 그 참담한 엉성함에 애석하였다. 애써 고생했는데도 관현악으로 연주되지 않고 배우가 공연하지 않는 까닭은 음률을 맞추기 어려워서가 아니라, 전체적인 구조가 좋지 않기 때문이다.①75)

또 구조적 완정성을 갖추기 위해서 사건과 인물에 있어 '중심을 확실히 세우라(立主腦)', 주요 내용 전개와 관련이 적은 '번잡한 줄거리를 줄이라

---

① ≪한정우기≫ '사곡부' 〈결구〉의 머리글

(減頭緒)', 각 절들의 연결에 있어 '앞뒤를 꼼꼼히 엮으라(密針線)'는 3가지 방법론을 제시하였다. 한 가지 예를 들자면, 극작을 옷 만드는 일에 비유하여 앞의 것에 합리적으로 연결되는 '조영照映'과 복선을 통해 뒤에 벌어질 내용을 암시하는 '매복埋伏'의 문제에 관해 다음과 같이 강조하였다.

> 극을 엮는 것은 옷을 바느질하는 것과 같아서, 우선 전체 옷감을 가위질하여 자르고, 그 뒤에 다시 조각들을 모아 꿰매어 만든다. 자르기는 쉬우나, 모아 꿰매기는 어렵다. 꿰매는 일은 전체적으로 바늘땀이 조밀해야 한다. 한 구절이 실수로 엉성해지면 그 전체가 망가져서 뜯어진다. 매 편의 한 절은 반드시 앞의 여러 절과 뒤의 여러 절을 고려해야 한다. 앞의 것을 고려하는 것은 '조영'하려는 것이고, 뒤의 것을 고려하는 것은 '매복'을 하기 위함이다. 조영과 매복은 한 인물이나 한 사건에 그치지 않고, 그 극에 나오는 등장인물이나 관련되는 사건들의 앞뒤 이야기에 구구절절 모두 생각이 미치는 것을 의미한다.①76)

이외에 제재 선택의 측면에서는 신선하고 기괴한 제재를 취하는 것이 관중들의 관심을 불러일으키는 관건이라면서 '상투적인 것을 벗어나야 한다(脫窠臼)'고 하고, 동시에 지나치게 '황당한 것은 경계해야 한다(戒荒誕)'면서 평소 일어날 법한 익숙한 일들에서 제재를 골라야 한다고 보았다. 그리고 언어 사용의 측면에서는 연극이 고급의 시나 산문과 달라서 문자를 깨우친 지식인만이 아니라 부녀자와 어린아이를 포함한 하층민도 함께 보는 것이므로, 그 의미를 금새 간파하기 어려운 심오한 언어가 아닌 '쉽고 명확한 언어를 귀하게 여긴다(貴淺顯)'고 하였다. 또 무대 공연에 적합하도록 음률에 잘 들어맞는 노랫말을 구사해야 하며, 대사(賓白)도 노랫말만큼이나 중요하기에 각 극중 인물의 신분과 성격에 걸맞게 구

---

① ≪한정우기≫ '사곡부' 〈결구〉 중의 '밀침선密針線' 조항

사될 수 있도록 주의해야 한다고 했다.

　다음으로 연출론에 있어서는 어떠한 작품을 고르느냐가 공연의 성공 여부를 결정짓는데, 작품을 선택할 때에는 배우들의 연기력도 충분히 감안해야 한다고 하였다. 또 연출가로의 극본 각색(改編)에 관한 논의가 매우 구체적이다. 그는 원작이 훼손되지 않는 범위 내에서 40～50출에 달하는 전기傳奇의 '긴 분량을 짧게 줄여야 한다(縮長爲短)'고 했으며, 세부 처리에 있어서는 과거의 정서에 걸맞는 '옛 내용을 지금의 상황에 맞게 변형시켜야 한다(變舊成新)'고 하였다.[77)]

　예를 들어 연출 효과를 극대화하기 위해 공연 시간을 어두울 때로 한정하였고, 이로 인해 짧아진 공연 시간에 알맞게 원작의 분량을 조절해야 한다고 하였다. 그리고 조절하는 방법으로 생략할 수 있는 부분을 따로 메모하여 두고 이를 과감히 생략하는 요령을 제시하였다.

> 연극을 관람하는 시간은 모름지기 컴컴해야지 밝아서는 안 된다. ……극본이 길어 끝내지 못하기보다는 차라리 짧아 끝이 있는 것이 낫다. 따라서 전기를 지어 배우에게 의뢰할 때에는 꼭 늘이거나 줄이는 방법을 먼저 알려주어야 한다. 생략할 만한 줄거리 몇 단락이 있으면 암호 식으로 따로 기록해 두었다가, 한가한 사람을 만나면 보태어 전부 공연하고 아니면 삭제시킨다.①[78)]

　또 무엇을 변형시킬 것인가에 관해서는 중추적 역할을 하는 노랫말과 주요 단락은 그대로 두고 골계적 표현이나 부분적 대사를 변형시켜야 한다고 하였다. 그 이유로 세상의 이치가 변해가는 점을 들었는데, 여기에서 관중과 시대성을 중시하는 그의 태도를 엿볼 수 있다.

① ≪한정우기≫ '연습부' 〈변조〉 중의 '축장위단縮長爲短' 조항

본모습을 남기고 꾸밈새를 바꾼다. ……본모습이란 무엇인가? 노랫말과 주요 단
락이다. 꾸밈새란 무엇인가? 우스갯짓과 소소한 대사가 그것이다. 노랫말과 주요
단락을 바꿀 수 없는 것은 원작자가 이미 심혈을 기울여 이치에 들어맞도록 했기
때문이다. 내가 무슨 원수를 졌다고 꼭 그 업적을 매몰시키려 하겠는가? ……우
스갯짓과 하찮은 대사를 고치지 않을 수 없는 것은 사람의 일이란 것이 상황에 따
라 느낌이 달라지기 때문이다. 세상 이치가 바뀌었고 사람의 마음도 옛날 같지 않
다. 그때는 그때의 느낌이 있고 지금은 지금의 느낌이 있는 것이다.①79)

　실제로 이어는 <비파기琵琶記>의 '심부尋夫' 및 <명주기明珠記>의
'전차煎茶' 단락을 정채로운 일부만을 뽑아 공연하는 '절자희折子戲' 공
연의 방식에 부합되도록 각색한 바 있다.② 일반적으로 극본을 각색하는
목적은 3가지로 나누어 생각할 수 있다. 첫째로 의도를 충분히 반영하기
위해 원작의 내용을 각색하는 경우, 둘째로 적용하는 음악 장르가 다를
경우에 원작의 형식을 각색하는 경우, 셋째로 관중의 취향에 부합하기 위
해 오락성에 치중해 각색하는 경우가 그것인데, 이어는 주로 세 번째의
목적에서 극본을 각색한 연출가였다.

　예를 들면 <비파기>의 경우는 대사와 노랫말 그리고 음악 형식에 모
두 각색의 흔적이 보이지만, 주로 논리적인 타당성 확보를 위해 새로운
인물을 첨가하고 줄거리를 일부분 수정하는 데 치중하였다. 특히 대사를
당시의 상황에 맞고 당시의 언어에 부합하도록 각색하였고, 노랫말의 경
우는 원작과 각색본이 대체로 유사하다. 또 음악 형식에 있어서는 여주인
공 조오낭趙五娘이 극중에서 비파琵琶를 타는 장면에만 북곡北曲 세트
(套數)에 해당하는 【북월조北越調】 14곡을 삽입하여 관중의 흥미를 끌도

---

① ≪한정우기≫ '연습부' 〈변조〉 중의 '변구성신變舊成新' 조항
② ≪한정우기≫ '연습부' 〈변조〉의 끝부분에 〈비파기〉 '심부'와 〈명주기〉 '전차'의 각색본이 수록되어 있다.

록 하였는데, 이러한 오락적인 요소의 가미는 이어가 관중 동원에 큰 관심을 기울였다는 점을 보여준다. 이외에 무대 공연의 편의를 위해 무대 지시문을 원작보다 훨씬 구체적으로 적었다.[80] 그는 자신이 <비파기>를 각색하는 이유에 관해 다음과 같이 말하였다.

> 옛날의 전기에는 결함이 있어 완전하지 못한 것과 이치에 안 맞아 이해하기 힘든 점이 많다. ……몸에 비파를 매고 홀로 천리 길을 간다면, 스스로가 스스로를 보호할 수밖에 없을 것이다. ……만약 원작 외에 인물을 하나 끼워 넣어 조오낭을 서울에 보낼 때에 같이 가게 한다면 이치에 들어맞게 될 것이다. ……그 인물이 누구인가? 바로 돈과 쌀을 보내어 시부모의 장례를 돕게 했던 소이小二라는 인물이다. ……내가 몇 마디를 좀 보태어 이러한 결함을 보완하고 뒤를 손보아 사리에 맞게 바로잡았다.[①][81]

이처럼 이어는 연극의 상업성에 주목한 극작가이자 경험이 풍부한 연출가로 오락성과 무대성을 중시했을 뿐 아니라, 극본 각색에 있어서는 논리적 타당성을 위해 줄거리와 등장인물의 일부를 변경하였는데, 여기에서 중국 전통극의 서정 일변도 경향과 서사적인 우연성을 탈피하고자 했던 이어라는 근대적 연출가의 발상이 돋보인다.

이전에도 양식이나 장르를 넘나드는 각색의 사례는 많았지만,[82] 기존의 이야기를 모티프로 새롭게 재구성하는 극작법은 중국 전통극에서는 흔히 보이는 수법이므로, 그것은 각색이 아닌 창작의 또 다른 방식으로도 이해할 수 있다. 때문에 연출의 시각에 입각한 이어의 각색론은 연극사적으로 의미가 크다. 옛날 송나라 악무樂舞 속의 '죽간자竹竿子'나 송원대 남희

---

① 《한정우기》 '연습부' 〈변조〉 중의 '변구성신' 조항

의 '말니末泥' 등도 연출의 기능을 담당한 것으로 추측되며, 원명대의 유명한 배우나 극작가 그리고 극단의 '장반掌班' 혹은 '반주班主'들도 연출가로의 역할을 담당한 것으로 보이지만, 이어는 각색의 방식까지도 구체적으로 논의한 최초의 근대적인 연출가였던 것이다.[83]

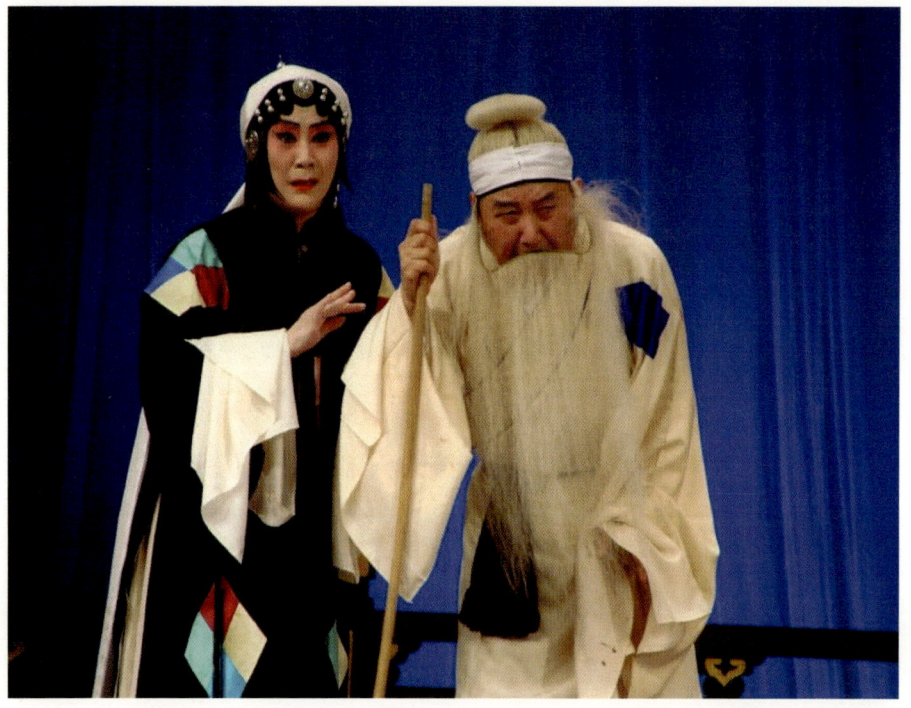

· 그림 23 <비파기>의 공연 모습이다. 본래 원나라 말기에 나온 남희로 고명高明의 작품이다. 한나라 때에 서생 채백개蔡伯喈가 출세한 후 시부모님을 극진히 모시던 조강지처 조오낭을 배신하는 이야기가 골간이다. 이어가 각색한 부분은 조오낭이 비파를 타면서 남편을 찾아가는 단락이다.

"문장을 아끼는 자는 그 노랫말을 좋아하고 소리를 이해하는 자는 그 음률을 감상하여 소문
이 더욱 멀리 퍼져나갔다."

－오서부 〈장생전·서〉

홍승洪昇(1645~1704)은 명나라가 멸망한 이듬해인 청 순치順治 2년
(1645)에 태어나, 청나라가 비로소 안정적 체제를 갖추기 시작했던 강희康
熙 43년(1704) 60세의 나이로 세상을 떠났다. 특히 그가 남긴 <장생전>
은 당 현종玄宗과 양귀비楊貴妃의 사랑이야기를 다룬 낭만적인 작품이자,
청나라 초반 지식인들의 반청反淸 의식이 반영되어 있는 작품이다.[①]

::비운의 낭만주의자

홍승은 화려한 청년시절을 거쳐 중년의 추락과 비운의 죽음을 맞이하
였다. 자는 방사昉思이고 호가 패휴稗畦 또는 패촌稗村으로 고향 집은
절강성浙江省 전당錢塘(지금의 항주杭州)의 광춘문廣春門 부근에 있었으
며, 혼란한 명청 교체기에 살았음에도 유복한 집안을 배경으로 비교적 넉
넉한 생활을 영유하던 유년 시절과 청년기(1세~23세)를 보냈다. 그가 태
어나기 바로 한 해 전인 1644년은 명나라가 멸망한 해로 기억된다. 이자
성李自成의 농민 반란군이 북경(北京)을 점령하자 명나라 최후의 숭정崇
禎 황제가 자결하고, 오삼계吳三桂가 청의 군대와 결탁해 농민 반란군을

---

① 홍승의 작품으로는 시가집 ≪소월루집嘯月樓集≫ 및 ≪패휴집稗畦集≫과 전기傳奇 8종 및 잡극雜
劇 3종이 있었다고 하는데, 오늘날에는 전기 〈장생전〉과 잡극 〈사선연四嬋娟〉만이 전할 뿐이다.

진압한다. 그리고 1645년 청나라 군대에 의해 양주揚州, 남경南京, 소주 蘇州, 항주, 곤산崑山이 차례로 함락되자, 강남지역에서는 반청 운동이 가속화되고 있었다. 그해의 7월 1일에 고향 항주에 살던 저명한 학자 황 기黃機의 딸 황씨黃氏는 피난길에서 그를 출산한다.

바로 그가 태어날 무렵은 청나라의 통치자들이 강남의 선비들을 잔혹 하게 진압하던 참혹한 시절이었다. 그러나 그의 집안에는 '학해學海'라 할 만큼 많은 책이 있었고, 청나라가 들어선 뒤로도 외조부와 장인 그리 고 부친까지 벼슬을 지낸 부유한 집안이었다. 또 당시 항주 지방에는 청 나라에서 벼슬하기를 거부한 이른바 '서냉십자西冷十子'라 불리는 유로 遺老들이 은거하고 있었는데, 홍승은 10세 때부터 그들 중 변문騈文 학 자였던 육번초陸繁弨와 음운音韻 학자였던 모선서毛先舒에게서 수학하 기도 했고, 소년 시절에는 서호西湖의 남병산南屏山에 있는 승방僧房에 서 독서를 하며 지내기도 했다.

그가 <장생전>을 비롯한 작품을 쏟아냈던 시기(24세~45세)는 강희 7 년(1668)에 고향을 떠나 청운의 꿈을 안고 북경에 진입했다가 훗날 강희 29년(1690)에 실패하고 귀향하기 전까지였다. 그는 북경에 가서 진사進士 시험을 준비하는 국자감생國子監生이 되었으나 평생토록 벼슬길에는 오 르지 못했고, 북경에 갔다가 이듬해 잠시 항주로 돌아온 뒤로는 더 이상 어린 시절의 넉넉함을 누리지도 못했다.

특히 28세(1672) 때에 일어난 소위 '가난家難' 사건으로 인해 다시 북 경 주변에서 유랑생활을 시작한 뒤로 17년 동안 대부분의 시간을 그곳에 서 보내었다. 이 사건에 대해서는 부친 홍기교洪起鮫가 정치적 사건에 연루되어 그 역시 유랑길에 들어섰다는 설과 계모와의 불편한 관계 때문에 집에서 쫓겨났다는 등의 여러 설이 있다. 그것이 어찌된 사정이건, 그가 풍요로운 집안 배경을 잃은 결정적 사건임에는 틀림이 없다.

북경에 간 뒤로 왕사정王士禎(1634~1711)의 문하에 들어가 극작에 전념하였는데, 그중 <장생전>은 가장 뛰어난 작품으로 세인의 주목을 받아왔다. 이는 글을 팔아 생계를 유지하던 빈곤한 나날 속에서 10여 년 동안 각고의 노력과 3번의 수정을 거쳐 완성된 것이었다. 첫 번째 원고의 명칭은 <침향정沈香亭>으로 1673년(29세)에 완성되었으며, 두 번째는 <무예상舞霓裳>으로 1679년(35세)에 완성되었다. 그리고 1688년(44세) 세 번째 원고에 와서 비로소 <장생전>이라는 이름이 붙었다. 이는 탈고된 즉시 북경의 직업극단 '내취반內聚班'에 의해 공연되었고, 강희 황제(즉 성조聖祖)의 칭찬을 받아 점차 고관대작들에게도 향유되었다.

> 강희 연간의 정묘丁卯(1687)와 무진戊辰(1688) 사이에 북경의 이원자제梨園子弟로는 내취반이 제일이었다. 당시 전당의 홍태학 방사가 지은 〈장생전〉 전기가 처음 나오자 내취반에게 주어 공연하게 하였다. 성조께서 보시고는 칭찬하시며 배우들에게 백금 20량을 하사하시고 여러 왕족들에게 추천하시니, 여러 왕족 및 내각 대신은 연회가 있을 때마다 반드시 이 극을 공연하였다. 팁으로 주는 상금이 매번 황제께서 내리신 것과 같았다.①84)

그러나 이듬해 1689년에는 <장생전>이 강희 황제에 의해 불경스럽다고 여겨져 홍승이 하옥되는 사건이 발생한다. 바로 '기일공연치화忌日公演致禍'라 부르는 문자옥으로 인해 홍승은 국자감생 자격을 박탈당하고 낙향한다. 그 원인에 대해서는 개인적인 정치 보복에 휩쓸렸다는 설과 작

---

① 왕응규王應奎의 ≪유남수필柳南隨筆≫ 권6

품의 정치적 색깔에 대한 청 정부의 견제 조치였다는 두 가지 설이 있는데, 이 사건의 표면적 전말은 이렇다.

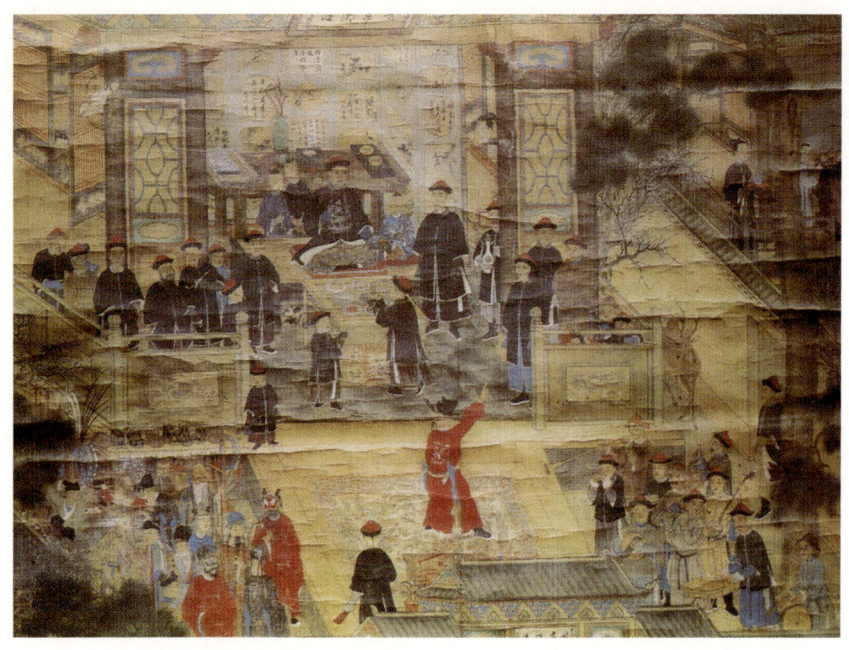

· 그림 24 <강희만수도康熙萬壽圖>. 강희황제가 가운데 앉아 <천관사복天官賜福> 공연을 관람하고 있다. 왼쪽 하단에는 팔선八仙이 등장하기 위해 대기하고 있고, 오른쪽 하단에는 악사들이 연주하고 있다.

강희 28년(1689) 7월 황후 동씨董氏가 죽었고 청 황실은 국상을 당하여 '27일 동안 북경의 백성들은 소복을 입고 100일 동안 향락을 금지하며 1달 동안 결혼을 하지 말라'는 명령을 내렸다. 그런데 홍승의 친구였던 찬선贊善 조집신趙執信 등이 '취화반聚和班'의 악공을 불러 <장생전>을 공연하였다. 이 일로 인해 어사御史 황륙홍黃六鴻의 탄핵을 받은 결과, 공연에 참가한 배우들은 물론이고 공연을 관람했던 그의 친구들이 모두 관직에서 쫓겨나고, 홍승 본인도 감옥에 갇히고 만 것이다. 그 뒤로 홍승은 더 이상 과거시험을 볼 자격이 없어 평생토록 공명을 이루지 못하는 처지로 추락하였다.

결국 홍승은 46세가 되던 해(1690)에 고향 항주로 되돌아와 '패휴초당稗畦草堂'을 짓고 친구들과 어울려 서호에서 시와 술로 울적한 마음을 달랬다고 한다. 그럼에도 불구하고 <장생전>은 더욱 유명해져 그 후로도 소주, 항주, 송강松江, 남경 등 이곳저곳의 초청을 받아 성황리에 공연되었다. 특히 <홍루몽紅樓夢>의 작가 조설근曹雪芹의 조부로서 당시 강녕직조江寧織造의 벼슬을 지냈던 조인曹寅(1658~1712)도 홍승을 초청하여 함께 사흘 동안이나 <장생전> 공연을 관람한 바 있다. 그러던 중 강희 43년(1704) 항주를 떠나 송강과 남경 등지로 여행을 갔다가 돌아오던 길에, 6월 1일 불행히도 가흥嘉興 부근의 오진烏鎭이라는 곳에서 술에 취해 물에 빠져 죽으니 그의 나이는 60세였다.[85]

:: 황제와 애첩의 이야기

<장생전>에서 다루어진 당 현종 이융기李隆基와 그의 애첩 양귀비 옥환玉環의 이야기는 별도로 '이양희李楊戱'라 불릴 만큼 다량의 극작품에 제재로 사용되었을 뿐 아니라, 시詩·사詞·소설 등의 각종 장르에 걸쳐 무수한 작품의 제재가 되었다. 당나라 이백李白(701~762)의 <청평조淸平調> 사와 두보杜甫(712~770)의 <여인행麗人行> 시에서 제재로

다루어졌고, 백거이白居易(772~846)의 <장한가長恨歌>와 진홍陳鴻의 <장한가전長恨歌傳>에서 처음으로 장편 서사문학으로 거듭나게 된다. 이외에 남송南宋 무명씨의 <매비전梅妃傳>과 장유張兪의 <여산기驪山記>와 같은 단편 문언전기 소설의 제재로도 환영받았다.

예를 들어 홍승의 <장생전> 22출 '밀서密誓'에 모티프를 제공하는 백거이의 <장한가>에서는 칠석날에 두 사람이 사랑을 언약하는 모습을 다음과 같이 읊은 바 있는데, 시어 속 남녀 간의 사랑에 관한 묘사가 애절하기 그지없다.

> 칠월칠일 장생전에서
> 한밤중 둘이서 속삭일 적에
> 하늘에선 비익조比翼鳥 되길 바라고,
> 땅에선 연리지連理枝 되길 바랐지.
> 영원한 사랑도 다할 날 있으리나,
> 이 한스러움 이어져 끊일 날 없으리.①86)

여기에서 비익조는 날개가 각기 한 쪽만 있어 둘이 함께여야 날 수 있는 새를 말하며, 연리지는 뿌리가 서로 다른 초목이 서로 붙어 자라난 가지를 말하는데, 이러한 비유는 통상 금실 좋은 부부를 의미하곤 한다. 이 구절은 <장생전>에서 두 사람이 견우와 직녀의 별을 바라보며 사랑을 언약할 때에 빌려다 썼는데, 다만 '한스러움(恨)'을 '맹세(誓)'로 바꾸어 극의 내용에 부합시켰을 뿐이었다.

이렇게 칠석날에 두 사람이 애틋하게 사랑을 언약하는 모습은 진홍의 <장한가전>에 보이는 기술이 더욱 구체적인데, 마치 <장생전> 22출의

---

① 백거이의 〈장한가〉

줄거리를 적은 듯이 그 내용이 축약되어 있다.

옛날 천보 10년, 황제를 모시고 여산궁에서 더위를 피하셨다. 7월의 가을 견우와 직녀가 만난다는 칠석날, 진秦 땅의 사람들에게는 이날 밤 수놓은 비단을 펼쳐 놓고 음식을 차려 놓는가 하면 오이꽃을 심고 뜰에 향을 피우는 '걸교乞巧'라는 풍속이 있었다. 궁중에서야 더욱이 그것을 숭상하였다. 밤이 깊어지자, 시종들을 동서쪽 곁채로 물리고 홀로 임금을 모시었다. 황제께서는 어깨를 기대고 선 채로, 하늘을 올려다보다가 견우와 직녀 이야기에 느낀 바 있어, 영원토록 부부가 되자고 굳게 언약하셨다. 그러고는 손을 잡고 흐느껴 우셨다.①87)

여기에서 두 사람이 사랑을 언약하던 칠석날에 '걸교'라는 풍속이 행해졌다고 했는데, ≪개원천보유사開元天寶遺事≫에서도 황제와 귀비가 매년 7월 7일마다 화청궁華淸宮에서 잔치를 열어 뜰에 음식과 술을 배설하고, 견우와 직녀별에게 아들 낳기를 기원하는 등의 여러 가지 놀이를 밤새도록 벌였다고 했다. <장생전> 22출에서는 당 현종이 등장하는 첫 부분에 양귀비가 갖가지 '걸교' 행사를 벌이는 장면이 나온다.

또 두 사람의 사랑 이야기는 제목을 알 수 있는 작품이 40종, 내용까지 전해지는 것이 20종에 달할 만큼 중국 전통극의 주요 제재로 쓰였다.② 오늘날 텍스트가 전하는 작품으로는 원나라 백박白樸의 잡극雜劇 <당명황추야오동우唐明皇秋夜梧桐雨>와 왕백성王伯成의 제궁조諸宮調 <천보유사제궁조天寶遺事諸宮調>, 명 만력萬曆 연간(1573~1620)에 나온

---

① 진홍의 〈장한가전〉
② 송금宋金 잡극으로 〈마천양비馬踐楊妃〉, 〈매비梅妃〉, 〈세아회洗兒會〉, 〈격오동擊梧桐〉 등이 있고, 원 잡극 중에도 관한경關漢卿의 〈당명황곡향낭唐明皇哭香囊〉, 백박의 〈당명황유월궁唐明皇遊月宮〉, 무명씨의 〈명황촌원회가기明皇村院會佳期〉, 악백천岳伯川의 〈나공원몽단양귀비羅公遠夢斷楊貴妃〉, 유천석庾天錫의 〈양태진예상원楊太眞霓裳怨〉 등이 있었지만, 모두 제목만이 전할 뿐이다.

오세미吳世美의 전기傳奇 <경홍기驚鴻記>, 청 강희 연간(1662~1722)에 나온 손욱孫郁의 전기 <천보곡사天寶曲史>가 대표적이다.

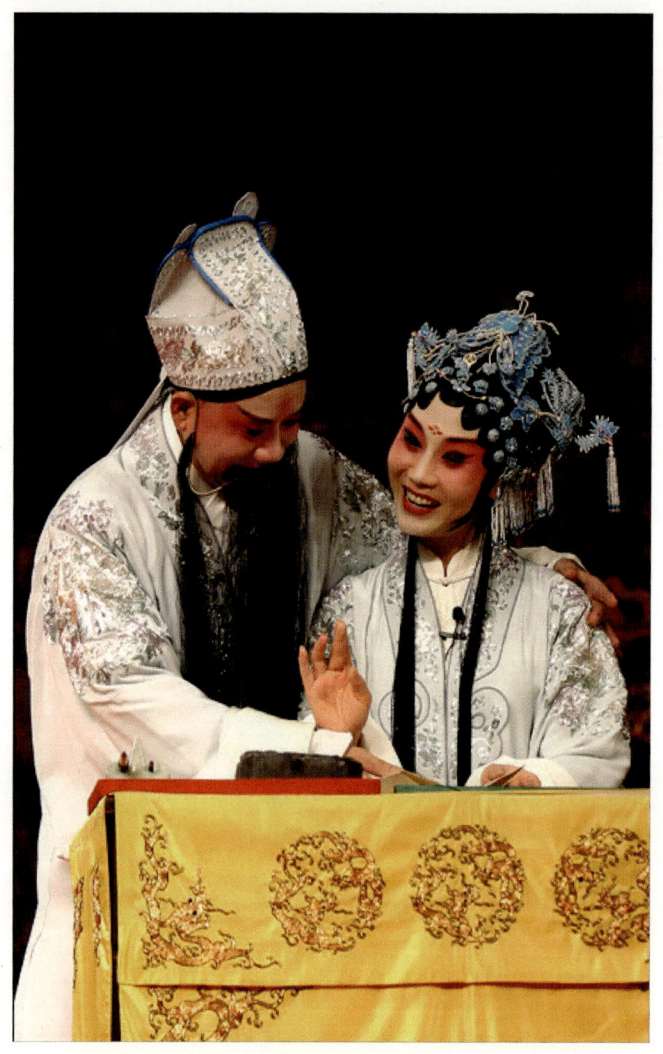

· 그림 25 강소성 소주 곤극원 왕팡(王芳)이 양귀비로 열연한 <장생전>의 공연 모습이다.

이 가운데 <당명황추야오동우> 4절折은 각기 <장생전>의 22출 '밀서', 24출 '경변驚變', 25출 '매옥埋玉', 45출 '우몽雨夢'에 연출되는 내용에 해당한다. 이는 남주인공 배역이 노래하는 '말본末本'으로 당 현종의 갈등과 심리묘사에 주력했으며, 여주인공 양귀비는 음란한 요부로서 안록산安祿山과 정을 통하고 나라를 망치는 모습으로 형상화되어 있다. 그리고 <천보유사제궁조>는 지금까지 전하는 제궁조 3종의 하나라고는 하나 ≪옹희악부雍熙樂府≫에 잔본만이 전할 뿐이다. 여기에서는 정치적 상황보다는 당 현종, 양귀비, 안록산 간의 문란한 성관계를 주로 묘사했다. 또 <경홍기>는 당 현종과 귀비 그리고 매비梅妃 간에 벌어지는 시기와 질투를 중심 내용으로 하며, 매비가 여주인공 배역 '정단正旦'을 맡는다. 반면, <천보곡사>는 중심 내용이 <경홍기>와 유사하나 귀비가 주인공으로 정단 역할을 맡는다는 점이 다르다. 이는 <장생전>보다 17년 이른 1671년에 쓰인 작품인데, 지나치게 역사적 사실에 치중한 나머지 예술적 성과는 두드러지지 않는다고 평가된다.

<장생전>은 당 현종과 양귀비의 사랑에 관한 역대 이야기의 결정판이라 할 수 있다. 양귀비에 대한 전통적인 '경국지색傾國之色'적 묘사를 탈피하여, 당 현종과 귀비의 변치 않는 사랑과 과오에 대한 참회를 부각시키고, 망국의 책임을 양국충楊國忠과 안록산에게 전가시켰다. 그러나 당 현종이 정치나 애정에 있어 모두 성실치 못한 우유부단한 인물로 묘사되었으며, 비록 안록산과의 문란한 성관계가 삭제되긴 했어도 귀비 역시 시기와 질투에 가득 찬 모습으로 묘사되어 있다. 또 후반부에 '봉래선자蓬萊仙子'와 '명황유월궁明皇遊月宮'의 전설을 바탕으로, 두 사람이 재회하는 해피엔딩으로 결말지었다는 점이 독특하다.[88]

:: 장생전에서 나눈 사랑

홍승은 ≪신당서新唐書≫와 ≪구당서舊唐書≫, ≪자치통감資治通鑑≫, ≪양태진외전楊太眞外傳≫, ≪명황잡록明皇雜錄≫ 등의 역사서와 상술한 각종 작품들을 숙독하고, 또 자신이 예전에 썼던 <침향정>(1672)과 <무예상>(1679)을 각색(改編)하여 비로소 <장생전>(1688)을 완성하였다. 세 작품의 내용이 어떠한 차이를 드러내고 있는지 비교해보자.

우선 <침향정>은 이백이 당 현종과 양귀비에 관해 쓴 사 <청평조> 3장의 내용을 바탕으로 당 현종을 찬양한 내용이며, 주인공 이백이 황제를 만나는 내용이 중심이다. 다음으로 <무예상>에서는 이백에 관한 내용을 삭제하고 숙종肅宗을 도와 당나라를 중흥시켰던 이필李泌에 관한 내용을 첨가하여, 당 현종이 귀비를 총애해 나라를 망친 일을 비판하였다. 주인공 이필을 중심으로 이야기가 전개된다. 끝으로 <장생전>은 주인공 양귀비가 당 현종과 '장생전'이라는 궁정의 한 전각에서 맺은 사랑의 언약과 그 완성을 중심으로 하며, 귀비가 죽은 뒤 천상에서 현종과 상봉한다는 후반부의 내용을 강조하였다. 또 마외파馬嵬坡 사건과 숙종의 중흥 노력을 비판하고 양귀비의 죽음을 비극적으로 묘사한 점이 특징적이다. 그리고 주요 착들은 현종을 중심으로 하는 내용과 귀비를 중심으로 하는 내용이 나란히 병렬되는 소위 '쌍선병행雙線竝行'의 구조를 이룬다.[89]

전반 25개 출에서는 주로 당 현종과 양귀비 간의 애정 행각과 화려한 궁정 내 잔치 등 향락적 면모에 치중하고 있다. 현종이 양옥환을 귀비로

봉한 뒤 칠석날 장생전에서 사랑의 맹세를 하지만, 안녹산이 반란을 일으켜 서쪽으로 피난을 가다가 마외파에서 귀비를 주살하게 된다.

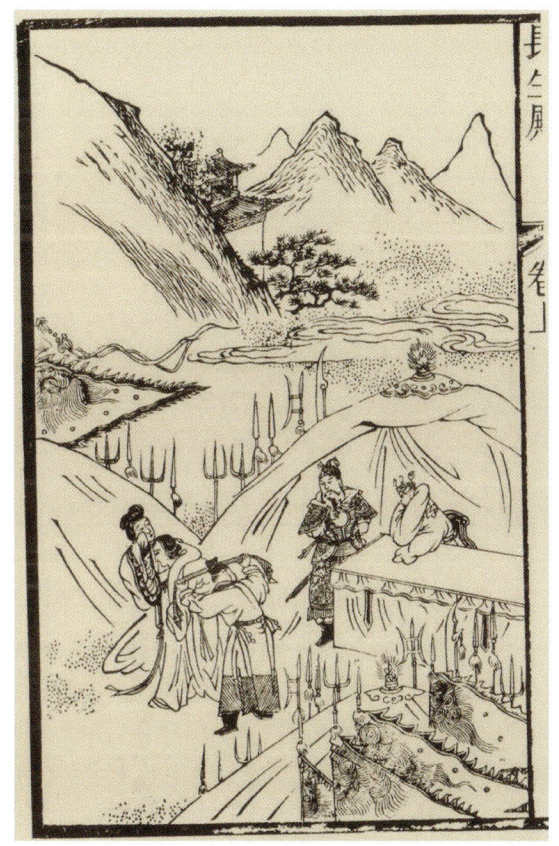

· 그림 26 〈장생전〉 제25출 '매옥'

또 후반 25개 출은 현종이 죽은 귀비에 대한 그리움으로 그녀의 상을 조각해 기념하고, 안사의 난이 평정된 뒤 장안으로 돌아와 서글퍼하다가

결국 두 사람이 월궁月宮에서 상봉한다는 내용이 요점이다.90)

　이러한 장생전은 큰 인기를 끌어 "대갓집의 잔치 자리나 술집과 기방에서 이 노래가 아니면 연주하지 않았으며,"①91) 당시 사대부들의 주목을 받아 "문장을 아끼는 자는 그 노랫말을 좋아하고 소리를 이해하는 자는 그 음률을 감상하여 소문이 더욱 멀리 퍼져나갔다. 가정희반家庭戲班을 양성하는 자는 붓을 모아다가 다투어 베껴서 교습하였다"②92)고 할 정도로 극본을 읽기에도, 음악을 입혀 노래하기에도, 무대 공연을 올리기에도 모두 적합한 것이었다. 바로 명나라 말기에 흥성했던 곤극은 청나라가 들어선 뒤로 점차 쇠락의 길을 걷게 되었는데, 그 말미에 자리한 홍승의 〈장생전〉이 옛날 탕현조湯顯祖(1550~1616)와 심경沈璟(1553~1610) 간에 있었던 논쟁을 불식시키는 최고의 명작으로 남게 된 것이었다.

① 서령소徐靈昭의 〈장생전·서序〉
② 오서부吳舒鳧의 〈장생전·서〉

08

"농사꾼과 아낙네들이 입에서 튀어나오는 대로 부른 것을 가져다 썼을 따름이니, 속된 말로 '마음 가는 대로 부르는 노래'라는 것이 바로 그리한 재주이리!"

—서위 ≪남사서록≫

중국 문화의 다른 분야와 마찬가지로 전통극에 쓰이는 음악 역시 남방과 북방 지역에 각기 특색이 있다. 이는 주로 역사적 배경과 지리적 환경의 차이에 따른 것이다. 북방의 경우에는 북송北宋(960~1126)과 남송南宋(1127~1279) 시기에 걸쳐 이민족의 요遼, 서하西夏, 금金, 원元나라가 건국되었고 빈번한 전쟁으로 인해 이민을 통한 문화적 융합의 기회가 많았으며, 이러한 상황 하에서 '북곡北曲'이 형성되었다. 반면, 남방의 경우에는 상대적으로 안정되어 본래의 송사宋詞와 남방 민간 음악의 기초 위에서 '남곡南曲'이 형성되었다.[93]

::남곡과 북곡

전통극의 양식을 분류하는 기준은 '곡曲'이나 '가락(腔)'의 차이가 아닌, 그것의 구조적인 근본적 차이에서 찾아야 할 것이다. 옛날 원 잡극雜劇이나 명청대 전기傳奇와 같은 양식 분류는 그것의 구조에 따른 것으로, 본래 무슨 곡을 사용하고 무슨 가락으로 창하는지에 따라 분류한 것이 아니었다. 원나라 때에도 남방에서는 남쪽의 가락으로 남곡이나 북곡을 창할 수 있었다. 즉 남쪽의 가락을 사용해서, 남곡으로 된 남희南戱 혹은 남희 중의 북곡을 창하거나, 북곡으로 된 잡극 혹은 잡극 중의 남곡을 창하는 것도 있었다. 그래도 잡극은 잡극이고 남희는 남희였다.

또 명나라 초기에 여요余姚, 해염海鹽, 익양弋陽, 곤산崑山 등과 같은 여러 남쪽의 가락들로 남곡을 창하기도 하고 북곡을 창하기도 하였다. 예를 들어 서위徐渭의 ≪사성원四聲猿≫ 잡극에서는 남곡이 사용되지만, 이런 이유로 ≪사성원≫이 전기가 되는 것은 아니다. 또 오늘날 주학朱雝의 <십오관十五貫> 전기는 무슨 가락으로든 다 공연하지만, 공연하는 가락의 차이로 인해 <십오관>이 전기라는 사실에 변화가 생기는 것은 아니다.[94]

::남희의 음악

송원 시기 남방 지역에서 연출된 전통극 양식은 '남희'라 하며 그것의 극본은 '희문戲文'이라 한다. 또 음악적 측면에서는 '남곡'을 기본으로 하는데, 명대 초기의 곤산강崑山腔은 바로 송원 시기의 남곡을 계승한 것이라 할 수 있다. 이는 본래 절강성浙江省 남부의 온주시溫州市 부근 영가永嘉 땅에서 생겨난 것으로, 그것이 가져다 쓴 음악은 자연히 당시 유행하던 송나라 때의 사詞[①]와 강남 지방의 민요가 대부분이었다. 서위는 1559년에 남희, 즉 '영가

① 사는 본래 음악적 요소가 강한 노랫말로 '사패詞牌'라 일컫는 악보를 갖는다. 글자 수에 따라 소령小令(~58자), 중조中調(59~90자), 만사慢詞(91자~)로 나누며, 중첩 여부에 따라 단조單調, 쌍조雙調(a+a'), 삼첩三疊(a+a'+a''), 사첩四疊(a+a'+a''+a''')으로 나눈다. 각 구는 5글자 혹은 7글자로 구성된 장단구長短句이며 중간에 화성和聲(즉 산성散聲, 허성虛聲, 범성泛聲)을 끼워 넣는다. 남송南宋의 문인사文人詞에서는 '사제詞題'가 부수적으로 첨가되었고, 평측이 근체시보다 까다로워 평平·상上·거去·입入을 모두 따져 통용될 수 없게 했다. 압운의 경우는 시보다 자유로웠다. 사패에 따라 구절마다 혹은 번갈아 혹은 여러 구에 걸쳐 압운할 수 있었으며, 또 중간에 운을 바꾸는 방식(換韻)도

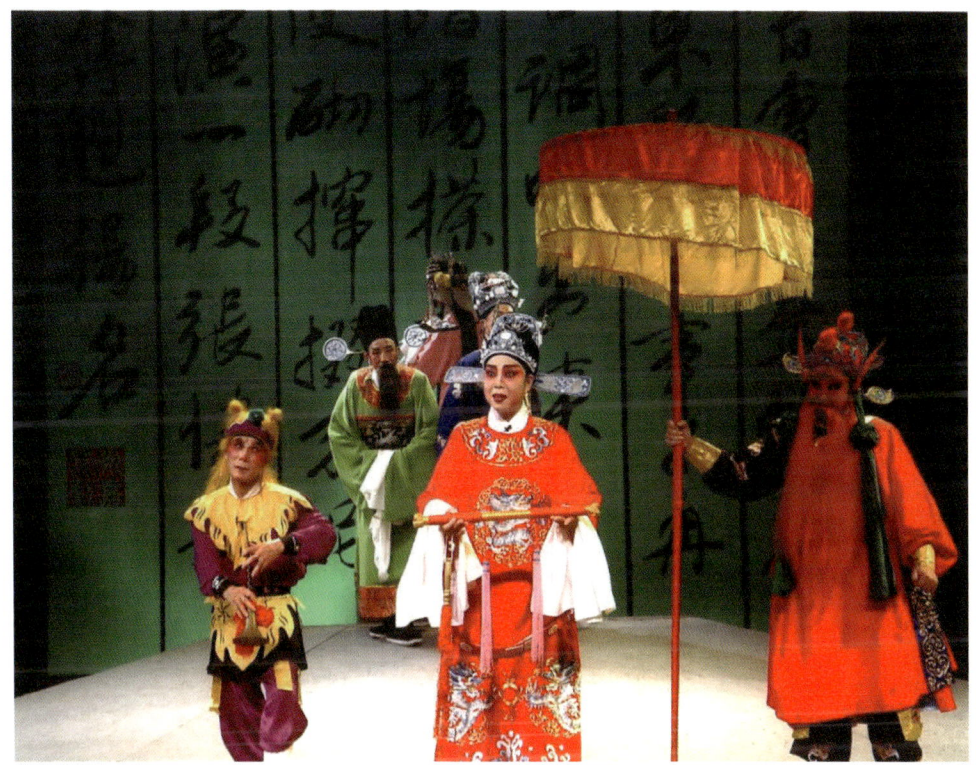

· 그림 27 온주시溫州市 영가곤극단永嘉崑劇團의 <장협장원>. 본래 송원 남희 작품으로 온주 구산서회九山書會의 작품이다. 서생 장협張協이 자신의 목숨을 살려준 가난한 여인 '빈녀貧女'와 결혼하고, 장원급제한 뒤에 출세를 위해 배신하는 이야기다.

잡극永嘉雜劇'에서 창하는 악곡에 관해 다음과 같이 말하였다.

> 남희는 송나라 광종光宗 때에 시작되었는데, ……그 곡은 바로 송나라 사람의 사 에 거리의 가요(里巷歌謠)가 더하여진 것으로 궁조宮調에 맞지 않기 때문에 사대 부 가운데 마음을 두는 자가 드물었다. ……'영가잡극'이 흥하자 또 시골의 소곡 (村坊小曲)으로 그것을 불렀는데, 본래 궁조가 없고 박자도 드물며 한갓 그러한

사용되었다.

농사꾼과 아낙네들이 입에서 튀어나오는 대로 부른 것을 가져다 썼을 따름이니,
속된 말로 '마음 가는 대로 부르는 노래(隨心令)'라는 것이 바로 그러한 재주이
리!①95)

이처럼 남희의 극작가들은 사 작품에서 노랫말을 뽑아다가 극작품 속
의 노랫말로 만든 것 외에, 원나라 때의 산곡散曲②을 전통극 속에 그대
로 이용하거나 북곡을 가져다 남곡으로 개작하기도 했다. 이러한 개작 방
식은 원·명대 이래 전통극 창작에서 줄곧 사용되었다.

또 전통극 속에 민요를 가져다 쓰는 방식은 더욱 자유로웠다. 송대의
남희 <장협장원張協狀元>에는 【복주가福州歌】,【대주가臺州歌】,【오
소사吳小四】등의 민요가 사용되었고 명대의 전기 중에는 산가山歌와 오
가吳歌 같은 민요가 적지 않게 사용되었다.

이외에도 비교적 소수의 사례이지만 대곡大曲, 곡파曲破, 불곡佛曲, 무
대舞隊, 영희影戲, 고판鼓板, 창잠唱賺에서 따오기도 했다. <장협장원>
의 경우를 예로 들자면 【국화신菊花新】4곡은 대곡 및 곡파에서 따온
것이며, 또 【오방귀五方鬼】와 【오경전五更轉】은 불곡에서,【천포로川鮑
老】는 무대에서,【대영희大影戲】는 영희에서,【잠賺】은 고판 및 창잠 기
예에서 따온 것이다.96)

---

① 서위의 《남사서록南詞敍錄》
② 산곡은 음악적 요소가 강한 노래 가사로 곡패曲牌라 일컫는 악보의 지배를 받는데, 그 명칭이 사패와
같더라도 형식이 다르거나 혹은 곡패에만 보이는 명칭도 있어 사패와는 상이한 존재다. 소령小令, 투
수套數, 대과곡帶過曲으로 구분한다. 소령은 단일 곡패를 말하고, 투수는 동일 궁조宮調(총 5궁 4조)
에 속하는 소령으로 조합되는데, 예를 들어 '소령a+소령b+소령c+……+미성尾聲'의 형식을 띤다. 대
과곡은 음률상 조화를 이루는 동일 궁조의 곡패 2개를 연이어 사용하는 형식이다. 또 '친자襯字'를 끼
워 넣는데, 이는 곡패에 규정된 글자 수 이외의 글자로 주로 허자虛字를 사용하며 평측平仄과 수량에
관계없이 첨가시킬 수 있는 것이다. 압운에 있어서는 평측을 구분하지 않고 하나로 압운(通押)하며 중
복해서 압운하는 방식(重韻)도 허용되었다.

::남희에서 전기로의 주요 변화

원나라가 들어선 이후 남곡은 북곡에 밀려 한동안 침체기를 맞는다. 그러나 명나라 중엽 이후에 위량보가 북곡의 노래 방식을 참고하여 곤산강을 개혁하고 곤곡의 창법을 만들어냄에 따라 다시금 중심에 서게 된다.[①] 보통 곤극을 포함한 명청대 남방 연극의 극본을 '전기'라 하는데, 이는 송원대 남희의 기초 위에 주로 다음과 같이 변화된 것이었다.

첫째, 남북곡합투南北曲合套[②]의 형식이 보편적으로 운용되었다. 이런 형식은 남희 작품들에도 보이지만, 그 당시에는 특수하고 예외적인 현상일 따름이었다. 그러나 전기 작품에서는 보편적으로 존재하는 현상일 뿐 아니라 조합하는 방식도 다양하였다. 예를 들어 남곡과 북곡을 하나씩 번갈아 사용한 것, 하나의 악곡 조합(套曲) 안에 절반은 남곡 절반은 북곡을 사용한 것, 한 작품 안에 북곡 전체를 인용한 방식이 있었다.

이러한 형식을 운용한 이유는 극적 정서에 걸맞은 음악을 사용하기 위함이다. 즉 남곡과 북곡은 서로 다른 느낌을 지니기에 양자를 적절히 배합함으로써 각 등장인물의 성격적 차이를 부각시키거나 극적 갈등의 격화를 보강한 것이다. 예를 들어 <장생전長生殿> 제19출 '서각絮閣'에서 귀비 양옥환楊玉環은 현종 이융기李隆基가 자신을 배반하고 매비梅妃와 몰래 만난다는 사실을 알고 한바탕 소란을 떤다. 여기에서 두 남녀 주인공의 서로 다른 성격을 강조하기 위해 '남북곡합투'를 배치하였는데, 바로 양옥환에게는 북곡을 창하게 하여 그녀의 시기 어리고 자유분방한 성

---

① 위량보가 만들어낸 곤곡의 창법에 관해서는 제1장 '곤산강과 위량보'에서 상세히 다루었다.
② '남북곡합투'는 남곡과 북곡을 모두 이용하여 하나의 악곡 세트로 조합하는 형식을 말한다.

격을 두드러지게 하고 이융기에게는 남곡을 창하게 하여 그의 어색한 심정을 두드러지게 하였다.①

둘째, 집곡集曲②의 방식이 널리 사용되었다. 이런 방식은 남희 가운데 이미 있었던 것이지만, 그다지 많이 운용되지는 않았을뿐더러 집곡의 구조도 간단하였다. 그런데 전기에서는 집곡이 이미 대량 운용되었고 구조도 비교적 방대하고 복잡하였다.

예를 들어 <장생전> 중의 아홉 출은 전부 집곡을 사용하거나 혹은 대부분 집곡을 사용한 것인데, 그 집곡의 구조도 복잡하다. 일례로 제16출 '무반舞盤'의 집곡【우의제이질羽衣第二迭】의 경우는【화미서畫眉序】-【조라포皀羅袍】-【취태평醉太平】-【백련서白練序】-【응시명근應時明近】-【쌍적자雙赤子】-【화미아畫眉兒】-【요지마拗芝麻】-【소도홍小桃紅】-【화약란花藥欄】-【파춘귀怕春歸】-【고륜대古輪臺】의 12곡을 모아 만든 것이다.

집곡은 대체로 젊은 남자주인공 배역 '생生'이나 여자 역할을 맡는 배역 '단旦'이 정감을 펼치기 위한 용도로 사용하는 '섬세한 곡(細曲)'의 조합이다. 남희 중에는 짤막한 극이 많아 길고 섬세한 곡은 적었다. 반면, 전기에서는 대체로 문인들의 손을 거쳐 노랫말에 세밀히 감정을 실었던 까닭에 길고 섬세한 곡이 많아졌는데, 본래 있던 섬세한 곡은 이미 사용

---

① <장생전> 제19출의 악곡은 남곡과 북곡을 하나씩 번갈아 사용하는 다음과 같은 방식의 남북곡합투로 구성되어 있다.【북황종北黃鐘·취화음醉花陰】-【남화미서南畫眉序】-【북희천앵北喜遷鶯】-【남화미서】-【북출대자北出隊子】-【남적유자南滴溜子】-【북괄지풍北刮地風】-【남적적금南滴滴金】-【북사문자北四門子】-【남포로최南鮑老催】-【북수선자北水仙子】-【남쌍성자南雙聲子】-【북미살北尾煞】

② '집곡'은 동일한 궁조 혹은 소리의 느낌이 근접한 궁조에 속하는 서로 다른 곡패들에서 각기 한 단락씩을 선별하여 연결시킴으로써 새로운 곡조를 만드는 방식을 말한다.

하기에 충분치 않아 집곡을 더 많이 사용하게 된 것이다. 그러나 집곡이 과도하게 사용된다면 공연할 때에 일반 관중들을 멍하니 졸고 싶게 만들 것이다. 때문에 전기 중에 집곡이 증가한 것은 전기의 병폐이자 그것이 훗날 쇠락하게 된 원인 가운데 하나로 여겨진다.

　이외에 극본에 '출出'이라는 단락을 나누고 출의 명칭(出目)이 더해졌다. 그로 인해 남희에 본래 있었던 '제목'은 곧 역할을 상실하였고, 전기 에서는 4구로 된 제목이 제1출의 맨 뒤로 옮겨져 부말副末이 '개장開場' 한 이후에 읊는 퇴장시(下場詩)가 되었다. 그리고 배역(脚色)이 세분화되 었으며,① 곡률曲律이 더욱 엄격해졌다.[97]

∷곡패의 기능

　곤극은 외형적으로 악곡의 명칭인 '곡패曲牌'들을 여럿 연결하여 한 세트의 악곡 조합(套曲)을 이루는 전통적인 형식을 띤다.② 또 노랫말에 해당하는 글자(曲辭)의 격률格律과 곡패 가락의 음계(調式) 구성 그리고 곡패의 조합 방식은 서로 간에 긴밀한 관련이 있는데, 그 연관된 규칙들 은 오랜 시행착오를 거쳐 일정한 틀로 고정되었다. 훗날 이러한 틀이 '곡 보曲譜'로 기록되어, 극작가는 노랫말을 거기에 맞춰 집어넣는 방식(塡 詞)으로 극작을 행하고 배우들이 노래를 부를 때에 근거로 삼았다.

---

① 퇴장시와 배역의 세분화에 관해서는 제9장 '배역과 분장의 체계'에서 상세히 다루었다.
② 곡패의 시초는 본래 한漢 악부樂府 혹은 남북조시대 가곡歌曲의 제목(title)들이었고, 당시에는 특정한 내용의 가사를 먼저 짓고 그에 맞춰 음악을 입히는 방식이었다. 그런데 가사의 제목들이 유명해지면서 특정한 내용과 분리되어 오히려 특정한 음악의 배합을 지칭하는 것으로 간주되었고, 거꾸로 그러한 음 악의 배합 방식에 맞춰 새로운 내용의 가사를 끼워 넣는 방식으로 변화되었다.

곤극에서 곡패의 기능은 두 측면에서 설명할 수 있다. 그 하나는 공연의 측면에서 노래의 가락과 창법을 규정하는 데 있고, 다른 하나는 극작의 측면에서 노랫말의 구의 구성(句式), 글자의 수(字數), 평측平仄의 배치 등을 규정하는 데 있다. 일례로 【상천효각霜天曉角】이라는 동일한 명칭의 곡패가 <비파기琵琶記> 제23출 '탕약을 대신 맛보다(代嘗湯藥)'와 <장생전> 제45출 '우몽雨夢'에 모두 보이는데, 그 노랫말은 <표 6>과 같이 유사한 분위기와 거의 동일한 형식으로 구성되어 있다.

〈표 6〉 <비파기>의 【상천효각】 과 <장생전>의 【상천효각】

〈비파기〉	근심이 밀려오니 어찌 피할꼬. 재앙은 자꾸만 닥쳐오네. 시어머님 돌아가신 일 너무도 고통스러운데, 시아버님까지 병이 드시어 또 위태롭게 되었구나. 難挨怎避, 災禍重重至. 最苦婆婆死矣, 公公病, 又將危.
〈장생전〉	깊은 시름에 아득히 꿈꾸노니, 흰머리는 얼마나 늘었을까. 아리따운 그녀 너무도 일찍 세상 떠난 일 너무도 고통스러운데, 홀로 된 밤 상심되고 쓸쓸한 밤 한스럽다. 愁深夢杳, 白髮添多少. 最苦佳人逝早, 傷獨夜, 恨闃宵.

위의 사례를 살펴보면, 이 곡패는 5구로 되어 있고, 각 구가 '4글자·5글자·6글자·3글자·3글자'로 구성되며, 넷째 구를 제외한 나머지 구의 마지막 글자에 압운押韻하는 형식이다.[98] 평측의 경우에도 동일한 곡패를 사용하는 노랫말의 각 글자를 따져보면, 평성과 측성이 혼용되어도 무방하거나 반드시 일정한 평성 혹은 측성을 사용하는 부분으로 귀납할 수 있다.①

---

① 북방음을 표준어로 삼고 있는 현대 중국어에서는 제1성이 음평陰平, 제2성이 양평陽平, 제3성이 상성上聲, 제4성이 거성去聲이며, 평측으로는 음평·양평이 평平에 속하고 상성과 거성이 측仄에 속한다. 본래 측에는 보통 한국 한자음으로 읽어보면 ㅂ·ㄷ·ㄱ 받침으로 끝맺는 '입성入聲'자도 포함되었지만,

::곡보와 운서

곡패의 격률을 기록한 저서로는 남곡에 관한 심경沈璟(1553~1610)의 ≪남구궁십삼조곡보南九宮十三調曲譜≫와 북곡에 관한 이옥李玉(1591?~1671?)의 ≪북사광정보北詞廣正譜≫, 남곡과 북곡을 아우르는 왕혁청王奕淸의 ≪흠정곡보欽定曲譜≫(1715)가 대표적이고, 이외에 ≪태화정음보太和正音譜≫(1398), ≪구궁정시九宮正始≫, ≪한산당남곡보寒山堂南曲譜≫, ≪남사정률南詞定律≫, ≪신정십이율곤강보新定十二律崑腔譜≫, ≪남북사곡보南北詞曲譜≫ 등이 있다. 이러한 곡보들에는 모두 1,000개에 달하는 남·북곡 곡패의 종류가 수록되어 있으며, 남곡의 경우에는 각 글자의 소리(字聲)나 구의 구성 그리고 압운하는 위치(韻位) 외에 박자가 들어가는 위치(板位)까지도 표기되어 있다.

황종궁黃鐘宮① 중의 남곡에 해당하는【라화미懶畫眉】곡패를 예로 들어 평측이 혼용되는 곳은 '⊙', 평성만 쓰이는 곳은 '○', 측성만 쓰이는 곳은 '●', 압운이 쓰이는 곳은 '▲', 강한 박자(正板)가 들어가는 곳은 '、'로 표기하면 <표 7>과 같다.

원대 이후로 중국의 북방에서는 그러한 소리가 자취를 감추었다. 그러나 곤극이 탄생하고 유행한 명청대 남방지역의 방언에는 여전히 입성자가 존재한다.

① 궁조는 원나라 잡극 이후로 곡패의 분류나 절을 나누는 기준에 불과하여 노래의 분위기 표시 정도의 역할을 했을 뿐이다. 연남지암燕南芝菴은 ≪창론唱論≫에서 9가지 궁조의 인상을 다음과 같이 설명하였다. ㉮ 황종궁: 부귀하며 구성지다(富貴纏綿), ㉯ 정궁正宮: 슬프고 웅장하다(惆悵雄壯), ㉰ 선려궁仙呂宮: 청신하고 유장하다(淸新綿邈), ㉱ 남려궁南呂宮: 슬프고 애달프다(感歎傷悲), ㉲ 중려궁中呂宮: 높고 낮아 현란하다(高下閃賺), ㉳ 대석조大石調: 멋스럽고 함축적이다(風流醞藉), ㉴ 상조商調: 처량하며 원망과 그리움을 품고 있다(悽愴怨慕), ㉵ 월조越調: 냉소를 터뜨리듯 시원하다(淘瀉冷笑), ㉶ 쌍조雙調: 힘차고 날래다(健捷激裊)

月明雲淡露華濃,
⊙○•••○○▲

欹枕愁聽四壁蛩,
••○○○•○▲

傷秋宋玉賦西風,
⊙○•••○○▲

落葉驚殘夢,
••○○去▲

閑步芳塵數落紅.
○•○○⊙•○▲

사실 글자의 소리, 즉 평측의 배치는 멜로디(旋律)와 연관성이 크다. 그래서 그곳에 상성에 해당하는 글자를 써야 한다며 '上'이라 표기되어 있다면, 이곳은 꼭 낮은 음이 쓰여야 하는 부위이기에 만약 거성에 해당하는 글자를 집어넣게 되면 멜로디와 다르게 되어 잘못 노래할 수밖에 없게 된다. 때문에 측성의 부위에 '上', '去'로까지 자세히 적혀 있다면 다른 것으로 쉽게 고칠 수가 없는 것이다.

나아가 위량보가 '수마水磨'라는 곤극의 창법을 처음 만들어낸 뒤로, 점차 반절反切, 등호等呼, 음양陰陽, 청탁淸濁의 성운聲韻 이론이나 목구멍(喉), 혀(舌), 치아齒牙, 입술(脣)의 발성 기교를 응용하였다. 예를 들어 곤극에서 글자의 소리를 머리(頭), 배(腹), 꼬리(尾)로 세분하여 노래하는 방식을 표기할 때에는 반절 이론이 적용되었다.

일례로 반절 표기법에서 '상相'(즉 현대 중국어의 한어병음 'xiāng')이라는 글자는 '西衣央'(즉 현대 중국어의 한어병음 'xī yī yāng')이라 표기되어 첫 글자 '西'는 성모聲母, 중간의 '衣'는 개모介母, 마지막의 '央'은 운모韻母의 역할을 하는데, 이러한 방식을 곤극에서 글자를 머리, 배, 꼬리로 세밀히 쪼개어 노래하는 방식을 표기할 때에 적용한 것이다.

· 그림 28 곡보 《북사광정보》

· 그림 29 곡보 《구궁정시》

　　그러나 명나라 중엽에 곤곡의 창법이 생겨난 뒤로 그에 걸맞은 마땅한 운서韻書가 없었기 때문에 북곡의 경우에는 원나라 주덕청周德淸의 《중원음운中原音韻》, 남곡의 경우에는 명나라 초반에 나온 《홍무정운洪武正韻》에 근거해 작곡하였다. 그러다가 청대에 와서야 강소성江蘇省 오강吳江의 심승린沈乘麐이 50여 년의 시간과 7차례의 수정을 거친 뒤에 《운

학여주韻學驪珠≫라는 곤곡의 창법에 걸맞은 운서를 펴내었다.99)

이러한 곡패나 운서는 문인들이 멜로디에 걸맞게 글자를 집어넣기 위한 목적에 천착한 것이다. 이에 주요 멜로디의 전개에 큰 영향을 끼치지 않는 범위 내에서 평측이 혼용될 수 있는 부분이나 압운을 꼭 하지는 않아도 되는 부분이 존재하며, 또 구의 구성을 크게 어그러뜨리지 않는 범위 내에서 '친자襯字'①를 중간 중간 끼워 넣을 수도 있었다. 따라서 무대에서 공연할 때에는 실제의 멜로디와 박자가 더욱 정확히 기록된 '공척보工尺譜'가 사용되었다.

::공척보와 반주 악기

공척보는 공工이나 척尺을 비롯한 글자로 음표(音符)를 표기하는 방식이기에 붙여진 이름이다. 이 역시 넓은 의미에서는 곡보에 포함시킬 수도 있으나 따로 곡보와 구분하여 '궁보宮譜'라 하고, 다시 노래 위주의 '청궁보淸宮譜'와 대사까지 실린 '희궁보戲宮譜'로 구분한다. 대표적으로 청 건륭乾隆 11년(1746)에 궁정의 악관들 및 민간의 예인 주상옥周祥鈺과 추금생鄒金生 등이 편찬한 ≪구궁대성남북사궁보九宮大成南北詞宮譜≫②와 청 건륭 57년(1792)에 강소성江蘇省 소주蘇州의 섭당葉堂이 곤극을 위주로 편찬한 ≪납서영곡보納書楹曲譜≫가 있다.

---

① '친자'는 곡보에 규정된 글자 수 이외의 글자를 말한다. 이외에도 앞 곡패의 노랫말로 의미를 다 전달하지 못했을 때에 뒤 곡패의 앞부분까지 빌려 노랫말의 의미를 연결시키는 '차두借頭'를 비롯하여 구의 구성을 파괴하는 방식들이 존재하였다.

② 간략히 '구궁대성'이라 부른다.

이러한 공척보에서는 기본적으로 '상上(도)', '척(레)', '공(미)', '범凡(파)', '육六(솔)', '오五(라)', '을乙(시)'과 같이 표기하며, 한 옥타브octave 즉 8도가 더 높거나 더 낮은 음에는 변화를 주어 <표 8>과 같이 표기한다.

<표 8> 공척보의 표기 부호 - 음표

고 음	기 본 형	仩	伬	仜	仈	伏	伍	亿
	변 형	上	尺	工	凡	六	五	乙
중 음	기 본 형	上	尺	工	凡	六	五	乙
저 음	기 본 형	上	尺	工	凡	合	四	一
	변 형	上	尺	工	凡	ᅀ	の	⊖

또 공척보의 박자(板式)는 강한 박자를 의미하는 '판板'과 약한 박자를 의미하는 '안眼'으로 구성되어 있다. 자주 쓰이는 박자로는 강약이 일정치 않은 '산판散板', 강·약·강·약의 2/4박자를 의미하는 '일판일안一板一眼', 강·약·약·약의 4/4박자를 의미하는 '일판삼안一板三眼', 강박만 있고 약박은 없는 '유수판流水板'의 부류가 있다. 공척보에는 강한 박자(正板)가 '두판頭板'·'요판腰板'·'저판底板', 중간 약박(中眼)이 '중안中眼'·'측중안側中眼', 말미의 약박(末眼)이 '소안小眼'·'측소안側小眼'으로 나뉘어 대체로 <표 9>와 같이 표기된다.[100]

반주 악기로 곤산강에서는 "적笛·관管·생笙·비琶와 같은 악기로 박자를 맞추며 남곡을 노래"[①101]한다고 했지만, 위량보가 곤곡의 창법을 만들어낸 이후로 점차 다양해졌다. 피리(曲笛)가 중심 멜로디를 이끌어가는

---

① 이 기록은 서위의 ≪남사서록≫에 보인다.

역할을 하고, 이와 더불어 퉁소(簫), 생황(笙), 태평소(嗩吶), 긴 나팔(長尖) 등의 관악기와 비파琵琶, 곡현曲弦(즉 소삼현小三弦), 쟁箏, 완阮 등의 현악기 그리고 단피고單皮鼓, 회고懷鼓, 춘라春鑼, 월라月鑼, 개도라開道鑼, 대요大鐃, 소요小鐃, 중발中鈸, 소발小鈸, 박판拍板 등이 쓰인다.

〈표 9〉 공척보의 표기 부호 - 박자

명 칭		부 호	용 법
강한 박자	두 판	`	음과 동시에 소리를 낸다.
	요 판	ㄴ	뒤 반박자에 창하기 시작할 때 사용한다.
	저 판	─	산판 구절의 말미에 친다.
중간 악박	중 안	◦	음과 동시에 소리를 낸다.
	측중안	△	뒤 반박자에 창하기 시작할 때 사용한다.
말미 악박	소 안	•	음과 동시에 소리를 낸다.
	측소안	∟	뒤 반박자에 창하기 시작할 때 사용한다.

그러나 청창淸唱①의 경우에는 관현악기만을 사용하고 타악기로는 반주를 하지 않았다. 또 무대 위에서 공연하는 경우에도 공연 장면에 맞게 반주 악기를 선별적으로 사용하는데, 특히 젊은 남자주인공 배역 '생生'이나 여자 역할을 맡는 배역 '단旦'이 노래할 때에는 청창과 마찬가지로 타악기를 사용하지 않고 기본 반주 악기인 피리만으로 반주하여 서정적이고 부드러운 느낌을 만들어낸다.[102] 바로 공연 장면을 창을 위주로 하는 정적인 '문장文場'과 무술을 위주로 하는 동적인 '무장武場'으로 구분하고, 그에 맞게 반주 악기를 선별하여 사용하는 것이다.

---

① '청창'이란 무대 위의 배역으로 분장하지 않고서 노래하는 방식을 말한다.

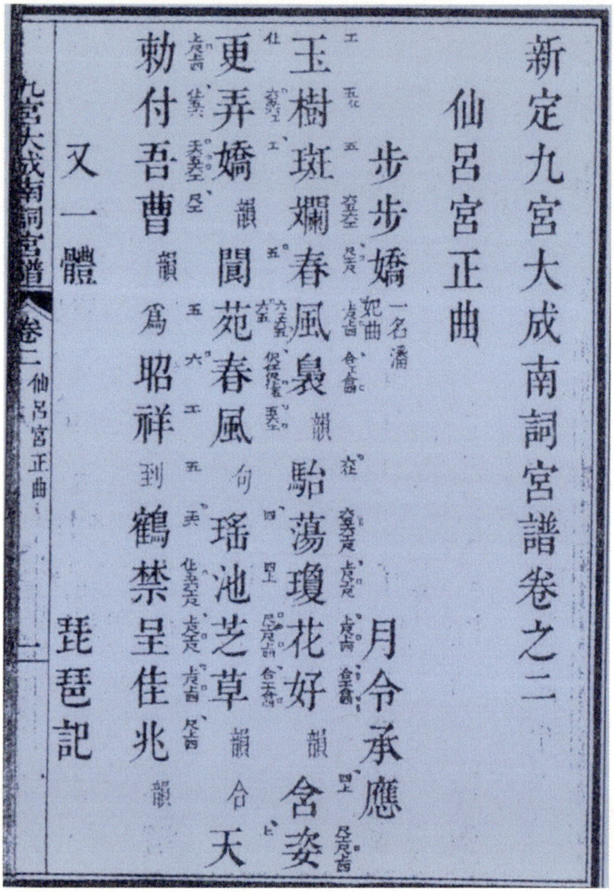

新定九宮大成南詞宮譜卷之二

仙呂宮正曲

步步嬌（一名潘妃曲）

玉樹斑斕春風裊　駘蕩瓊花好　含姿

更弄嬌　闐苑春風　瑤池芝草　天

勅付吾曹　到昭祥　鶴禁呈佳兆

月令承應

又一體

琵琶記

九宮大成南詞宮譜　卷二　仙呂宮正曲　二

· 그림 30 공척보 《구궁대성남북사궁보》

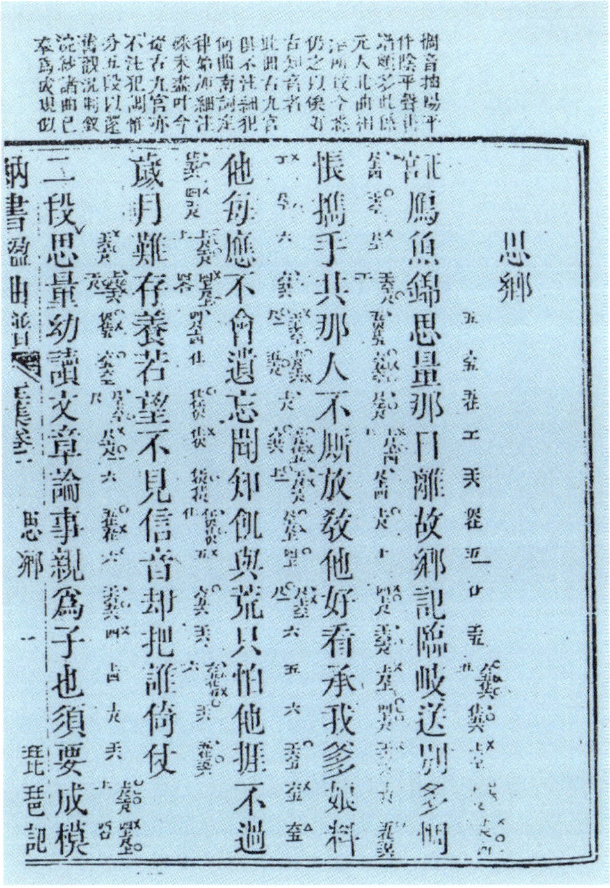

思鄉

武鴈魚歸思量那日離故鄉記臨岐送別多惆
悵攜手共那人不願放教他好看承我爹娘料
他每應不會遺忘知飢與荒只怕他捱不過
歲月難存養若望不見信音卻把誰倚使

三段 思量幼讀文章論事親爲子也須要成模

思鄉

琵琶記

· 그림 31 공척보 《납서영곡보》

이와 같이 남방의 음악은 본래 농사꾼이나 아낙네들이 마음 가는 대로 부르는 노래였으나, 위량보의 개혁을 통해 곤곡의 창법이 만들어진 후에는 대본에 보이는 악곡의 구성에 변화가 생기게 되었고 곡패가 규정하는 격률의 중요성이 부각되었다. 그리고 점차 무대 공연에서 실제 멜로디와 박자에 정확히 부합하기 위해 공척보가 사용되었으며, 반주 악기도 다양해지면서 공연 장면에 따라 적절히 선별하여 사용하게 되었다.

배역과 분장의 체계

"부말 이하 노생, 정생, 노외, 대면, 이면, 삼면의 7인은 남자역이라 하고 노단, 정단, 소단,
첩단의 4인은 여자역이라 한다. 우스개 떠는 1인은 잡이라 한다. 이것이 '강호십이각색'이다."

—이두 ≪양주화방록≫

곤극이 오페라 혹은 뮤지컬과 같은 음악극이라 느껴질 정도로 극본을
쓰는 데 있어 악곡을 구성하고 또 거기에 걸맞게 노랫말을 채워 넣는 방
식은 매우 중요하게 여겨졌다.[①] 그러나 음악적 요소가 충족된 것만으로
충분히 '연극'이 될 수 있는 것은 아니다. 그것은 극중 인물로 분장한 배
우에 의해 공연되어야 한다.

:: 전통극의 공연

서양 연극에 레제드라마(lesedrama)가 존재하는 것과 마찬가지로 전통
시기 중국 문인들의 일부는 전통극의 극본을 다만 문자 해독능력을 갖춘
소수의 식자층이 읽는 '책상머리극(案頭劇)'의 용도로 취급하기도 했지만,
극본은 근본적으로 공연을 전제로 하는 것이다. 그러나 연극 외에도 공연
을 전제로 하는 양식은 무수히 많다. 그러면, 극 양식이 성립되기 위한

---

① 중국에는 연극을 일컫는 다양한 용어가 존재하는데, 각기 의미하는 바에 차이가 있다. 주요 용어를 풀
   이하자면, 학자들마다 조금씩 견해를 달리하고는 있지만 대체로 다음과 같이 정리할 수 있다. 일반적
   연극의 의미로는 '희극戱劇'을 사용하고, 연희적 성격을 띠는 소규모의 연극은 '희戱'·'희농戱弄'·
   '악무樂舞'·'백희百戱'·'가무희歌舞戱'·'과백희科白戱'라 부른다. 또 노래가 근간을 이루는 전통
   극 형식은 '희곡戱曲', 대사가 근간을 이루는 현대극 형식은 '화극話劇'이라 한다. 이 가운데 곤극이나
   곤극의 대본을 의미하는 전기는 '희곡'에 속하는데, 이 말이 우리에게는 연극의 대본을 지칭하는 말로
   도 쓰이므로 혼동을 주기 쉽다. 따라서 이 책에서는 '희곡'을 '전통극'이라는 말로 바꾸어 사용한다.

기본 요건은 어디에서 찾을 수 있는가. 그것은 바로 다른 인물이 되어 발화한다는 '대언체代言體'의 사용은 물론이고, 더 나아가 특정 배역으로 분장하여 연기한다는 '각색분연脚色扮演'에 있다.

중국의 전통극도 당연히 이러한 기본 요건을 충족하고 있지만, 서구의 사실주의(realism) 연극의 개념적 틀과는 꼭 들어맞지 않는 상황이 존재한다. 우선 사건을 '재현(representation)'하는 것만이 아니라 수시로 '보고(report)'하는 수법을 사용한다는 점이 그러하다.[103] 곤극의 등장 배역(脚色) 중의 하나인 '부말副末'이 극의 시작을 알리는 '개장開場' 단락은 극본의 첫머리에 배치되곤 하는데, 이때에 부말이 극단을 소개하거나 작품의 내용을 해설한다는 점이 대표적이다.

그리고 나머지 배우들도 특정 배역으로 분장하여 극중 인물의 언어로 발화해야 함에도 불구하고, 무대에 등장하여 먼저 자신의 캐릭터에 걸맞는 내용의 '등장시(上場詩)'를 읊은 뒤에 마치 해설자처럼 자신의 극중 역할을 소개하고 또 극의 내용을 설명하거나 평가한다. 마찬가지로 퇴장할 때에도 그러한 대사를 하고 '퇴장시(下場詩)'를 읊은 뒤에 퇴장하곤 한다. 일례로 청나라 홍승洪昇의 전기傳奇 <장생전長生殿> 제22출 '밀서密誓' 중에 직녀가 처음 등장하여 노래를 하고 운문을 읊고 자신을 소개하는 부분의 극본을 예시하면 <표 10>과 같다.

<表 10> <장생전> 제22출 중 직녀가 등장하는 장면

(첩이 직녀로 분장하여 선녀 둘을 데리고 등장한다)①
(貼扮織女. 引二仙女上)

【월조인자·낭도사】②　　　　　　　　　【越調引子·浪淘沙】
구름에 감싸인 옥처럼 고운 베틀북으로　　雲護玉梭兒,
어여삐 실을 삼는다.　　　　　　　　　　巧織機絲.
하늘나라에선 임을 그리워할 수 없건만,　天宮原不着相思.
오늘밤 칠석날 되었다 하니,　　　　　　　報道今宵逢七夕,
문득 지난해 기억이 난다.　　　　　　　　忽憶年時.

[작교선]③　　　　　　　　　　　　　　　[鵲橋仙]
솜털구름 흩날리고,　　　　　　　　　　　纖雲弄巧,
별똥별 소식 전할 때,　　　　　　　　　　飛星傳信,
가을날 은하수 남몰래 건넌다.　　　　　　銀漢秋光暗度.
금풍과 옥로가 한번 만나는 것이　　　　　金風玉露一相逢,
인간세상 무수한 만남보다 낫다네.　　　　便勝却人間無數.
애달픈 마음은 물처럼 굽이굽이,　　　　　柔腸似水,
임과 만날 날은 꿈과 같아,　　　　　　　　佳期如夢,
저 멀리 앞길 연 오작교를 가리키네.　　　遙指鵲橋前路.
두 사람의 사랑이 오래고 길다면,　　　　　兩情若是久長時,
또 어찌 아침저녁 보는 데 있으리오.　　　又豈在朝朝暮暮.

제가 바로 직녀랍니다. 상제의 칙령으로 견우님과 천상에서 부부가 되었지요. 매년 칠석날이 되면 은
하수를 건너 서로 만난답니다. 그런데 오늘이 바로 인간세상에선 천보 10년 칠월칠석이라지요. 저기
봐요, 파도 한 점 일지 않는 저 맑디맑은 은하수에 까막까치가 몰려드네요. 베 짜는 일 잠시 멈추고,
자알 단장하고 기다려야겠어요.
吾乃織女是也. 蒙上帝玉敕, 與牛郎結爲天上夫婦. 年年七夕, 渡河相見. 今乃下界天寶十載, 七
月七夕. 你看明河無浪, 烏鵲將塡, 不免暫撤機絲, 整妝而待.104)

극적 내용의 재현 과정 중에도 배우들은 정해진 자신의 배역에만 몰입

---

① 이는 등장배역이 어떠한 극중 인물로 분장하고, 또 어떠한 동작을 하는지 설명하는 지문에 해당한다.
② 【월조인자·낭도사】에서 '월조'는 궁조宮調를 제시한 것이고, '인자引子'는 악곡 세트(套曲)의 첫머
리라는 의미이며, '낭도사'는 곡패曲牌에 해당한다.
③ [작교선]은 '사패詞牌'이다. 극중 인물이 처음 등장하여 읊는 운문 부분인데, 시 대신에 사詞가 쓰였다.
송나라 진관秦觀의 사 <작교선>를 거의 그대로 가져다 쓴 것인데, 홍승은 둘째 구의 '한을 전하다(傳
恨)'를 '소식 전하다(傳信)'로 셋째 구의 '아득하다(迢迢)'를 '가을날(秋光)'로 여덟째 구의 '차마 돌아
보다(忍顧)'를 '멀리 가리키다(遙指)'로 몇 글자 바꿔 극의 내용과 부합시켰다.

하지 않는다. 수시로 극적 상황의 밖으로 튀어나와 극외 인물로서 발화하거나, 자신을 다시 소개하는 간단한 대사를 통해 또 다른 극중 인물로 쉽게 전환한다.[105] 이러한 특징들은 중국 전통극이 설창說唱 예술①의 형식을 계승한 것이기에 훗날 자연스레 남게 된 매력적인 잔재로 간주되는데, 물론 전기 작품에서도 찾아볼 수 있지만 시기적으로 더 먼저 생겨난 남희南戲나 잡극雜劇에서 더욱 두드러진다.[106]

다음으로 중국의 전통극은 유형화된 배역 및 분장의 체계를 일컫는 '정식성程式性'과 상징적인 동작의 표현을 일컫는 '허의성虛擬性'이 두드러진 공연 방식을 사용하여, 흔히 구체적 사실의 재현이 아닌 추상적 의미의 표현에 집중하는 '사의寫意'적 공연 예술이라 불린다. 무대 위에 별다른 사실적 배경이나 장치 없이 '탁자 하나 의자 둘(一桌兩椅)' 정도만 있어도, 상징적이고 규범화된 표현 동작을 통해 충분히 공연 내용을 전달할 수 있는 것이다.

또 배우가 단련해야 하는 공력은 '사공四功' 즉 노래(唱), 대사(念), 동작(做), 무술(打)의 네 분야로 나뉘며, 이 가운데 동작의 경우는 '오법五法' 즉 손짓(手), 눈짓(眼), 몸짓(身), 걸음걸이(步), 기세(法)②라는 신체를 놀리는 다섯 기법으로 나누어 생각한다.[107] 이러한 표현법은 어떠한 작품에서든지 유사한 방식으로 적용되는데, 특히 곤극은 경극京劇의 경우와 다르게 마치 춤을 추는 듯이 자연스럽게 연결되는 부드러운 동작들이 돋보인다.

---

① '설창 예술'이란 말과 노래를 엇섞어가며 이야기를 풀어놓는 공연 양식으로, 악사의 반주에 맞추어 이야기꾼 1~2명이 특별한 분장 없이 간단한 동작과 함께 행한다. 이들은 대언체를 사용하면서 동시에 해설자로서 발화한다.

② '기세'의 경우에는 앞의 4가지 기법을 총괄하는 것으로 보는 견해도 있고, 유사한 발음으로 인해 두발(髮)을 흔드는 기법으로 보기도 한다. 또 '기세' 대신에 '발성법(口)'을 '다섯 기법'에 포함시키기도 한다.

그리고 동작의 표현은 '소매 휘두르기(水袖功)', '부채 다루기(扇子功)', '머리깃 움직이기(翎子功)', '수염 매만지기(髥子功)', '바닥에서 기고 구르기(毯子功)', '무기 다루기(把子功)'의 공력이나 '손가락 굽히기(指式)', '손바닥 펴기(掌式)', '주먹 쥐기(拳式)', '다리 옮기기(脚式)', '채찍 휘두르기(鞭式)', '빗자루 움직이기(帚式)'라는 정해진 방식처럼 신체는 물론이고 의상 및 소도구 하나에까지 상징화되고 규범화된 표현 법칙이 정해져 있다.108)

이러한 공력들을 제대로 단련하여 소화해내기 위해서는 배우마다 배역을 나누어 전문적으로 담당하는 '각색항당(脚色行當)'의 체계가 필요하게 되었고, 각 배역들은 고유한 말투나 몸짓만이 아니라 얼굴 분장과 의상에까지 관중들이 한눈에 그들의 배역을 알아볼 수 있게끔 유형화되어 있다. 바로 서구의 사실주의 연극처럼 배우가 극중 인물마다 확연히 다르게 분장하는 것이 아니라, 서로 다른 작품의 유사한 극중 인물들을 거의 똑같이 분장하게 된다.

:: 배역의 분업화

곤극의 배역은 젊은 남자 주인공 '생生', 여자 역할 '단旦', 얼굴 가득히 분장을 하는 강한 캐릭터의 '정淨', 얼굴 가운데만 못난이처럼 분장하는 어릿광대 '축丑', 부수적인 남자 역할 '말末'의 다섯 분야를 기본으로 한다. 이러한 체계는 중국 전통극 중에서도 특히 남방 연극 '남희南戲'의 배역을 계승한 것이라 할 수 있다.①109)

본래 송원대의 남희에는 '생'·'단'·'정'·'축'·'외外'·'첩貼'·'말'의 7가지 기본 배역이 있었다.① 이 가운데 '외'는 남주인공 외의 기타 역할을 맡는다는 의미, '첩'도 여주인공 외에 덧붙이는 역할이라는 의미로 쓰였으며, 또 '말'은 극단의 대표자 혹은 연출가 역할을 담당하는 배역으로 극중에서 부수적인 인물로 등장하기에 '부말副末'이라 부르기도 한다.

명청대에는 남희 배역 체계의 기본 틀을 유지하면서도 대체로 남녀와 노소 그리고 극중 역할의 중요도나 캐릭터를 고려해 구분하는 방식으로 세분화되었다. 우선 명나라 말기의 기록을 살펴보면, 당시의 남희 즉 곤극의 대본인 '전기傳奇'에 보이는 배역은 11~12가지에 달하였다.

> 오늘날 남희에는 정생正生, 첩생貼生(혹은 소생小生), 정단正旦, 첩단貼旦, 노단老旦, 외말外末, 정淨, 축丑(즉 중정中淨), 소축小丑(즉 소정小淨)이 있다. 모두 12인 혹은 11인으로 옛날과 조금 다르다.②110)

또 청나라 초반의 배역에 관한 기록에도 세부 명칭에는 다소 차이를 보이지만 역시 12가지 배역으로 고정되어 있다.

> 이원梨園③에서는 부말이 개장하고 극단을 이끈다. 부말 이하 노생老生, 정생, 노외老外, 대면大面, 이면二面, 삼면三面의 7인은 남자역(男脚色)이라 하고 노단,

---

① 중국 배역 체계의 시초는 당나라 때에 말과 동작을 위주로 익살을 떨던 연극 '참군희參軍戲'에서 찾곤 한다. 여기에는 참군參軍과 창골蒼鶻의 두 배역이 등장했는데, 뒤이어 송 잡극雜劇에서는 부정副淨과 부말副末의 두 배역이 되었고 이외에도 인희引戲와 말니末泥가 존재하였다. 이후 북방의 원 잡극에서는 말末, 단, 정, 축 등으로 배역이 분화되었다.

① 이에 관한 기록은 서위의 ≪남사서록南詞敍錄≫에 보인다.

② 왕기덕王驥德의 ≪곡률曲律≫〈배역 분류에 관해 논하다(論部色)〉

③ 여기에서 '이원'이란 배우 집단을 의미한다.

정단, 소단小旦, 첩단의 4인은 여자역(女脚色)이라 한다. 우스개 떠는 1인은 잡雜
이라 한다. 이것이 '강호십이각색江湖十二脚色'이다.①111)

이처럼 전기의 배역은 남희의 경우보다 전문 영역이 더 분화되었다. 특
히 남희 중의 '외'는 남녀 극중 인물을 겸해 분장할 수 있었는데, 전기에
서는 '외'라는 배역을 둘로 나누어, 노년의 남자는 '노외'가 분장하고 노
년의 부녀자는 '노단'이 분장하였다.

또 '정'의 경우에도 남희에서는 본래의 '정' 즉 부수적 인물로의 '부정
副淨'만이 있고 주요 인물로의 '정정正淨'은 없었다. 게다가 '부정'은 익
살을 떠는 인물로만 분장하여 어릿광대 '축'과 한 쌍이 되곤 하였다. 그
러나 전기에 와서는 그들이 분장하는 극중 인물의 유형이 다양하게 변하
여, 골계적 인물로 분장할뿐더러 정극正劇 성격의 부정적(反面) 인물이나
용맹스럽고 강직한 긍정적(正面) 인물로 분장하는 경우가 존재하게 된
다.112)

나아가 청 중엽을 지나 근대 이후에 와서는 주변 지방희의 영향을 받아
곤극의 배역이 더욱 분화되었고 <표 11>과 같은 20가지로 늘어났다. 특
히 곤극에서 본래 독립적으로 존재하지 않던 '도마단刀馬旦'을 비롯한
무술 담당 배역이 따로 분리된 것이 특징적이다.113)

___

① 이두李斗의 ≪양주화방록揚州畵舫錄≫

대분류	소분류	별칭	겸직
生 (小生)	大官生 小官生 巾生 窮生 雉尾生	大冠生 小冠生, 紗帽生 扇子生, 儒生 鞋皮生, 苦生, 黑衣生 翎子生, 鷄毛生	
旦	老旦 正旦 作旦 四旦 五旦 六旦	當家旦, 一旦 二旦 娃娃旦, 娃娃生, 三旦 刺殺旦, 刺旦 小旦, 閨門旦 貼旦, 花旦, 快樂旦, 活潑旦	丑旦 刀馬旦 刀馬旦 武旦
淨	大面 白面 邋遢白面	正淨, 大淨, 大花面, 大花臉 副淨	紅面, 黑面, 金面 帮開白面, 丑旦
丑	小丑 副丑	小淨, 三面, 小花面, 小花臉 副, 中淨, 副淨, 二面, 二花臉, 冷二面	
末	老生 外 副末	老外 冲末	鞋皮老生, 武老生
雜		龍套 宮女	耳朶旦 零碎, 搭頭

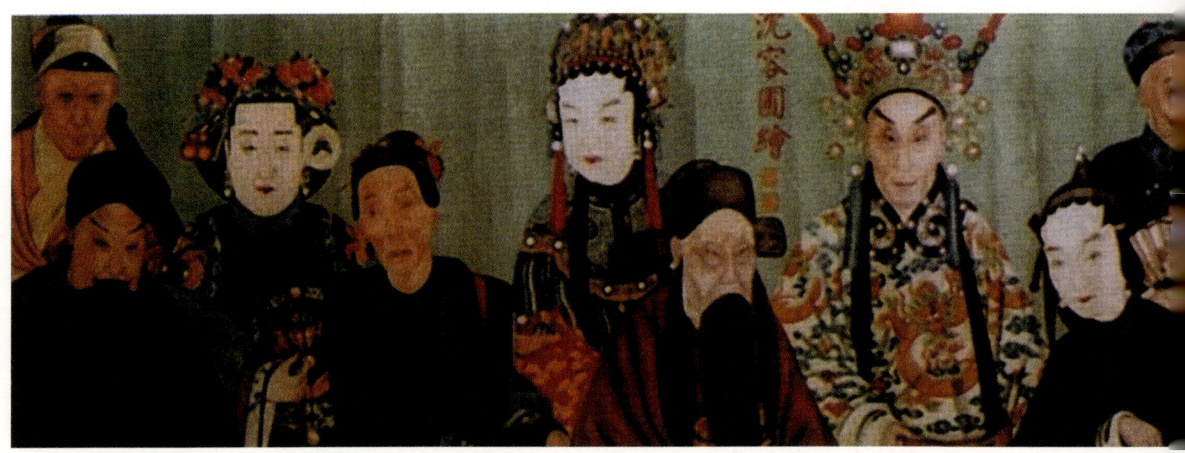

· 그림 32 심용포沈容圃가 그린 <동광십삼절同光十三絶>. 청나라 말기의 명배우 13인의 모습이 담겨 있다.

::분장의 유형화

    곤극 배역의 분장은 얼굴에 하는 화장과 머리 장식을 포함한 의상 및 소도구의 두 분야로 나누어 볼 수 있다.

    우선 얼굴 분장에 있어 생과 단의 배역은 곱게 지분을 바르고 눈썹을 칠하고 입술을 바르는 정도에 그치는 보기 좋은 '준분俊扮'의 방식을 사용하며, 정과 축의 배역은 관중들이 인물의 성격을 한눈에 알아볼 수 있도록 강렬한 색과 상징적인 문양을 넣는 과장스러운 '검보臉譜'의 방식을 사용한다.[1] 일례로 정의 배역이 분장하는 '종규鍾

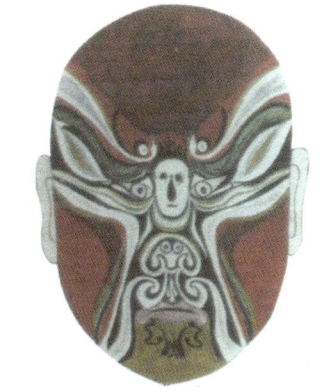

· 그림 33 종규의 검보

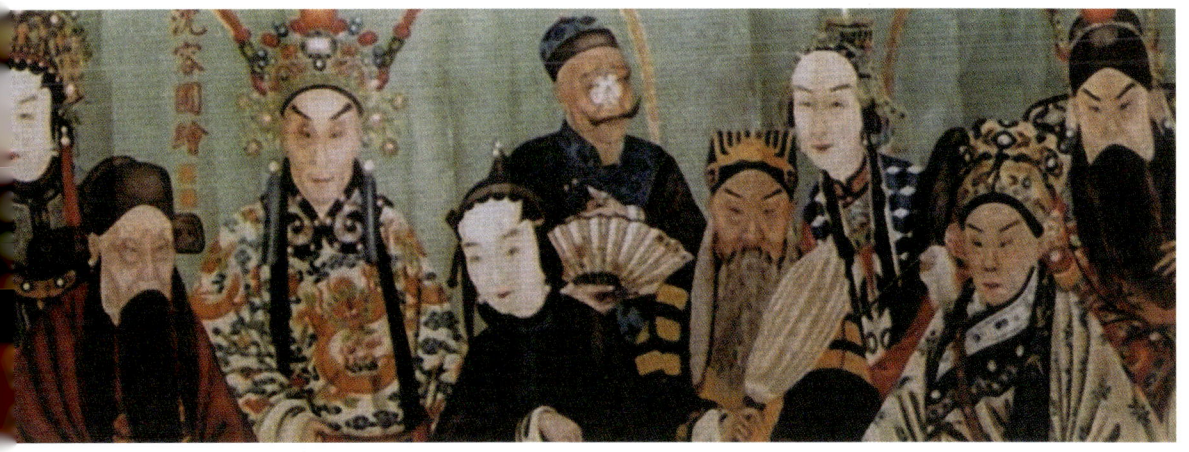

---

[1] 검보는 달리 '화검花臉'이라 하고, 준분은 '소면素面'이라고도 부른다.

馗'라는 인물의 검보에는 박쥐를 그려 넣어, 그가 복을 들이는 착한 귀신이라는 이미지를 부각시킨다.①114) 세부 작품마다 설정된 연령이나 이야기 속의 역할에 따라 약간의 차이를 두지만, 동일 인물의 검보는 모양이 대체로 유사하다.

본래 '검보'는 신령 및 요괴로 분장하는 화장법에서 비롯된 것이었다. 애초에는 인물의 특징을 '탈 위에 그려 넣는 방식(面具)'이었는데, 전통극에 노래와 대사가 비중을 차지하게 되면서 '얼굴에 그려 넣는 방식(勾臉)'으로 바뀌었고, 그 문양이 점차 부호화되면서 '검보'로 발전하게 되었다.115) 예를 들어 북제北齊의 난릉왕蘭陵王 장공長恭은 용감하였으나 너무 곱상하게 생긴 까닭에 탈을 쓰고 전쟁에 나아갔고, 이것을 당나라 때에 <대면代面>이라는 탈춤으로 만들어 연행한 바 있다.② 그리고 송나라 때에는 골계적인 재담을 위주로 하는 연극 양식에서 얼굴에 그려 넣는 방식이 사용되었으며, 원나라 때의 잡극 양식부터 검보의 사용이 시작되고 명나라 때의 전기 양식에서 본격화되었다.

곤극에서 정의 부류 가운데 '대면大面' 배역의 검보는 용감하고 단순한 성격을 나타내는 '홍색', 위엄 있고 강직한 성격을 나타내는 '흑색', 간사하고 거만한 성격을 나타내는 '백색'을 기본으로 배색하여 얼굴 한가득 칠하며, 이외에 녹색 얼굴(綠臉), 남색 얼굴(藍臉), 금색 얼굴(金臉)로도 분장한다. 또 무늬는 바른 얼굴(整臉), 비뚤어진 얼굴(歪臉), 삼등분된 얼굴(三塊瓦臉), 열십자로 나뉜 얼굴(十字門臉), 눈썹 아래만 그리는 얼굴

---

① 박쥐는 중국어로 '편복蝙蝠'이라 하여 발음이 '복福'과 유사하다.

② 이에 관한 기록은 ≪교방기敎坊記≫와 ≪구당서舊唐書≫ 등에 보이며, 탈춤의 명칭을 〈대면大面〉 혹은 〈난릉왕〉이라고도 한다.

(元寶臉) 등으로 다양하다. 그리고 축의 부류 가운데 '이면二面' 배역은 백색만을 사용하여 간사하고 거만한 느낌을 주며, 또 '삼면三面' 배역은 백색을 사용하되 마치 두부豆腐 모양처럼 콧날 주변에만 국부적으로 그려 넣어 날쌔고 익살스러운 느낌을 준다.116)

다음으로 의상 및 소도구에 보이는 분장의 방식을 거론할 수 있다. 중국 전통극에서는 공연에 쓰이는 물품을 '행두行頭' 혹은 '체말砌末'이라 부르는데, 여기에는 의상과 머리 장식 그리고 칼·검·창·채찍·부채·탁자·의자·술잔 등이 모두 포함된다. 의상으로는 제왕이나 재상 및 장군이 입는 '망蟒', 일반 관리가 입는 '관의官衣', 출정하는 장수가 입는 '고靠', 보통 사람이 입는 '습자褶子', 신분이 높은 자가 입는 '피帔'의 부류가 있다. 또 투구로는 제왕이 쓰는 '구룡관九龍冠' 혹은 '평천관平天冠', 왕자나 젊은 장교가 쓰는 '자금관紫金冠', 후비가 쓰는 '봉관鳳冠', 장교가 쓰는 '투구(盔)', 보통 때에 쓰는 '두건(巾)'·'모자(帽)'·'띠(額)' 등이 있다. 그리고 색채를 통해 등급과 연령을 구분하는데, 높은 지위에는 황색·홍색·녹색·백색·흑색과 같은 선명한 색이 쓰이고, 낮은 지위에는 분홍색·보라색·고동색·남색·하늘색과 같은 불투명한 색이 쓰인다. 이처럼 인물의 성격에 따라 착용하는 복장이나 머리 장식을 달리하지만, 약간의 변화가 있더라도 구체적인 인물마다 완전히 색다르게 분장하거나 또는 작품 속의 시대적 배경에 맞추어 분장하지도 않는다. 때문에 청나라 때에도 곤극 무대에서는 여전히 명나라 때의 복식이 사용될 수 있었다.

이외에 얼굴에 다는 '수염(髥口)'에도 구분을 두어 인물의 지위와 연령 그리고 성격을 나타내는데, 심지어는 같은 작품 내에서 인물의 처지가 바뀌면 얼굴에 다는 수염도 달라진다. 수염은 형태에 따라 '일자一字'·'이자二字'·'삼염三髥'·'사희四喜'·'오류五綹'·'육희六喜' 등으로 나뉘고, 또 색채에 따라 '흑염黑髥'·'화염花髥'·'백염白髥'·'홍수紅鬚' 등으로 구분한다. 나아가 청나라 말기에 와서는 곤극에도 춤사위를 돋보이게 하는 긴소매(水袖)가 도구에 포함되었으며, 표현 기교의 발전으로 인해 수염과 꿩깃(翎子) 그리고 모자 날개(官翅)의 길이도 점차 길어지게 되었다.[117]

이와 같이 곤극은 사실의 재현이 아닌 추상적 의미 표현에 집중하는 공연 예술로, 상징적이고 규범화된 동작을 통해 공연 내용을 효과적으로 전달하기 위해, 배역에 분업화가 이루어졌고 분장에서도 유형화된 모습이 나타나게 되었다.

가정희반의 양성

중국 역대의 극단 조직은 개인이 가택에 설치한 극단인 '가정희반家庭戲班'(이하 가반家班이라 약칭함)과 전문성을 갖춘 극단인 '직업희반職業戲班'으로 구분된다.①118) 그런데 직업희반이 주로 민간에서 불특정 다수를 대상으로 한 매표 수입 등으로 운영되었다면, 가반은 부유한 특정 계층의 후원에 의해 좌지우지되었다고 볼 수 있다.

:: 가정희반

단순한 가무歌舞 공연의 가반은 이미 선진先秦 시대의 "옛날 걸桀 임금 때에 3만 인의 여악女樂을 두었다"②는 기록까지 소급할 수 있지만,119) 연극을 공연하는 극단으로의 가반은 원대元代에 비로소 생겨나 명대 중엽에 활발해지기 시작하였다.

---

① 직업희반은 황실에서 제례나 연회를 위해 악부樂府·교방敎坊·남부南府·승평서昇平署 등과 같은 일정한 관청을 두어 양성하던 '관악官樂' 및 배우 양성소에 해당하는 '과반科班'과 민간의 떠돌이 놀이꾼이 생계유지를 목적으로 백희百戲를 공연하던 '민간산악民間散樂'으로 양분할 수 있다. 반면에 가반은 유력한 인사가 개인의 소유로 집안에서 육성하던 것으로 다소 개념적 차이가 존재하지만 '가악家樂'·'사악私樂'·'가기家伎'·'여악'이라고도 부르며, 명청대에는 여성女性 동기童伎로 구성된 '가반여악家班女樂'과 남성男性 동기로 구성된 '가반우동家班優童' 그리고 직업희반의 배우를 영입하여 만든 '가반이원家班梨園'으로 세분된다.

② 《관자管子》〈경중갑輕重甲〉

명대 초기에는 주로 황실의 귀족이 가반을 양성하였다. 대표적인 인사로 연왕燕王 주체朱棣, 녕헌왕寧獻王 주권朱權, 주헌왕周憲王 주유돈朱有燉, 대간왕代簡王 주계朱桂, 경왕慶王 주매朱梅 등을 거론할 수 있는데, 이들은 대체로 혼란한 시대를 딛고 살아가는 처세술로 정치 외적인 분야인 극예술에 심취하였다.[120] 일례로 산서성山西省 대동부大同府를 관할하던 대간왕 주계의 가반은 그 규모가 상당하였다.

> 당시에 세력이 커서, ……양성하는 악호樂戶가 다른 번진의 수십 배나 되었는데,
> 지금은 점차 쇠락하였음에도 화적花籍에 오른 자가 2천 명을 헤아린다.①[121]

명나라 초기에 각 왕부王府에서 양성한 가반의 규모를 짐작할 수 있다. 그러나 이러한 사례는 강남지역의 '곤극'에 대한 후원 활동에는 해당되지는 않는다. 곤극은 15세기 강소성江蘇省 소주蘇州 근방의 곤산崑山에서 순박한 본토 가락(土腔)을 바탕으로 생겨난 뒤로 16세기 이후 줄곧 중국 전통극의 주류를 차지하다가, 18세기에 경극京劇을 비롯한 각 지역 지방희地方戲가 흥성함에 따라 점차 쇠퇴의 국면을 맞이하였기 때문이다.[122]

명대 중엽부터는 주로 신사紳士 계층에 해당하는 강남지역의 부호가 집 안에 극단을 설치하여 곤극을 후원하였다. 그리고 청나라 초반에는 황실에서 관리가 사적으로 극단을 양성하는 풍토를 금지시켰지만, 청나라 중엽까지 황제의 강남 순시를 위해 봉사했던 양주揚州의 염상鹽商은 여전히 곤극 극단을 양성할 수 있었다.

보통 극단주의 신분은 '왕후척원王侯戚畹', '문사진신文士縉紳', '무신

---

① ≪만력야획편萬曆野獲編≫ 권24 〈구외사절口外四絶〉. 여기에서 '악호'는 배우를 일컫고, '화적'은 배우명단을 의미한다.

장수武臣將帥', '호상부고豪商富賈', '의사醫師'의 5가지로 나뉘고, 이 가운데 '문사진신'의 부류는 다시 '풍류문사風流文士'와 '치사진신致仕縉紳'으로 세분할 수 있다.[123] 그러나 강남지역의 곤극을 후원한 극단주는 신사와 염상 계층을 핵심으로 하며, 명말청초에 해당하는 만력萬曆 연간(1573~1620)에서 강희康熙 연간(1662~1722)까지 가장 왕성히 활동하였다고 파악된다.

::신사 계층의 극단주

명대 초기에 황실 귀족의 일부가 가반을 양성했던 것과 달리, 명대 중엽에서 청대 중엽에 이르는 사이에는 무수한 신사 계층이 호화스런 원림園林을 짓고 가반을 양성하는 풍토가 크게 성행하였다. 또한 가정嘉靖 연간(1522~1566) 이전의 가반은 북곡北曲을 위주로 하는 가무단(歌舞班)의 성격에 해당하는 반면, 만력 연간부터는 곤극을 연출하는 가반이 주류를 이루면서 강남지역 일대를 풍미하게 된다.[124] 이러한 현상의 도래는 명 중엽 이후 강남 경제의 안정적 발달이 물질적 기초가 된 동시에, 건국 초기에 엄격했던 황실의 법령이 느슨해져 사회적 분위기가 호전되었던 점도 원인이 되었을 것이다.[125]

근래 간행된 《중국 곤극 대사전中國崑劇大辭典》(2002)의 항목에 근거하면, 역대 곤극 가반의 주인은 총 106명에 달하며 거의 명말청초 강남지역 출신의 신사 계층에 해당한다.①[126] 대체로 높은 벼슬을 역임하다가

---

① 이 책의 〈부록 1〉 참조. 또 만명晩明에 해당하는 만력 연간에서 숭정崇禎 연간(1628~1644)까지 중

만년에 귀향하여 가반을 양성한 경우가 다수를 차지하며, 일부는 파직을 당하거나 과거에 급제하지 못하는 등의 벼슬길에 대한 좌절감을 가반의 설치와 운영을 통해 해소하려 했던 것으로 보인다.[127)

그러나 이들은 진지한 태도로 극단 활동을 후원하였다. 신사 계층은 시문詩文과 음악音樂 등의 문화예술에 조예가 깊은 까닭에 자연스레 극단의 연출력 향상에 공헌하였다. 바로 극단 연출을 위해 거금을 들여 행두行頭①와 악기 그리고 극본까지 구매한 것은 물론이고, 유명한 곡사曲師②를 초빙하거나 혹은 자신이 직접 배우를 엄격하게 교습하였으며, 때로 연출가로서 혹은 배우의 일종인 관객串客③으로서 실제 연출에 참여하기도 하였다. 나아가 극단주의 일부는 극본을 창작/각색할 수 있었고, 곤극 연출을 위한 연극 이론서를 집필하기도 하였다.

::신시행

신시행申時行(1535~1614)은 소주 '상삼반上三班'의 으뜸이라는 신반申班의 주인이었다. 그는 강소성 소주 오현吳縣 사람으로 가정 41년(1562) 진사進士에 장원 급제한 뒤로 만력 19년(1594)까지 관직을 역임하다가 귀향하여 가반을 조직하고 주철돈周鐵墩·심낭낭沈娘娘·고령顧伶

국 전역에 걸친 곤극을 포함한 모든 전통극 양식의 가반이 총 172개인데, 이 가운데 강소江蘇(37.8%)·절강浙江(22.1%)·송강松江(15.1%)에 분포한 경우가 75%를 차지한다.

① '행두'는 전통극 공연에 쓰이는 의상과 소도구를 가리킨다.

② '곡사'는 축적된 경험과 문자 해독 능력을 갖추고 있어 지식수준이 낮은 배우에게 창하는 방법을 전수할 수 있는 스승을 말한다.

③ '관객'은 전통극에 대한 애호로 말미암아 수시로 공연에 개입하곤 하는 아마추어 배우를 말한다.

과 같은 명배우를 양성하였다.[128] 훗날 극단의 주인은 장남 신용무申用懋 와 차남 신용가申用嘉 그리고 손자 신소방申紹芳에 이어지며, 극단은 대 반大班・중반中班・소반小班으로 나뉘어 청초까지 왕성한 공연 활동을 벌였다. 특히 신시행 일가의 가반 양성은 배우에 대한 후원은 물론이고, 결과적으로는 극작가에 대한 후원으로 작용하기도 하였다. 소주파蘇州派 극작가를 대표하는 인물인 이옥李玉(1591?~1671?)은 젊은 시절에 바로 신반에 속해 예술적 단련을 받았기에, 그가 창작한 <일봉설一捧雪>과 <청충보淸忠譜> 같은 작품이 실제 연출에 적합할 수 있었다.[129] 비록 이옥 자신은 미천한 출신으로 하층민의 시각으로 시사적인 내용을 작품 에 담아내었지만,① 역으로 유력한 인사의 가반 양성으로 말미암아 그가 무대 공연에 적합한 작품을 창작할 수 있었던 것이기도 하다.

:: 전대

　배우 교육에 엄격했던 가반 주인으로는 전대錢岱(?~1620)를 꼽을 수 있다. 그는 강소성 상숙常熟 사람으로 융경隆慶 5년(1571)에 진사가 되어 시어사侍御使의 관직까지 올랐다가 만력 10년(1582)을 전후하여 관직을 버리고 귀향한다. 그 뒤로 고향에 화려한 원림을 건립하고, 그곳의 백순 당百順堂에서 '가반여악家班女樂'을 양성하였다.[130] 특히 전대는 일찍이 신시행 가반의 배우였던 심낭낭을 곡사로 고용하여 장이저張二姐를 비롯 한 10여 명의 배우를 엄격히 교습했다고 한다.②[131] 이외에 가반 주인이

---

① 이옥에 관해서는 제5장 '이옥과 소주파'에서 상세히 다루었다.

직접 배우를 교습한 경우로 도륭, 완대성阮大鋮(1587?～1646?), 이어를 비롯한 20여 명이 거론된다.[132] 그들이 배우의 교육에 엄격했던 이유가 단순히 개인적인 체면에서 비롯된 것일 가능성도 부정할 수 없지만, 가반 주인의 곤극에 대한 애호의 깊이와 가반 양성에 대한 진지한 태도를 엿볼 수 있게 한다.

::반윤단

가반의 주인은 직접 배우로서 무대에 등장하기도 하였는데, 일례로 반윤단潘允端(1525～1601)의 경우가 그러하였다. 그는 강소성 상해上海 사람으로 가정 41년(1562) 진사에 급제하여 형부주사刑部主事와 사천포정사四川布政使 등의 관직을 역임한 뒤에 만력 5년(1577) 벼슬을 그만두고 귀향하였다. 그리고 만력 16년(1588)에 소주로부터 우동優童 8명을 사와서 가반을 양성하기 시작하였는데, 특히 그가 상해에 건립한 예원豫園의 낙수당樂壽堂과 옥화당玉華堂은 가반 연출을 위해 마련된 장소로 알려져 있다. 아울러 극단주인 그가 분장을 하고서 직접 무대에 오르기까지 했던 것이다.[133] 이외에 직접 무대에 올라 연기한 바 있는 가반 주인으로 도륭, 이어, 오삼계吳三桂(1612～1678) 등이 거론된다. 비록 이들은 관객串客의 형식과 대동소이하게 공연에 참여했지만, 여기에서 가반 주인이

---

② 극단주가 초빙한 곡사의 출신은 배우(優伶), 청곡가淸曲家, 관객串客으로 구분된다. 바로 전대 가반의 심낭낭은 신시행 가반에 속한 배우였고, 왕석작王錫爵과 풍몽정馮夢楨 가반의 곡사는 청곡가인 황문금黃問琴이었으며, 유명한 관객인 소곤생蘇崑生은 왕시민王時敏과 모양冒襄의 가반에서 배우를 교습한 바 있다.

배우의 역할까지 담당할 수도 있는 능력을 갖추었음을 알 수 있다.

::도륭

가반의 주인은 극작가의 역할을 겸하여, 자신의 극작품을 자신의 가반에게 시범적으로 연출시키기도 하였다. 일례로 도륭屠隆(1542~1605)은 절강성浙江省 은현鄞縣 사람으로 만력 5년(1577)에 진사가 되었으며 만력 12년(1584)에는 예부주사禮部主事에서 파직당하여 귀향하게 된다. 그는 <담화기曇華記>, <수문기修文記>, <채호기彩毫記>와 같은 극작품을 창작하였는데, 수차례에 걸쳐 자신이 창작한 작품을 소속 가반에게 연출하게 하였고, 때로 자신이 직접 연출을 주관하거나 무대에서 연기하기도 하였다.[134] 이처럼 가반의 주인은 극작가의 역할과 더불어, 때로 연출가 및 배우의 역할까지 겸하였던 것이다. 이외에도 심경沈璟(1553~1610), 오병吳炳(1595~1647), 이어, 당영唐英(1682~1756) 등과 같이 명청대 희곡문학을 대표하는 유수한 극작가가 바로 가반을 양성한 극단주였다.①[135]

::기표가

가반 주인의 일부는 극작가의 역할만이 아니라 비평가적 입장에서 연

---

① 가반의 연출은 ⑦ 가반 주인이 직접 극본을 창작하여 자신의 가반에게 연출시키는 경우, ⑭ 타인이 창작한 새로운 극본을 자신의 가반에게 초연시키는 경우, ⑭ 기타의 극본을 자신의 가반에게 공연시키는 경우의 3가지로 나눌 수 있다. 대체로 가반의 공연을 통해 무명의 작품이 유명해지는 경우가 나타나곤 하였다.

극 이론서를 저작하기도 하였다. 일례로 기표가祁彪佳(1602~1645)는 절강성 산음山陰 사람으로서 천계天啓 2년(1622)에 진사가 되어 서대어사西臺御使와 소송순무蘇淞巡撫의 관직을 역임하다가, 숭정崇禎 8년(1635)에 귀향하여 덕유원德裕園과 원산당遠山堂을 짓고서 독서와 저술 활동을 벌였고, 동시에 진청秦靑을 비롯한 가동歌童을 사들여 가반을 양성하였다.136) 그는 <전절기全節記> 및 <옥절기玉節記>와 같은 극작품을 창작하였을 뿐만 아니라, 연극 비평서인 ≪곡품曲品≫및 ≪극품劇品≫을 저술하였는데, 그러한 저술의 배경에는 가반을 양성한 극단주로의 경험이 내재해 있을 것이다. 이외에 하량준何良俊의 ≪곡론曲論≫, 이어의 ≪한정우기閒情偶寄≫, 이조원李調元의 ≪우촌곡화雨村曲話≫가 탄생할 수 있었던 것도 기표가의 경우와 동일한 맥락에서 해석할 수 있을 것이다.137)

이와 같이 가반을 양성한 후원자로의 '극단주'는 기본적으로 유력한 '관중'의 하나였던 동시에, 그들의 일부는 극작품을 공급하는 '극작가', 배우의 연기술을 지도하는 '교습자', 연극 공연을 지휘 감독하는 '연출가', 연극의 이론적 근거를 마련하는 '비평가'의 기능도 수행하였으며, 때로는 그들 자신이 직접 '배우'가 되어 무대에 등장하기도 하였다.

::이어의 특수성

이어李漁(1611~1680)의 경우는 신사계층과 같은 고급 문인은 아니었으나, 가반의 주인으로서 극작가·교습자·연출가·비평가·배우의 역할을 모두 소화했던 전형적인 인물이었다. 그는 절강성 난계蘭溪 사람으로 풍부한 학식에도 불구하고 향시鄕試조차 급제하지 못하였고, 더욱이 미약한 경제적 기반으로 말미암아 주로 항주杭州와 남경南京 일대의 사대부 집안을 떠돌면서 자신이 양성한 가반 연출의 수익으로 생계를 유지할 수 있었다.[138] 바로 자신의 가반을 상업적으로 활용했던 것이다.

또 상업주의적 통속성을 바탕으로 극작품을 창작한 극작가이자, 풍부한 연출 경험을 토대로 근대적 연극 이론을 확립한 비평가였다.① 게다가 가반을 양성하여 배우에 대한 후원자의 기능을 스스로 담당함과 동시에, 가반의 대외적인 연출에 힘입어 재물을 모았던 상업적 극단주였던 것이다. 보통의 가반 주인이 개인 소유의 극단을 양성한 동기는 기본적으로 자신만의 향유 혹은 집안 행사에 활용하기 위한 것이었으며, 때로는 사교적 목적에서 다른 부유층과의 문화적 소통 고리로 가반을 활용하기도 하였다.②[139] 때문에 이어와 같이 지적 소통을 넘어 자신의 가반을 상업적으로 활용한 것은 일반적인 경우라 할 수 없다.

그러나 가반 주인이 어떠한 동기로 극단을 양성했든지 간에 그들의 양성 행위는 적어도 배우에 대한 후원의 기능을 하였으며, 가반 주인의 상기한 특성으로 말미암아 배우 교습·극본 공급·이론 제공과 같은 곤극

① 이어에 관해서는 제6장 '이어와 한정우기'에서 상세히 다루었다.

② 가반 양성의 동기와 의도는 '스스로 즐기는 수요(自娛需要)', '친지를 즐겁게 하는 것과 가정오락의 수요(娛親和家庭娛樂需要)', '교제 수요(交際需要)'로 구분되고, 이 가운데 '교제 수요'를 다시 '곡연과 손님 접대(曲宴款客)'·'음악을 가지고 교유하는 것(携樂交遊)'·'모임에서 재주를 선보이는 것(集會呈技)'로 세분할 수 있다.

예술 제반에 걸친 후원의 양상을 띠었다. 이들의 후원 행위는 외적으로 화려한 연출을 가능케 하였음은 물론이고, 내적으로도 곤극의 심미적·양식적 발달에 기여하는 파급 효과를 낳았다. 바로 후원자로의 극단주는 자신의 수준 높은 심미적 주장을 가반의 연출 활동에 관철시킬 수 있었고, 곤극의 예술적 수준을 한 단계 높여 가창과 동작이 어우러진 우아하고 화려한 곤극 본연의 특징을 갖게 하는 데에 기여하였다.

::염상 계층의 극단주

명대 중엽부터 줄곧 강남지역 일대를 풍미한 신사 계층의 가반 양성은 청나라가 들어서면서 점차 쇠락하게 되지만, 유독 양주揚州의 염상鹽商만은 황제의 강남 순시를 계기로 비교적 자유롭게 곤극 공연을 위한 가반을 양성할 수 있었다.

신사 계층의 극단 양성이 쇠퇴하게 된 원인은 청나라 초기에 사적인 배우 양성을 금지하는 법령이 공포된 점, 관료에 대한 단속이 엄격해져 사치풍조가 일소된 점, 관청에서 관할하는 직업희반이 대량으로 출현한 점이 꼽힌다.[140] 특히 황실에서 수차례에 걸쳐 교지를 내려 관리의 배우 양성을 금지한 것이 신사 계층의 가반 양성이 쇠락하게 된 가장 직접적인 이유가 된 것으로 보인다. 바로 옹정雍正 2년(1724), 건륭乾隆 34년(1769), 가경嘉慶 4년(1799) 및 13년(1808)의 금령禁令 등이 그것이다.[141] 때문에 신사 계층에 의한 가반 양성은 거의 사라지게 되었다.

그러나 북경北京의 왕부王府에서 양성하는 극단과 양주 염상이 양성하는 가반은 여전히 금령에서 제외되었다. 그 이유는 건륭 황제가 건륭 16년(1751)·22년(1757)·30년(1765)·45년(1780)·49년(1784)의 6차에 걸쳐 남순南巡을 행하였는데, 이때에 양주 염상의 가반이 황제에게 공연을 선보이는 임무를 맡았기 때문이다.[①][142]

그런데 청 강희 연간(1662~1722)과 건륭 연간(1736~1795)에 걸친 양주에서의 가반 양성 활동은 이전과 다른 새로운 발전 추세를 드러낸다. 가반의 주인이 개인적 애호와 문화적 소양을 갖춘 '신사 계층'에서 관청의 비호를 받아 대체로 신분적 결함을 감추기 위해 막대한 자금을 쏟아붓는 부유한 '염상 계층'으로 전환했을 뿐만 아니라, 가택에서의 소수를 위한 폐쇄적 연출에서 대중을 향한 개방적 연출로 전환되는 추세가 나타나며, 심지어 가반 주인과 배우의 관계가 주종 관계에서 고용 관계로 점차 바뀌어간다.[143] 이는 재력가의 후원을 넘어 근대적 개념의 영리적 극단으로 변화해가는 과도기적 상태를 보여주는 것이다.

:: 칠대내반

양주에서 곤극 가반을 양성한 염상 가운데 서상지徐尚志(노서반老徐班), 황원덕黃元德, 장대안張大安, 왕계원汪啓源, 정겸덕程謙德, 홍충실洪充實(대홍반大洪班), 강광달江廣達(덕음반德音班)의 가반이 가장 유명하여 따로 '칠대내반七大內班'이라 부른다. 이는 개인이 사적인 경비로 배우를

---

① 양주 염상이 곤극의 발전에 개입하게 된 원인으로는 ㉮ 양주 염상의 경제적 역량, ㉯ 상인의 소비를 독려한 건륭제의 경제 정책, ㉰ 관리의 배우 양성을 금지하는 법령 공포, ㉱ 문화예술을 이용한 염상의 경영 방식을 들 수 있다.

선발하고 양성하는 '가반'의 형태이긴 하였으나, 양회兩淮 지역의 소금 업
무를 담당하는 관청의 통솔 하에 놓여 있었다. 때문에 극단주인 염상의 개
인적 필요에 의해 공연한 것은 물론이고, 황제의 순시가 없을 때에도 관청
의 요청으로 공연하기도 하였다. 나아가 양주 부근에서 열리는 묘회廟會 혹
은 집시集市에서 대외적인 상업성의 공연을 할 수도 있었다.[144]

　이는 신사 계층이 양성했던 가반이 대체로 소수를 위한 개인적이고 폐
쇄적인 연출의 특징을 지녔던 것과 큰 차이를 드러낸다. 동시에 앞서 이
어의 가반에서 엿볼 수 있었던 마치 직업희반과 같은 근대적인 상업성

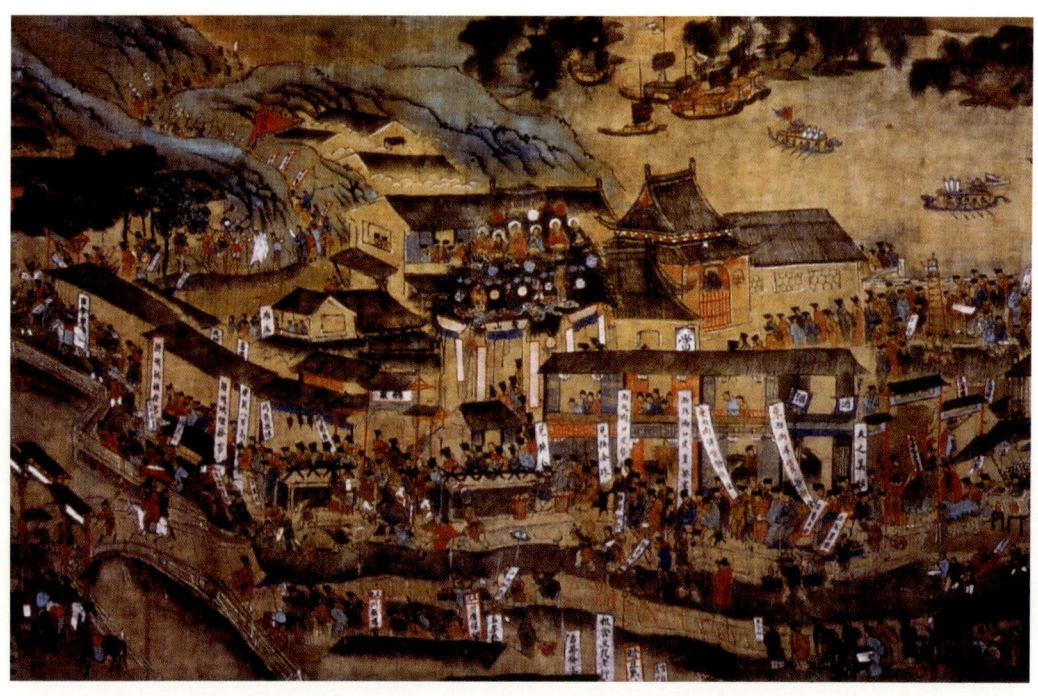

· 그림 34 <남도번회경물도권南都繁會景物圖卷>(국부). 명나라 때 남경에서의 묘회 풍경이 담겨 있다.

연출의 면모가 한층 더 부각된 것이다. 이러한 양주 염상의 가반 양성으로 말미암아, 명대의 곤극이 주로 남경南京 및 소주蘇州를 중심으로 연출되었던 것과 달리, 청대의 곤극 연출은 양주를 위주로 색다르게 흥성할 수 있었다. 아래에서는 칠대내반의 주인이었던 양주 염상을 대상으로 후원자 계층의 특징을 탐색하도록 한다.

:: 황원덕

먼저 칠대내반을 양성한 양주 염상의 호칭은 실제의 본명이 아니라 각 염상이 운영하는 상호인 '기호旗號'를 의미한다. 극단주들의 본명과 출신을 요약하면 <표 12>와 같다.[145)]

〈표 12〉 칠대내반 주인의 본명과 출신

(1) 서상지 : 본명은 미상이나 주로 강희 말년에서 건륭 초기에 활동하였다. 광덕廣德 혹은 진덕晉德이라고도 불렸다.

(2) 황원덕 : 안휘성安徽省 휘주徽州 흡현歙縣 담도潭渡 사람으로 본명은 이□履□이고 자는 중승仲昇이며 호는 성우星宇이다. 황원덕黃源德이라고도 불렸다.

(3) 장대안 : 섬서성陝西省 출신의 양주 염상으로 본명은 장하張霞이다.

(4) 왕계원 : 안휘성 휘주 흡현 조서稠墅 사람으로 본명은 왕정장汪廷璋이고 자는 영문令聞이며 호는 경정敬亭이다.

(5) 정겸덕 : 본명은 미상이나 건륭 연간에 활동한 양주 염상이다.

(6) 강광달 : 안휘성 휘주 흡현 사람으로 강희 60년(1721)부터 건륭 54년(1789)까지 생존하였다. 본명은 강춘江春이고 자는 영장穎長이며 호는 학정鶴亭이다.

(7) 홍충실 : 안휘성 휘주 흡현 계림桂林 사람으로 본명은 홍비진洪丕振이다.

칠대내반의 극단주 중에서, 특히 황원덕은 양주에 화려한 원림을 짓고 출판업에까지 손을 댄 것으로 보인다.

황씨黃氏는 휘주 흡현 담도 사람으로 양주에 기거하였는데, 형제 네 명이 소금 장사로 집안을 일으켜 세상에 '사원보四元寶'라는 칭호가 있다.

황성黃晟은 자가 동서東曙이고 호가 효봉曉峰이며 맏이인 까닭에 '대원보大元寶'라 불렸고, 강산康山의 남쪽에 살면서 이원易園을 건립하였으며 ≪태평광기太平廣記≫와 ≪삼재도회三才圖繪≫를 판각하였다. 이원 안의 삼층짜리 무대는 걸작이라 칭해진다.

이□履□는 자가 중승이고 호가 성우이며 둘째인 까닭에 '이원보二元寶'라 불렸다. 의산倚山의 남쪽에 살았고…… ≪성제총록聖濟總錄≫을 판각했으며, 또 섭천사葉天士를 위해서 ≪섭씨지남葉氏指南≫을 판각하였다. '사교연우四橋烟雨'와 '수운승개水雲勝槪'는 북쪽 교외에 있는 별장이다.①146)

여기에서 황원덕을 비롯한 가반 주인의 다수가 휘주 출신의 염상으로 양주에 머물며 화려한 원림을 짓고 대형 무대를 건립하기도 하였으며, 곤극 가반을 양성했을 뿐만 아니라 소금업을 통해 모은 풍부한 재력을 바탕으로 출판업에까지 손을 뻗쳤음을 알 수 있다.

::강광달

칠대내반 중에서 덕음반의 주인으로 알려진 강광달(1721~1789) 즉 강춘은 곤극 가반인 덕음반과 더불어 화부花部 즉 경극 극단으로 유명한 춘대반春臺班을 양성하기도 하였다. 그는 당시 최고의 재력가로서 해마다 연극 공연에 은전 1만 5천 냥 이상을 쏟아 부었다. 심지어 소주蘇州 노랑묘老郎廟의 <여러 해에 걸친 기부자 명단 비석(歷年損款花名碑)>에 따르면, 유양維揚의 노강반老江班 즉 덕음반에 속한 배우가 건륭 45

① 이두李斗의 ≪양주화방록揚州畵舫錄≫ 권12

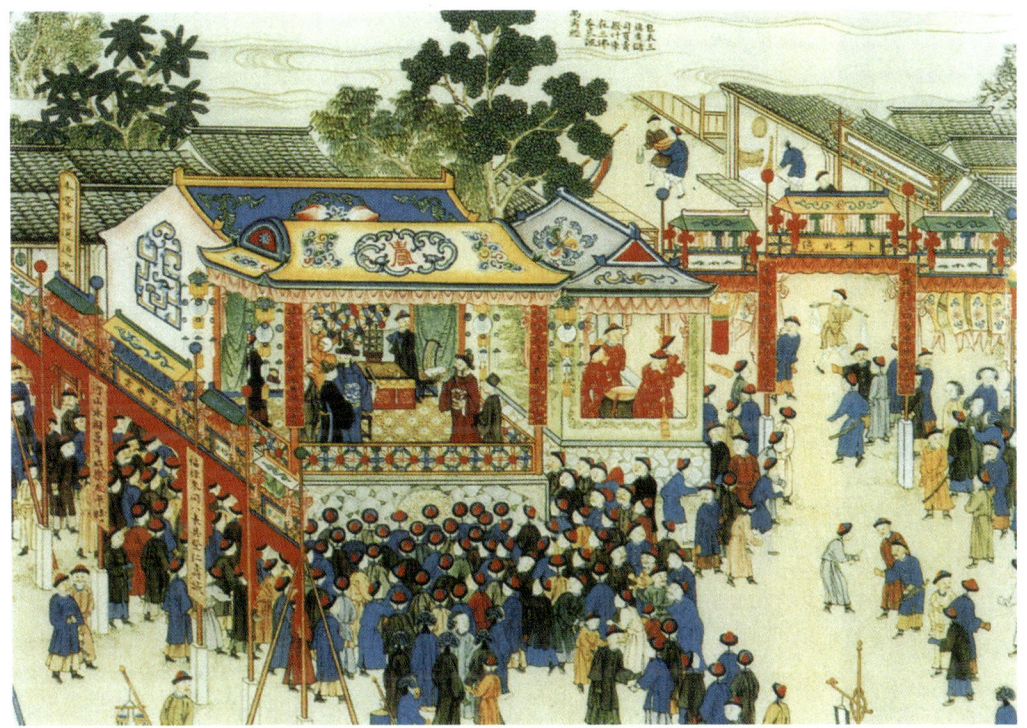

· 그림 35 <강희육순만수경전도康熙六旬萬壽慶典圖>(국부). 청 강희 56년(1717) 황제의 생신 '만수절'에 북경에서 희대를 가설하고 공연하는 모습이다.

년부터 52년까지 기부한 돈이 모두 700냥에 달할 정도였다.[147] 게다가 그는 다른 염상 계층 가반 주인과 달리 문화적 소양이 매우 높아 원매袁枚, 조익趙翼, 김조연金兆燕과 같은 신사紳士와 친분이 두터웠다.

특히 그는 극작가 장사전蔣士銓(1725～1785)이 양주 안정서원安定書院의 산장山長을 맡아 건륭 37년(1772) 자신의 원림인 강산초당康山草堂의 추성관秋聲館에 거할 적에 잡극雜劇 <사현추四弦秋>①의 창작을 의

---

① <사현추>는 당나라 백거이白居易의 <비파행琵琶行>에 근거해 지은 것이다. 백거이가 강주사마江州司馬로 폄적당했을 때 손님을 전송하다가 강가에서 들려오는 비파 소리를 들었는데, 연주하던 늙은 여인

뢰하였고, 또 자신이 극본 수정 작업에 참여하고 서序를 쓰기도 하였으며 극본이 완성된 뒤에는 자신의 가반에게 시범 공연을 시키기도 하였다.148) 이는 염상 계층 가반 주인의 극작가에 대한 후원의 단서를 보여주는 것이다. 나아가 염상이 극단 양성은 물론이고 출판업에도 손을 대었다는 점에서 극작품의 출판을 후원하였을 가능성도 엿볼 수 있다.

그러나 가반 주인의 문화적 소양과 무관하게 칠대내반을 비롯한 양주 염상에 의해 조직된 가반은 기본적으로 남순南巡한 황제를 접대하기 위한 공연 조직이었으며, 때로 황제의 탄신일인 '만수절萬壽節'에도 양주 천녕사天寧寺의 "대전 앞에 가설무대를 만들어 신령스럽고 상서로우며 태평성대를 구가하는 내용의 극을 공연하였다."①149) 이러한 배경 때문에 양주 염상이 후원한 가반의 연출은 가능한 모든 수단을 동원하여 최대한 사치스럽게 태평성세를 찬양하는 내용을 거대한 규모로 연출할 수밖에 없었을 것이다.

이외에 칠대내반에 속하지는 않지만, 양주의 염상인 장광덕張廣德이 양성한 곤극 가반으로 '태평반太平班'이 유명한데, 그의 가반에는 배우, 교습자, 악사를 포함해서 무려 80여 명이 소속되어 있었다.150) 여기에서도 극단의 대형화와 화려한 무대 연출의 정황을 미루어 짐작할 수 있다.

이와 같이 염상 계층 가반 주인의 경우에도 신사 계층처럼 화려한 원림을 짓고 무대를 건립하였으며, 가반을 양성하여 배우를 재정적으로 지

은 옛날 장안의 명기였던 화퇴홍花退紅이었다. 이 작품에서 장사전은 비파 타는 여인에 투영된 백거이의 울적한 심정을 위주로 묘사하였다.

① 이두李斗의 ≪양주화방록揚州畵舫錄≫ 권5

원하고 극작가의 작품 창작도 측면 후원하였다. 그러나 신사 계층에 의해 양성되었던 가반이 대체로 닫힌 공간에서 높은 학식을 갖춘 소수에 의해 향유되었고 젊은 남자주인공 배역 '생生'과 여자 역할을 맡는 배역 '단旦'을 위주로 하는 소규모의 우아하고 정적인 모습의 문인 애정극을 주로 연출했던 것과 사뭇 구별된다. 또한 신사 계층의 극단주가 극작가·교습자·연출가·비평가의 역할까지 담당했던 것과 달리, 염상 계층의 극단주는 대체로 곤극의 내적인 질보다는 외적인 화려함과 규모의 확대에 관심을 두었던 것으로 보인다. 여기에서 후원자 계층의 특성 변화가 연극의 심미적, 양식적 변화에 영향을 끼칠 것임을 헤아릴 수 있다.

::극단 후원의 파급 효과

연극적 행위는 농업이나 수공업과는 달리 그 자체로는 가시적인 생산의 효과를 거두지 못하는 소비 행위의 하나라 할 수 있다. 이는 고대부터 신과의 소통을 위한 제의적인 목적 혹은 특정 집단의 사회적 필요에 의해 행해지고 있지만 원초적으로는 인간의 유희 본능과 결탁되어 있다. 특히 연극이 근대적 상업 행위의 하나로 자리 잡기 이전에 연극 활동의 핵심적 주체인 배우는 이를 향수하고자 하는 연극 애호가의 후원에 의지해 의식주를 비롯한 생존권의 문제를 해결하였다. 때문에 극예술에 대한 '후원'이라는 의미는 일차적으로는 재정적 측면의 지원을 말한다.

::재정적 측면

가반의 주인이 재정적인 측면에서 곤극을 후원한 경우는 다음의 사례에서 여실히 엿볼 수 있다. 청나라 초기 강소성 태흥泰興의 거부巨富로 유명한 진사進士 출신의 계진의季振宜에게는 "또 여악女樂 2부가 있었는데, 무대의상의 가격이 모두 거만금"①이었다.[151] 그리고 이후李煦(1655~1729)가 소주蘇州에서 직조織造의 관직을 역임하며 가반을 양성할 적에 "유명한 곡사曲師를 모셔 이원자제梨園子弟를 교습시키고 <장생전長生殿> 전기傳奇를 연출하였는데, 무대의상에 쓰인 돈만 해도 수만금에 달하였다"②고 한다.[152] 이처럼 무대의상과 같은 '행두行頭'의 준비에만 거액의 돈을 지불하였으니, 가반 주인의 곤극 제반에 대한 후원의 규모가 상당하였음을 알 수 있다.

가반 주인의 재정적 후원은 비단 화려한 무대의상만이 아니라 무대장치 혹은 대형 무대의 출현을 야기하기도 하였다. 극단주의 일부는 자신의 원림園林에 가반의 공연을 위한 무대를 가설하기도 하였다. 게다가 왕여겸汪汝謙(1577~1655)이 항주杭州의 서호西湖에 거대한 누선樓船 '불계원不系園'을 만들어 자신의 가반 공연에 활용한 것과 같은 수상 무대가 출현하여, 불계원에서 "사방의 유명한 분들이 올 때마다 반드시 배우를 선발하여 노래를 뽐내게 하면서 밤을 지새웠다"③고 한다.[153] 이러한 수상 연출의 방식은 직업희반의 연출에도 영향을 끼쳐 일시에 풍미하게 되

---

① 유월俞樾의 《다향실속초茶香室續鈔》 권7 〈남계북항南季北亢〉
② 고공섭顧公燮의 《고단오필기顧丹午筆記》. 여기에서 이원자제는 배우를 말한다.
③ 《춘성당시집春星堂詩集》 권5 〈유시서遺詩序〉. 누선에 관해서는 제12장 '사교적 공연공간'에서 상세히 다루었다.

었다.[154] 이처럼 곤극 연출이 다방면에서 점차 화려한 모습을 띠게 된 이면에는 당시 가반 주인의 재정적 후원이 결정적인 역할을 하였음을 충분히 짐작할 수 있다.

또한 가반 주인의 곤극에 대한 후원은 배우의 사회적 지위를 높이는 역할도 하였다. 가반에 소속된 배우는 그 신분에 있어서는 극단주의 노예와도 같은 비천한 존재였음에도 불구하고, 숭정崇禎 14년(1641)의 상황은 다음과 같았다.

> 오吳 지방에서는…… 근년의 흉년 때문에 외관도 아름답지 않다. 그런데 배우들은 잘 입고 잘 먹으며 거리를 활보하였다. 사람들이 연극 공연 한 번에 10여 금을 쓰는데도 배우들은 적다면서 싫은 내색을 하였다. ……그러나 분명 향신鄕紳 계층의 극단주가 있을 것이라 벌벌 떨며 떠받들었다.[①][155]

이러한 오만불손한 배우의 태도는 가반 주인의 의식주 제반에 걸친 후원과 곤극에 대한 애호에서 비롯된 것이라 하겠다.

::심미적, 양식적 측면

가반 주인의 후원은 무대의상 혹은 무대장치를 비롯한 연출 장비를 구비하는 것과 같은 재정적 측면에만 국한되지 않았다. 특히 신사紳士 계층의 가반 양성은 곤극의 심미적, 양식적 발전에 기여하는 막대한 파급 효과를 낳았다. 최근 중국에서는 가반 활동이 곤극 발전에 공헌한 점과 관

---

① 서수비徐樹丕의 《식소록識小錄》 권4 〈오우吳優〉

련해서 비교적 풍부한 논의가 진행되었다.[156] 아래에서는 기존의 연구 성과에 힘입어 가반 양성의 파급 효과를 후원문화의 관점에서 재정립하도록 한다.

우선 가반 주인의 후원은 곤극의 심미적 성숙에 공헌할 수 있었는데, 이는 앞서 논의한 바와 같은 신사 계층의 특성과 연관된다. 먼저 문화적 소양이 높은 가반 주인이 배우의 창과 연기를 지도하는 교습자로의 역할을 직접 담당하거나, 명성 높은 청곡가淸曲家① 및 관객串客 출신의 곡사曲師를 초빙하여 자신의 가반에 소속된 배우를 엄격히 교육시켰음은 주지의 사실이다. 그런데 이것이 곤극의 연기술 및 창법이 심미적으로 발달하는 결과를 야기하였던 것이다. 나아가 가반 주인은 극작가 및 비평가로의 역할까지 수행하여 곤극의 연출에 풍부한 제재와 안목을 공급한 동시에 중국 전통극의 배우론, 연기론, 연출론을 한층 발전시키는 데에도 공헌하였다. 이러한 심미적 발전의 성과는 신사 계층이 대다수였던 명말 곤극 후원자 계층이 문학과 음악에 밝았을 뿐만 아니라, 본연의 지적인 성향으로 말미암아 우아하고 규범적인 연출을 선호했다는 점과 결부되어 있다고 할 수 있다.

다음으로 가반 주인의 후원은 곤극의 양식적인 변화에도 영향을 미쳤다. 먼저 곤극의 우아한 풍격을 주도하는 소위 '생단희生旦戲'②의 연출 방식을 정착시켰으며, '절자희折子戲'③ 연출 형태의 발전을 야기하였다.

---

① '청곡가'란 무대 위에서 배역으로 분장하여 연기하지는 않지만, 노래 자체에 천착하여 누구보다도 정확한 창법을 구사할 수 있는 지식인을 말한다.
② '생단희'란 젊은 남자주인공 '생生'과 여자 역할을 맡는 '단旦'의 두 배역을 위주로 구성하는 공연 형식을 말한다.
③ '절자희'란 전체 연극의 정채로운 부분만을 따서 공연하는 형식을 말한다.

대체로 곤극 가반의 공연은 사대부 간의 당회堂會 혹은 곡회曲會에서 벌어지는 경우가 다수를 차지하였는데,[157] 이때 공연을 관람하는 관중은 가반 주인과 더불어 학식 있는 소수의 인물에 불과했다. 때문에 25~55출出 가량의 긴 편폭으로 구성된 곤극 작품을 처음부터 끝까지 연출하기에는 시간적 제약이 따랐음은 물론이고, 가반의 관중은 이미 작품의 내용을 숙지하고 있을뿐더러 주로 춤과 노래가 어우러진 우아한 동작의 표현이나 정확한 창법의 구사와 같은 연기술에 관심을 두었기 때문이다.

이처럼 가반 주인의 후원 행위는 배우의 의식주 해결 및 사회적 지위 향상이나 화려한 무대의상 및 무대장치의 발달 혹은 대형 무대의 출현과 같은 재정적 측면에 영향을 주었을 뿐만 아니라, 곤극예술이 심미적으로 성숙하고 양식적으로 변화하는 데에까지 막대한 파급 효과를 낳았다. 이는 가반 주인이라는 후원자 계층의 예술적 성향 및 경제적 역량으로 말미암아 발생한 결과이며, 명말청초의 강남지역에서 서구의 문예부흥과 흡사하게 후원자에 의한 전대미문의 예술적 번영이 야기되었다는 사실을 보여준다.

---

① 가반의 공연이 극단주의 가택 안에서만 있었던 것은 아니고, 때로 가반 간의 시합 및 문인의 품평을 위한 '곡회'에서 진행되기도 하였다. 또 '당회'에서의 연출은 행사형태(慶典型)·사교형태(交際型)·감상형태(玩賞型)의 3가지로 나뉘는데, 이를 위해 유명한 직업희반을 불러 공연하는 경우도 있었지만 통상 자신이 양성하던 가반을 활용하는 경우가 많았다.

전통 시기 중국에서 희곡을 비롯한 서적의 간행은 각서가刻書家와 같
은 문화예술 후원자의 경제력이나 소비시장의 형성과 같은 사회적 환경
과 따로 떼어 생각하기 어렵다. 특히 고도의 경제력이 문화예술을 애호하
던 특정 신사 계층에게 집중되었던 명말에는 희곡 단본 및 총집과 선집
의 간행 수량이 급격히 증가하고,①158) 인쇄 기법도 다양화되어 화려한
판식을 자랑하는 삽화본 희곡이 유행하게 된다.

::목판화

중국의 목판화 제작은 대략 수대隋代에서 당대唐代 초기에 시작된 것
으로 보이며, 북송대北宋代까지의 초창기에는 대체로 교화와 선교의 수
단으로 사용된 불교 판화가 주류를 이루었다. 이후에는 의학, 건축, 기술
과 관련된 실용 도서와 역사, 문학, 음악, 회화에 관련된 예술 서적 그리
고 일상생활과 연관된 신년 축하용 그림 '연화年畫', 카드 도안집 '엽자

---

① 양성신(楊繩信)이 편찬한 ≪중국 판각 종록(中國版刻綜錄)≫(陝西人民出版社, 1987)에 근거해 간
행 수량을 살펴보면, 송대부터 명말까지 출판된 3,094점 중 65%를 차지하는 2,019점이 가정, 만력,
숭정에 이르는 시기에 출판되었다. 또 린허이(林鶴宜)의 통계(⟨晚明戲曲刊行槪況⟩; ≪漢學硏究≫
제9권 제1기, 1991, 295쪽)에 따르면, 명말에 출판된 희곡은 대략 송원 희문戲文 87종, 원명 잡극雜
劇 87종, 명대 전기傳奇 381종으로 기타 논저를 포함하여 600여 종에 이른다.

葉子', 편지지 도안집 '전보箋譜'를 비롯한 다양한 용도의 판화가 제작되기에 이르는데, 특히 명청대에는 강남지역에서 통속 소설과 희곡의 삽화본 제작이 크게 흥행한다.

또 정운붕丁雲鵬 등이 그린 방우노方于魯의 <방씨묵보方氏墨譜>(1588) 및 정대약程大約의 <정씨묵원程氏墨苑>(1606)과 같은 먹 도안집 '묵보墨譜', 호정언胡正言의 <십죽재화보十竹齋書畫譜>(1619-1627)나 이어 李漁의 <개자원화전芥子園畫傳 · 초집初集>(1679)과 같은 복제 명화집 '화보畫譜'에는 심미적 가치가 높고 기술적으로도 발전된 판화 제작 기법이 보인다.[159]

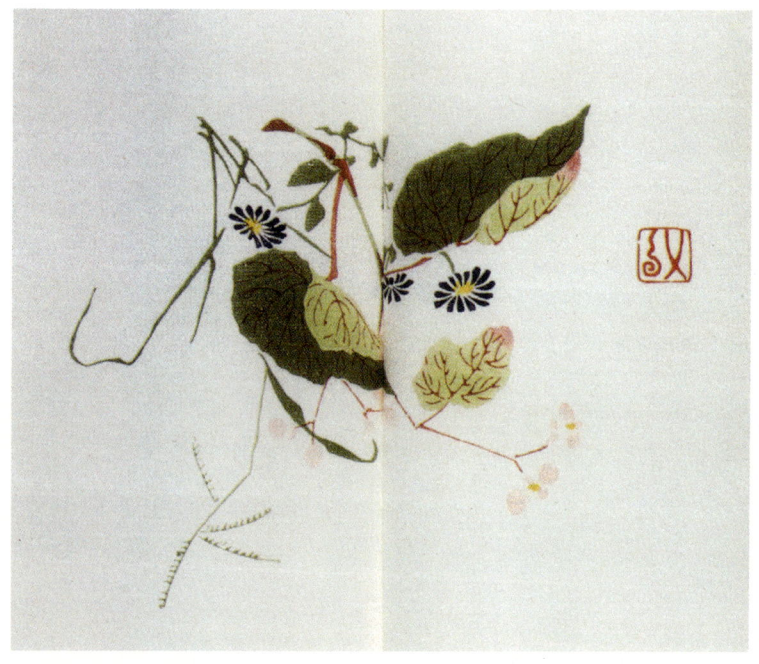

· 그림 36 <십죽재화보>

::삽화본 희곡

명나라 초기에는 문화예술에 대한 잔혹한 억압 정책을 시행하여 극본을 불사르고 수장하는 것조차 엄격히 금하였기 때문에, 명 중기에 해당하는 가정嘉靖 연간(1522~1566) 이전의 극본이 거의 남아 있지 않다. 다만, 가장 이른 시기의 삽화본 희곡으로 선덕宣德 10년(1435)에 금릉金陵(즉 남경南京) 적덕당積德堂에서 간행된 <교홍기嬌紅記>②가 전하며, 성화成化 연간(1465~1487)에 북경北京 영순당永順堂에서 간행된 <백토기白兎記>가 1967년에 설창사화說唱詞話 16종과 함께 명대 무덤에서 출토되기도 하였고, 홍치弘治 11년(1498)에 북경 금대金臺 악가서방岳家書坊에서 간행된 <서상기西廂記>③ 등이 전할 따름이다.160)

이후 명말의 만력萬曆 연간(1573~1620) 이후에는 강남 지역을 중심으로 다량의 삽화본 희곡이 집중적으로 간행되기에 이른다. 특히 만력 때에는 금릉金陵과 휘주徽州가 희곡 간행의 양대 중심지였고, 천계天啓 연간(1621~1627)과 숭정崇禎 연간(1628~1644)에는 항주杭州와 소주蘇州 및 오흥吳興 등지에서 가장 활발한 간행이 이루어졌다. 또 기능적인 측면에서 텍스트 읽기의 보조적 성격이 짙은 '상도하문上圖下文' 판식의 삽화로부터

---

① 만력 32년(1609)에 간행된 〈정씨묵원〉 후인본에는 한 장의 판목에 여러 색을 칠해 인쇄하는 초보적인 형태의 '채색투인彩色套印' 기법이 보이는데, 이는 다색 삽화의 시초로 간주된다. 또 〈십죽재서화보〉의 경우에는 여러 장의 판목에 여러 색을 칠해 인쇄하는 '두판채색투인餖板彩色套印' 기법이 보인다.

② 여기에서의 〈교홍기〉는 〈새로 엮은 금동옥녀 교홍기(新編金童玉女嬌紅記)〉를 말하며, 매 페이지의 본문을 앞면에 조판하고 그 뒤의 전면을 삽화로 구성하였다. 이후 숭정崇禎 12년(1639)에 간행된 〈새로 새긴 절의 원앙총 교홍기(新鐫節義鴛鴦塚嬌紅記)〉에도 화가 진홍수陳洪綬가 그린 삽화 4점이 수록되어 있다.

③ 여기에서의 〈서상기〉는 〈새로 간행한 글자가 크고 그림이 있으며 기묘한 주석이 달린 서상기(新刊大字魁本全相參增奇妙註釋西廂記)〉를 말하는데, 모든 면마다 '상도하문' 판식의 삽화가 들어 있다. 명대에 간행된 〈서상기〉 판본만도 60여 종이 전하며 그 과반수에 삽화가 들어 있다.

심미적 볼거리를 제공하여 삽화 자체의 예술성을 부각하는 '단면單面 수폭
竪幅' 및 더욱 삽화에 비중을 두어 화려하게 제작된 '쌍면대련雙面對連
횡폭대도橫幅大圖'의 판식으로 점차 그 중심이 이동한다.

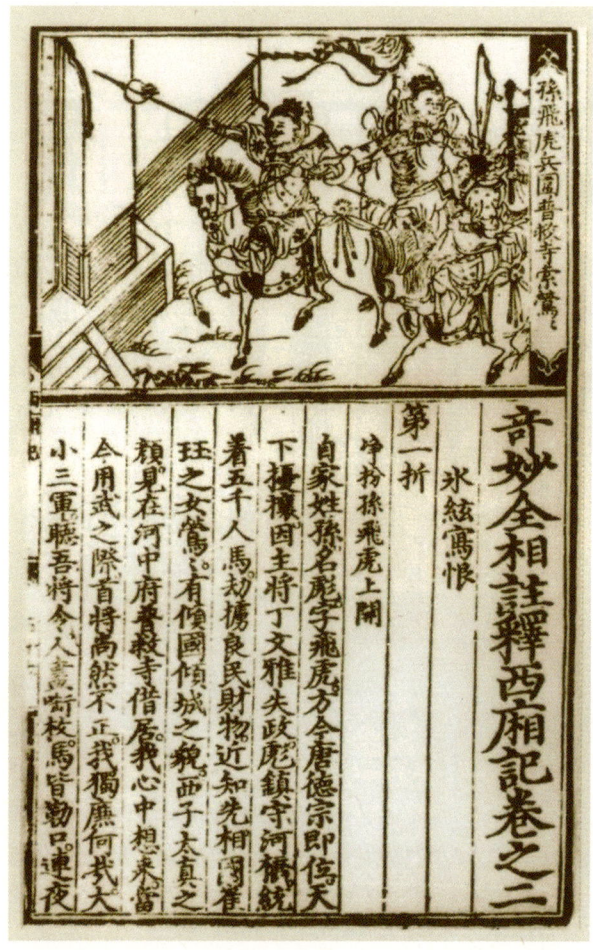

· 그림 37 홍치본 <서상기>의 '상도하문'

명말에 삽화본 희곡을 간행한 강남 주요 지역의 대표적 간행처와 각서가 및 간행 특징을 살펴보면,① 만력 연간의 삽화본 희곡은 금릉과 휘주를 중심으로 간행되었는데 금릉에서는 주로 단품의 극작품이, 휘주에서는 주로 소형 작품집이 간행되었고, 만력 이후로 항주에서는 단품의 극작품과 더불어 대형 극본집까지 간행되었으며, 소흥과 오흥에서는 특히 화려한 삽화 기법을 적용한 <서상기>의 간행이 흥행하였다.

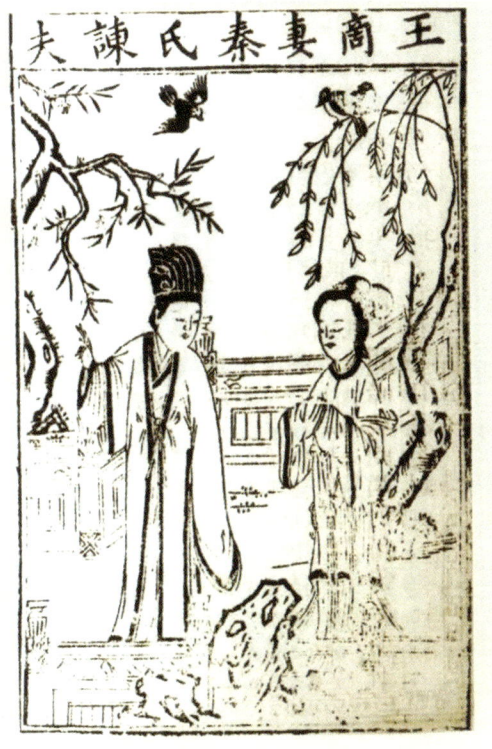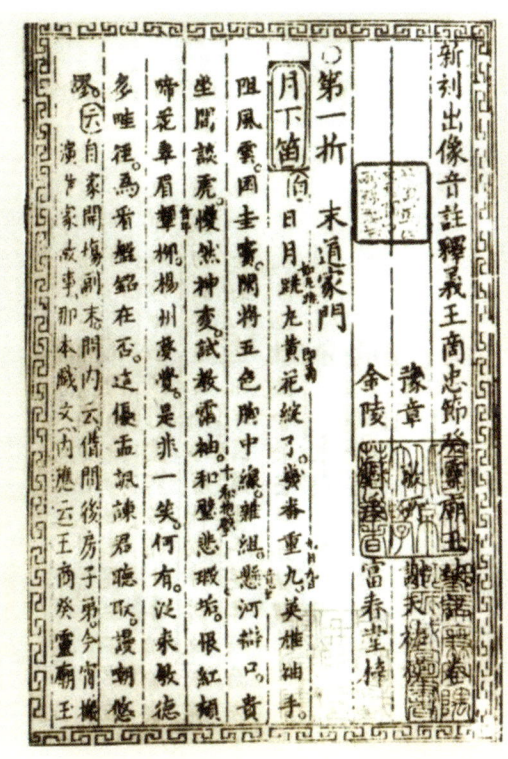

· 그림 38 부춘당본 <옥결기玉玦記>의 '단면 수폭' 판식. 삽화 상단에 가로로 제목이 있는 것이 금릉에서 간행된 삽화의 특징이라 할 수 있고, 문장의 테두리에 장식을 두른 '화란花欄'은 부춘당본의 특징이다.

　　① 이 책의 〈부록 2〉를 참조하기 바란다.

::금릉과 휘주

　먼저 금릉의 경우에 만력 전반기까지는 대체로 인물을 위주로 한 질박한 느낌의 삽화를 한 페이지 가득 세로로 넣는 '단면 수폭' 판식으로 주로 부춘당富春堂과 세덕당世德堂에서 간행하였는데, 이는 기존의 송원대宋元代 및 낙후된 복건福建 건양建陽 삽화의 주류 기법이었던 '상도하문'의 판식보다 더욱 삽화에 비중을 두는 방향으로 발전된 면모를 보이는 것이라 할 수 있다.

　만력 후반기에는 금릉에서도 양면에 걸쳐 가로로 길게 커다란 삽화를 넣는 '쌍면대련 횡폭대도' 판식이 유행하였는데, 이러한 기법은 휘주의 장식성이 뛰어나고 화려한 삽화 기법의 영향을 받은 것이었다. 이는 금릉의 문림각文林閣과 계지재繼志齋에서 누차 '휘주에서 나온 판본(徽本)'을 번각翻刻한 사례나, '휘상徽商'[①] 출신의 각서가 왕정눌汪廷訥이 금릉의 환취당環翠堂에서 간행한 삽화본 희곡의 면모를 통해서도 알 수 있다.[②]161)

　특히 금릉 환취당에서 삽화본 희곡을 간행한 왕정눌은 휘주 휴녕인으로 만력 연간에 염운사鹽運使 및 영파부寧波府 동지同知를 지냈으며, 심경沈璟의 제자로서 탕현조湯顯祖, 장봉익張鳳翼, 도륭屠隆 등과 같은 극작가와 교유하였다고 알려져 있다. 그는 "원료범 선생의 풀이(袁了凡先生釋義)"라는 표제가 붙은 <비파기琵琶記>와 <서상기>를 간행한 외에, 만력 36년(1608)에 자신의 작품을 모아 삽화본 극본집 ≪환취당악부環翠

---

① '휘상'이란 안휘성 휘주 출신으로 남경 등지에서 활동한 지적 수준이 높은 부유 상인을 말한다.

② 특히 계지재의 경우에는 휘주 관화헌觀化軒의 <옥잠기玉簪記>와 완호헌玩虎軒의 <홍불기紅拂記>와 같은 '휘주에서 나온 판본'을 번각하였다.

堂樂府≫를 간행하였다.162)

또 휘주에서 삽화본 희곡을 간행한 왕도곤汪道崑(1525~1593) 역시 극작
가로서 자신의 작품을 자신이 ≪대아당잡극大雅堂雜劇≫이라는 극본집으
로 간행한 동시에, 유명 극작가이자 화가였던 서위徐渭(1521~1593)의 작품
을 모아 ≪사성원四聲猿≫을 간행하기도 했다. 이처럼 각서가가 극작가로
활동하면서 자신의 작품 혹은 타인의 극작품을 간행하는 경우는 부유 문인
에게 있어 전통극을 애호하는 보편적 방식으로 자리 잡은 듯하다.

이외에 휘주 각서가 장비張斐(즉 장삼회張三懷)의 돈목당敦睦堂에서는
절자희折子戲 66출出을 모아 ≪적금기음摘錦奇音≫(1611)을 간행하였는
데, 이는 실제 연출에 참고할 수 있도록 기획된 실용서의 성격을 띠는 것
이었다. 때문에 여타 휘주 삽화본의 화려한 면모와는 달리 배우들의 구매
력을 고려하여 '단면 수폭' 판식으로 비용을 절감하고 서적 가격을 낮추었
다.163) 이는 청양강靑陽腔으로 연창되는 극본집으로 삽화본 희곡의 간행에
공연을 통한 상업성을 고려한 사례라 볼 수 있는데,①164) 이러한 점은 만력
이후에 항주와 소주 등지에서 문인 계층이 상대적으로 많은 비용을 들여 삽
화본 희곡을 화려하게 간행한 점과 다소 맥락을 달리한다.

---

① 절자희 선집은 기본적으로 공연을 전제로 간행된 것이었다. 곤강崑腔으로 연창되는 절자희는 ≪악부홍산
樂府紅珊≫·≪오유췌아吳歈萃雅≫·≪심음감고록審音鑑古錄≫ 등에 수록되어 있고, 청양강으로 연
창되는 절자희는 ≪적금기음≫과 더불어 ≪대명춘大明春≫·≪휘지아조徽池雅調≫·≪사림일지詞林
一枝≫ 등에 수록되어 있으며, ≪철백구綴白裘≫에는 곤강과 함께 난탄亂彈 및 방자강梆子腔으로 연창
되는 절자희가 수록되어 있다.

:: 항주와 소주 그리고 오흥

　항주에서 간행된 희곡의 삽화는 마치 산수화처럼 경물을 위주로 그리
는 방식이 주류를 띠었지만, 기법 면에서는 역시 금릉의 '단면 수폭' 판
식과 휘주의 '쌍면대련 횡폭대도' 판식이 여전히 유지되었다. 또 항주에
서는 용여당容與堂을 필두로 하는 삽화본 희곡 단품 및 비평본이 간행되
었을뿐더러, 금릉이나 휘주의 경우와는 다르게 왕기덕王驥德(1542～
1623)이 간행한 ≪고곡재잡극顧曲齋雜劇≫, 장무순臧懋循(1550～1620)
이 간행한 ≪원곡선元曲選≫(1615～1616), 맹칭순孟稱舜(1599～1684)이
간행한 ≪고금명극합선古今名劇合選≫(1633), 심태沈泰가 간행한 ≪성
명잡극盛明雜劇≫(1629)과 같은 원명 잡극을 수록한 대형 삽화본 극본집
의 간행이 크게 흥행하였다. 이들이 과거의 잡극 대본을 모아 삽화까지
곁들여 간행한 것은 당시 시대를 풍미하던 전통극 예술에 대한 각서가의
애호와 복고주의 경향에서 말미암은 것으로 보인다.

　특히 항주와 소주 및 오흥에서 간행된 삽화본 희곡의 사치 수준은 극
에 달하였다. 일찍이 금릉의 계지재와 환취당에서도 삽화 제작에 전문적인
밑그림 작가로 휘주 출신의 왕경汪耕을 동원한 바 있다. 더 나아가 숭정
연간에 항주의 이연모李延謨와 장심지張深之 그리고 서릉西陵의 천장각
天章閣에서는 각기 절강성浙江省 제기諸暨 출신의 유명 화가 진홍수陳洪
綬(1598～1652)가 참여한 것으로 알려진 삽화 외곽이 둥근 '월광月光' 판
식의 <서문장 선생 비평 북서상(徐文長先生批評北西廂)>(1631), 권의
첫머리는 '단면 수폭'이고 나머지는 '쌍면대련 횡폭대도' 판식으로 된
<장심지 선생이 바로잡은 북서상 비본(張深之先生正北西廂秘本)> (1639)

및 <이탁오 선생이 비평한 북서상 진본(李卓吾先生批點北西廂眞本)>(1640)
을 간행하였다.

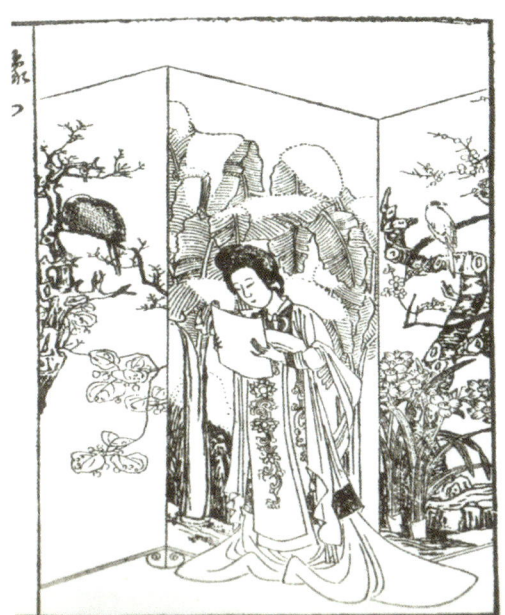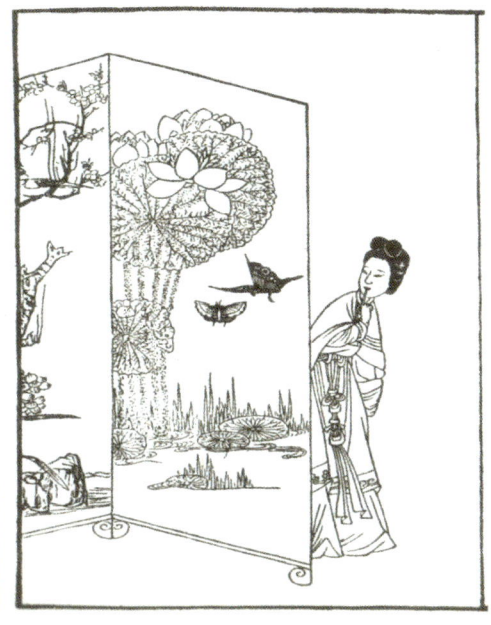

· 그림 39 <장심지 선생이 바로잡은 북서상 비본>의 '쌍면대련 횡폭대도' 판식. 진홍수가 밑그림 작가로 참여하였다. 장생張生의 편지를 읽는 앵앵鶯鶯의 모습을 홍낭紅娘이 엿보고 있는 '규간窺柬' 부분의 삽화이다.

그리고 소주 및 오흥에서는 오파吳派 회화의 저력 하에 더욱 화려한 색채
로 삽화본 희곡을 간행하였는데, 일례로 각서가 능몽초凌濛初(1580~1644)
는 소주 출신의 화가 왕문형王文衡 및 휘주 출신의 각공 황일빈黃一彬과 함
께 '단면 수폭'의 판식으로 글자와 그림을 각기 붉은색과 검은색의 두 가지 색
으로 인쇄한 '주묵朱墨 투인본套印本' <서상오극西廂五劇>(1621~1627)을
간행하였다. 또 송균관松筠館에서는 각서가 민제급閔齊伋이 직접 밑그림 작
가로 참여하여 '쌍면대련 횡폭대도'의 판식으로 더욱 다양한 색을 써서 여러

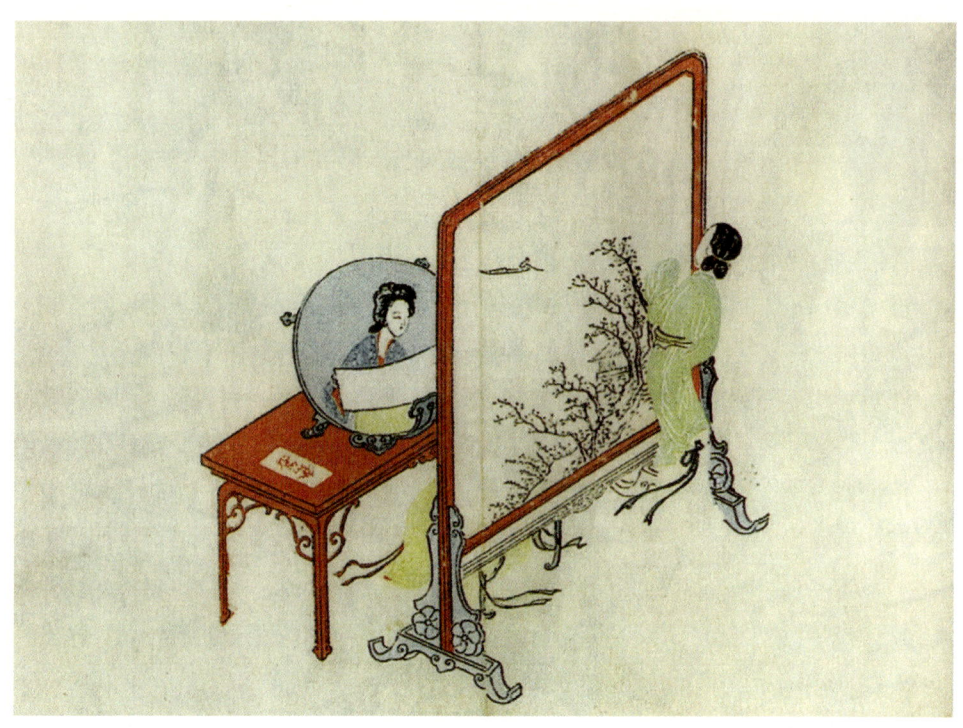

· 그림 40 송균관본 <육환서상>의 '주묵채색 투인본'. 이는 흑, 적, 청, 황으로 채색한 것으로 쾰른 동양미술관에 수장되어 있다.

번에 걸쳐 인쇄한 '주묵채색 투인본' <육환서상六幻西廂>(1640)을 간행하였다. 이러한 사례들을 통해서 당시 삽화본 희곡의 화려한 면모를 충분히 짐작할 수 있다.[165] 이러한 삽화본 희곡의 간행은 부유 문인의 후원이 없었더라면 불가능할 정도로 고가의 비용이 들었을 것이다.

::간행의 동기

각서가는 어떠한 배경 하에 화려한 삽화까지 더하여 희곡을 간행하게 된 것인가? 희곡 전적 가운데 전본희全本戱①를 수록한 극본 총집總集이나 선집選集 및 별집別集의 부류는 절자희를 모아 수록한 선출집選出集 부류와 간행 동기가 서로 다르다. 상대적으로 말해서, 전자의 경우는 극본의 문학적 가치와 문헌적 가치에 주목한 것으로 주로 문인 계층이 소장을 목적으로 간행한 것이지만, 후자의 선출집은 유행 정도나 연출 효과 측면에 주목한 것으로 주로 영리적인 서방書坊②에서 판매를 목적으로 간행한 것이며, 이외에 기타 곡보曲譜의 부류는 전본이든 선출이든 실제 곡을 창하는 데 활용하기 위해 간행된 것이었다.166)

일례로 연극 이론가이자 가반주였던 기표가祁彪佳(1602~1645)와 같은 인물은 장서가藏書家로도 유명하여 삽화본 희곡의 주요 고객이라 할 수 있겠는데, 그를 "신사 문중태文中台, 엄자장嚴子章, 풍유몽馮猶夢, 금군방주金君邦柱가 전송하였는데, 풍유몽은 집안에서 판각한 책을 증정"하였다.③167) 또 기표가가 "자유子猶에게 부탁하여 사은詞隱 선생의 전기傳奇 및 내가 간행한 책, 아울러 우리 집안 여러 형제와 조카들의 여러 글을 거의 다 구하였다"④고 했다.168)

여기에서 풍유몽이나 자유라고 한 사람은 바로 각서가인 동시에 극작가였던 풍몽룡馮夢龍(1574~1646)을 말한다. 그는 자신이 간행한 책을

---

① '전본희'란 '절자희'와 상대되는 개념으로 작품 전체를 공연하는 형식을 말한다.
② '서방'이란 출판사의 역할과 서점의 역할을 겸비한 곳을 말한다.
③ 이 기록은 ≪기충민공일기祁忠敏公日記≫ 1644년 12월 15일 조에 보인다.
④ 이 기록은 심자진沈自晉(1583~1665)의 ≪남사신보南詞新譜≫ 〈범례속기凡例續紀〉에 보인다.

기표가에게 선물하고, 또 기표가의 부탁으로 사은 선생 즉 심경沈璟(153 3~1610)의 책과 심자진이 간행한 책 등을 구해주었던 것이다. 이처럼 전통극 예술을 애호하던 문인 계층 간에는 자신이 간행한 책을 주고받는 문화가 있었는데, 비록 서로 간에 답례는 있었겠으나 그것을 영리적인 판매 및 구매 행위로 보기는 어렵다.

물론, 각서가의 사회적 지위가 비교적 낮고 화가 및 각공의 이름이 알려지지 않은 금릉 부춘당이나 세덕당과 같은 서방에서 간행된 '방각본坊刻本'의 경우에는 신사는 물론이고 과거시험 준비생이나 부유 상인을 포함한 좀 더 포괄적 범주의 식자층을 구매 대상으로 삼아 더욱이 영리적 목적을 배제할 수 없겠지만,[①169] 그곳에서 고가의 삽화본 희곡을 구매하여 소장하는 계층에는 역시 각서가와 더불어 희곡을 논하던 부유한 문인 계층이 다수를 차지하고 있었을 것이라는 점도 부정할 수 없다. 이러한 정황들은 삽화본 희곡의 간행이 결국 개인적 애호에 따른 소장 욕구에서 비롯되었다는 점을 드러낸다.

또한 삽화본 희곡의 간행 배경에는 전통극 예술을 애호하던 문인 계층의 누선 등지에서의 사교 활동이 자리하고 있다. 일례로 각서가 왕정눌이 환취당에서 삽화본 희곡을 간행할 때에 참여한 이는 휘주 출신의 화가 왕경과 각공 황응조黃應組라 알려져 있는데, 특히 왕경의 경우는 정전둬(鄭振鐸) 선생이 설명한 것처럼 "왕정눌의 친구 혹은 문객의 하나였기에 늘상 그의 작품에 삽화를 그렸던 듯하며, 모든 환취당 본의 여러 전기는

① 명말 강남의 출판 주체는 보통 정부의 관각官刻과 더불어 민간의 가각家刻 및 방각坊刻의 세 층위로 나눌 수 있는데, 민간의 경우에 실제로는 가각과 방각의 성격이 뒤섞여 있어 각 사례를 한 층위에 명확히 귀속시키기는 어렵다. 다만, 서방의 방각에 비해 개인의 가각은 비영리적인 측면이 보다 강한 것으로 사료된다.

모두 풍격이 일치하여 어떤 것은 서명署名이 없음에도 모두가 왕경의 그림이라는 점을 간파할 수 있는 것"170)이다. 그리고 화가 진홍수와 같은 빼어난 삽화본 희곡의 밑그림 작가가 가반주 장대張岱(1597~1679)를 비롯한 여러 명사 및 배우와 예술적 교감을 나누곤 했다는 점도 그 방증이 된다.①

　상술한 전기 단품 및 선집과 원명 잡극 선집 및 총집을 간행한 인물이 왕정눌, 왕도곤, 왕기덕, 장무순, 맹칭순, 심태와 같이 각서가이자 장서가이며 연극 이론가이자 극작가로 활동한 부연 설명이 불필요할 정도의 유명 문인인 것을 보면, 이들이 단순히 영리적 목적에서 일반 대중의 구매력을 감안하여 극본집을 간행했다기보다는 역시 개인의 전통극에 대한 애호로 말미암아 문화예술에 관한 사교 활동 속에서 화가 및 각공을 지원하고 또 거금을 들여 화려한 삽화까지 곁들인 극본집을 간행했다고 보는 편이 더욱 타당하겠다.

---

① 이에 관한 내용은 ≪도암몽억陶庵夢憶≫ 권4 〈불계원不系園〉에 보이며, 제12장 '사교적 공연 공간'에 상세히 언급되었다.

"사대부의 일가는 모두 배에서 내려가 물놀이를 하면서 한 자리 한 자리 노래를 뽑고 한 사람 한 사람 재주를 선보이는데, 남북의 음악이 뒤섞인 상태로 관악과 현악을 번갈아 연주하였다."

―장대 ≪도임몽억≫

중국의 전통적인 공연 공간은 마을의 거리와 광장, 청당廳堂의 안팎과 뜰, 지면에서 높이 솟은 무정舞亭과 희대戲臺 그리고 희루戲樓로 구분할 수 있다. 또 역사적으로는 고대부터 줄곧 존재해왔던 신묘神廟와 궁정宮廷, 그리고 당나라 사찰의 희장戲場, 송나라 도시의 구란勾欄, 명나라 문인의 당회堂會, 청나라 상인의 회관會館이나 영리성의 전문 극장인 희원戲園 등에서 공연이 이루어졌다.

::누선 공연

명말 가정희반에 의한 공연은 주로 배타적이고 비공개적인 상황 하에 가반주 자신 혹은 친지 및 소수의 벗들에 국한된 관중이 개인 저택의 청당이나 원림園林에 있는 조그만 희대에서 관람하는 당회 공연이 보통이었다.

그리고 물길이 발달했던 강남지역의 부유 문인들은 주변 하천과 호수에 사치스런 '누선樓船'을 띄워놓고 그곳에서 공연되는 전통극을 감상하며 풍류를 즐기곤 하였다. 일반적으로 누선이란 배 안에 여러 층의 건축물을 세운 것으로 전쟁에 쓰이는 배를 일컬었다. 이미 한대漢代에 누선의 높이

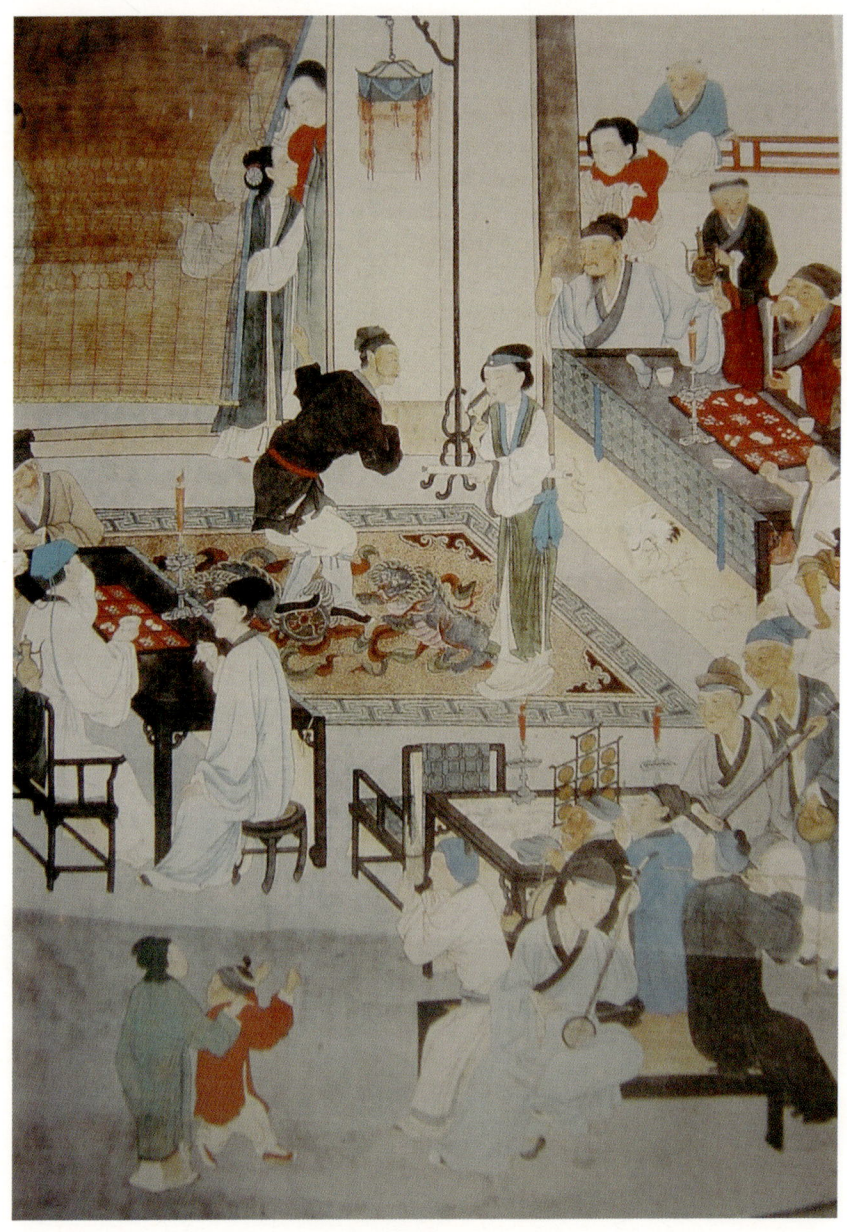

·그림 41 청나라 사람이 그린 당회 공연의 모습이다.

가 10장丈(약 33.3m)에 이르는 전함이 있었다고 전하며, 또 북송北宋 ≪
무경총요武經總要≫에는 전쟁용 누선의 그림도 실려 있다.[171)]

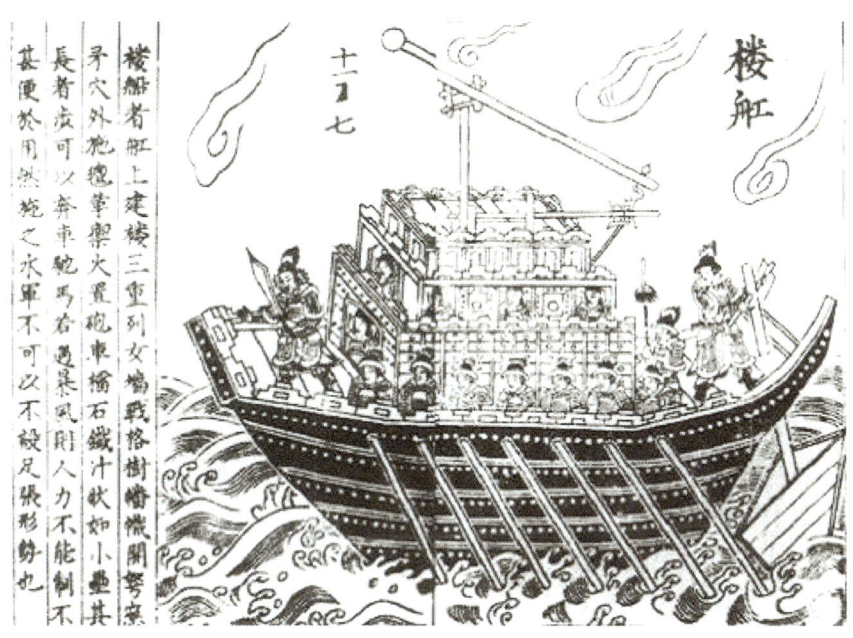

· 그림 42 송나라 때의 전쟁용 '누선'

물론, 누선이 공연 공간으로 활용된 것은 남조南朝와 송대宋代의 기록
에도 보이는바, 유독 명말에 새롭게 생겨난 풍습은 아니었다. 일례로 양
梁나라 때의 상황은 다음과 같았다.

> 처음 형주衡州에 갔는데, 두 조각배에 세 칸의 들보를 얹은 수재水齋를 만들고
> 옥구슬로 장식하고 비단 칠을 더하였다. 휘장을 둘러치고는 여악女樂 공연을 올렸
> 다.①172)

또 송나라 때에 곤산崑山 사람 도현陶峴은 다음과 같이 말했다.

> 배 셋을 만들었는데, 모든 것이 다 있고 견고하면서 아름다웠다. 한 배에는 자신이
> 타고, 다른 한 배에는 손님을 태우고, 또 다른 한 배에는 먹을거리를 실었다. 여악
> 무리가 하나 있어, 희한하거나 재미있는 경물을 만나면 그것을 모방하여 흥이 다할
> 때까지 공연하였다. 오월吳越 지역의 선비는 별명을 수선水仙이라 불렀다.①173)

이처럼 누선에서 벗들과 공연을 즐기는 문화는 오래전부터 강남지역에서는 재력 넘치는 풍류가의 사치 행각이었던 것이다.

더욱이 명말에 이르러서는 강남 특유의 '수향水鄕'이라는 지리적 이점과 경제적 부흥을 바탕으로 부유층의 사치 행각이 극에 달함에 따라, 누선에 따로 희대까지 마련하고 공연을 관람하는 풍습이 유행하고 또 그것이 전통극 애호가 간의 사교 공간으로 자리매김하였다.

그들은 다른 부유층과의 사교적 목적으로 곡회曲會를 벌이는 가운데 때로 화려한 누선을 지어 가반주 자신의 재력을 뽐내고 자신이 양성한 배우의 재주를 평가받는 장소로 활용했던 것이다. 이러한 상황은 명말의 몇 가지 필기 기록을 통해 단상을 엿볼 수 있는데, 특히 당시에 가반주를 겸했던 전통극 애호가의 일기日記 및 소품문小品文 속에 보인다.

::풍몽정과 기표가

풍몽정馮夢禎(1549~1605)은 절강성浙江省 수수秀水(지금의 가흥嘉

---

① 《양서梁書》 권39 〈양간전羊侃傳〉
① 마영이馬永易의 《실빈록實賓錄》

興) 사람으로 만력萬曆 5년(1577) 회원會元이 된 뒤로 남경南京 국자감
國子監 제주祭酒의 직까지 올랐다가, 파직당한 뒤에 항주杭州 서호西湖
근처에 쾌설당快雪堂을 짓고 풍류를 즐기며 가반을 양성하였다.174) 또
그는 자신의 일기에 누선을 비롯한 배 안에서 도충양屠沖暘이나 포의보
包儀甫와 함께 풍류를 즐기며 <옥결기玉玦記>, <배월정拜月亭>, <홍
엽紅葉> 등을 관람했던 일을 다음과 같이 기록하였다.

> 바람이 거세어 배를 움직일 수 없었기에 무료히 앉아서 연극을 보았다. 배우는 송
> 강宋江 사람으로 너무 형편없고 〈옥결기〉를 공연하였다. ……
> 도충양과 함께 누선을 타고 도착했다. 처음엔 내 배로 쳐들어왔고 마침내 끌고 가
> 서 그 배에 건너 타게 했다. 배를 숙소로 삼아 나와 이야기를 나누고 풍악을 울리
> 면서 〈배월정〉을 공연하였다. ……
> 오후가 되자 도충양의 배에 건너 타고, 한참 뒤에 포의보가 오자 마침내 큰 배에
> 건너 탔다. 먼저 여러 계집에게 배 너머에서 음악을 연주하게 했는데, 이날에는
> 〈홍엽〉 전기傳奇를 연출하여 앉아서 또 오랜 시간을 보내었다.①175)

또 가반주로서 배우를 양성했던 기표가祁彪佳(1602~1645)도② 자신의
일기에 배 위에서 <투사기投梭機>와 <홍이화기紅梨花記>를 구경하던
일을 다음과 같이 적고 있다.

> 조응후趙應侯가 방문하여 그와 더불어 술을 조금 마셨다. 오후에는 배 안에서 휴
> 식을 취했다. 이내 왕운수王雲岫와 왕운영王雲瀛 그리고 반명기潘鳴歧를 불러
> 술을 조금 마시면서 〈투사기〉를 구경하였다. ……유설도劉雪濤 나으리의 부름을
> 받아 호수의 배에 올라 술을 마시며 〈홍이화기〉를 구경하였다.③176)

---

① 이 기록들은 풍몽정의 ≪쾌설당일기快雪堂日記≫ 만력 27년(1599) 11월 4일 조항, 만력 31년
   (1603) 7월 11일과 17일 조항에 차례로 보인다.
② 제10장 '가정희반의 양성'에서 가반주로의 기표가에 관해 다룬 바 있다.

위에서 풍몽정이 누선에서 관람했다는 <옥결기>와 <배월정>은 누차에 걸쳐 삽화본 희곡으로 간행되었고, 기표가가 배 위에서 관람했던 <홍이화기> 역시 희곡으로 간행된 바 있다.①177) 바로 가반주가 극작가의 작품을 사교적 공간인 누선 등의 배에서 감상하고, 또 그 작품이 각서가에 의해 희곡으로 간행되는 식의 연결 고리가 나타나는 것이다.

:: 장대

명말 절강 지역 극예술가 집단의 사교 활동에 관해서는 소흥紹興 산음山陰 출신의 장대張岱(1597~1679)와 기표가, 장대와 서위徐渭(1521~1593)의 교유 관계에 주목할 수 있다. 우선 장대는 기표가와 인척 관계에 놓여 있었는데 바로 기표가가 장대의 동생 장악초張萼初의 동서였던 것이다. 게다가 숭정 10년(1637)에 기표가가 공연을 보거나 시를 논하는 문인의 모임 '풍사楓社'를 창립했을 때에도 장대는 적극 가담하여 활동하였는데,178) 그러한 모임의 장소가 원림 혹은 누선이었을 것임은 자명한 사실이다.②

---

③ 이 기록들은 기표가의 ≪기충민공일기祁忠敏公日記≫ 숭정崇禎 9년(1636) 정월 10일 조항과 숭정 15년(1642) 10월 17일 조항에 차례로 보인다.

① <옥결기>와 <배월정>의 삽화본 간행에 관해서는 이 책의 <부록 2>를 참고하기 바란다. 또 <홍이화기>는 명대 서복조徐復祚(1560~1630?)가 만력 38년(1610)에 지은 30착의 전기인데, 그 판본으로는 명말 낙송생落誦生의 원각본原刻本과 해양海陽 범씨范氏 교각본校刻本, 모진毛晉의 급고각汲古閣 원각초인본原刻初印本 및 ≪육십종곡六十種曲≫본, 민제급閔齊伋의 주묵투인본朱墨套印本, 그리고 청 건륭乾隆 50년(1785)에 환취산방環翠山房에서 간행된 건상본巾箱本 등이 있다.

② 기표가의 원림 '덕유원德裕園'에는 희청戲廳 '원산당遠山堂'과 장서루藏書樓 '담생당淡生堂'이 있었다. 또 장대의 누선에 관해서는 아래에서 상세히 다루도록 한다.

또한 장대 일가는 고조高祖 장천복張天復(1513~1573) 때부터 서위와 긴밀한 친분 관계를 유지하고 있었다. 특히 장대의 ≪낭현문집瑯嬛文集≫ 권4 <가전家傳>에 따르면, 증조曾祖 장원변張元忭(1538~1588)은 만력 원년(1573) 서위가 처를 살해하여 하옥되었을 적에 백방으로 수배하여 목숨을 살려낸 은인이었고, 장대는 서위의 뒤를 잇는다면서 그의 글을 모아 ≪서문장일초徐文長佚草≫를 간행하기도 하였다.[179] 바로 장대의 증조부는 극작가 서위의 후원자 역할을 하였으며, 장대 역시 서위의 사후에 그의 문집을 간행할 정도로 존경을 표하였던 것이다.

게다가 장대 일가는 청나라가 들어서기 전까지 3만 권에 달하는 서적을 수장했던 장서가藏書家 집안이었고, 비록 극본이 유실되어 남아 있지 않으나 장대 자신은 시사극時事劇의 성격을 띠는 전기 형식의 <빙산기冰山記>를 개작하고 잡극 형식의 <교좌아喬坐衙>를 창작한 극작가이기도 했다.[180] 또 장대 일가는 3대代 동안 총 6개 명칭의 가반을 양성한 가반주 집안으로서 배우를 후원하기도 하였다. 장대의 ≪도암몽억陶庵夢憶≫ 권4 <장씨성기張氏聲伎>의 기록을 근거로 장대 가반에 소속되어 양성된 주요 배우를 정리하면 <표 13>과 같다.[181]

<표 13> 가반주 장대 일가의 배우 양성

가반주	장씨가반	장씨가반 소속 주요 배우
張汝霖(張岱의 祖父) 張耀芳(張岱의 父)	可餐班	張彩, 王可餐, 何閏, 張福壽
	武陵班	何韻士, 傅吉甫, 夏淸之
張岱	梯仙班	高眉生, 李芥生, 馬藍生
	吳郡班	王畹生, 夏汝開, 楊嘯生
	蘇小小班	馬小卿, 潘小妃
張萼初(張岱의 弟)	茂苑班	李含香, 顧岕竹, 應楚煙, 楊騄駬

특히 오군반吳郡班에 소속된 배우 하여개夏汝開와 장대의 관계는 피후원자와 후원자의 관계를 드러내고 있다. 장대의 ≪낭현문집≫ 권6 <제의령문祭義伶文>의 존재를 참고할 때에 장대가 하여개라는 배우의 제문까지 쓴 것은 단순히 배우를 희롱거리로 양성한 것이 아닌 전통극에 대한 깊은 애호에서 비롯된 발상이라 볼 수 있기 때문이다.[182)]

∷도암몽억

장대의 ≪도암몽억≫에는 부유 문인이 화려한 대형 누선을 띄워놓고 공연을 즐기는 여러 정황이 비교적 자세히 묘사되어 있다. 우선 장대 집안의 누선에 관한 내용이 그 하나이다.

> 내 아버님께서는 누각을 만드실 적에 그것을 배로 만드셨고, 배를 만드실 적에는 그것을 누각으로 만드셨다. 때문에 마을 사람들은 '선루'라 부르거나 '누선'이라 불러, 그것을 거꾸로 하여 어순이 고정되지 않았다.
> 이날은 낙성되었으니 때는 7월 15일로 조부님 이하의 남녀노소가 모이지 않았겠는가. 나무판자 몇 겹을 쌓아 희대를 세우고 연극을 공연하니, 성안의 각 촌락에서 몰려든 구경꾼들의 배가 크고 작은 천여 척에 달하였다. 오후에 세찬 바람이 일자 거대한 파도가 일렁이고 폭우가 쏟아지니, 누선은 위태롭게도 몇 차례 바람에 전복되려 했지만, 목판을 말뚝으로 삼아 닻줄 수천 가닥을 엉기성기 천을 짜듯 묶어놓으니 바람도 흔들지 못했다. 잠시 뒤에 바람이 가라앉고 연극이 끝나자 해산했다.
> 절강지역의 배는 마치 애벌레 껍질만 해서 배 안에 빼곡히 서서 밖을 내다보아야 했고, 만일 키 작은 사람이 공연을 본다면 겨우 남의 신발 자락만 볼 수 있을 따름이었기에, 키를 높이면 시야가 밝아져 퍽 산천과 호흡할 수 있었다.①[183)]

위의 글에는 장대의 부친이 만든 거대한 누선에 희대를 세우고 낙성을 기념하여 연극을 공연하는 모습이 담겨 있는데, 그 누선은 무려 수천 가닥의 닻줄을 매어놓을 수 있을 만큼 규모가 큰 것이었다. 또 마을 사람들은 각기 천여 척에 달하는 크고 작은 배에 나누어 타고 와서 누선에서의 공연을 구경하였는데, 비바람이 몰아치는데도 불구하고 연극이 끝난 뒤에야 해산한 것으로 보아 흔치 않은 볼거리로 대단한 성황을 이루었음을 알 수 있다.

또한 항주杭州 서호西湖에 누선이 생겨난 것은 포함소包涵所에게서 비롯된 것이라면서, 포함소 누선에서 벌어지는 화려하고 유유자적한 공연 모습에 관해 다음과 같이 적고 있다.

서호의 배에 누대가 있게 된 것은 실로 포함소 부사에 의해 처음으로 시작된 것이다. 크고 작은 세 척의 배가 있었는데, 첫 번째 배에는 노래하는 자리를 깔아놓고 가동歌童을 대기시켰으며, 두 번째 배에는 서화書畵를 실었고, 세 번째 배에는 미인美人을 대기시켰다.

포함소 어른의 배우(聲伎)는 일반적인 시첩侍妾에 비할 바가 아니었으니, 석계륜石季倫과 송자경宋子京①의 가풍을 흉내 내어 손님을 맞이하게 하였다.

곱게 단장하고 죽마를 타거나, 살살 기고 펄쩍 뛰거나, 미인을 끼고 노는 것으로 즐거움을 삼았다. 곱게 조각된 밝은 창틀 아래에서 유유히 노래하고 피리(籥) 불며 쟁箏을 타는데, 그 소리가 마치 꾀꼬리와 같았다.

손님이 도착하면, 가동은 극을 공연하고 대무隊舞를 추고 고취악鼓吹樂을 연주하였는데 절묘하지 않은 것이 없었다. 흥이 나서 한 번 떠나면 꼭 열흘은 머물렀고, 구경꾼들이 서로를 좇으며 어디서 서는지 물었다.②184)

① ≪도암몽억≫ 권8 〈누선樓船〉
① '석계륜'은 서진西晉의 거부巨富 석숭石崇, '송자경'은 북송北宋의 문호文豪 송기宋祁를 말한다.
② ≪도암몽억≫ 권3 〈포함소包涵所〉

그리고 장대는 배우 주초생朱楚生을 데리고 항주 서호에 있는 왕여겸 汪汝謙(1577～1655) 소유의 누선 '불계원不系園'에서 <홍엽紅葉> 전기 傳奇를 본다.[①][185] 이때에 삽화본 희곡의 밑그림 화가로 유명한 진홍수 (즉 장후章侯)를 비롯하여 증파신曾波臣, 조순경趙純卿, 팽천석彭天錫, 양여민楊與民 등의 명사 및 육구陸九, 나삼羅三, 진소지陳素芝 등의 배우와 어울려 서로 간에 그림을 그려주고 악기를 타며 노래하고 춤을 추었다.

> 갑술년(1634) 10월에 초생을 데리고 불계원에 머물며 <홍엽>을 보았다. 정향교定香橋에 다다르니 손님 중에 느닷없이 온 자가 8명이었는데, 남경南京의 증파신, 동양東陽의 조순경, 금단金壇의 팽천석, 제기諸暨의 진장후, 항주의 양여민과 육구 및 나삼, 그리고 여배우 진소지였다. 나는 만류하여 음료를 대접했다.
> 장후는 흰 비단을 가져다가 조순경에게 부처님을 그려주고, 파신은 순경을 위해 초상화를 그리고, 양여민은 삼현三弦을 타고, 나삼은 곡을 창하고, 육구는 퉁소(簫)를 불었다. 여민은 다시 한 치 가량 되는 자줏빛 박달나무로 만든 자를 꺼내어 작은 오동나무를 치며 북방 곡조로 <금병매金瓶梅> 한 단락을 구연하였는데, 사람들이 뒤로 쓰러질 지경이었다. 이날 밤에 팽천석이 나삼, 여민과 더불어 본토 가락의 연극을 공연하니 절묘하였고, 또 초생 및 소지와 더불어 조강희調腔戲[②]를 연기하니 다시 절묘하였다. 장후가 시골의 노래를 창하자 내가 거문고를 가져다 반주하였는데, 옹알거리는 것이 마치 말하는 것 같았다.
> 순경이 웃으면서 "안타깝게도 전 재주가 하나도 없으니, 형님들께 술이라도 권해야겠소."라 하였다. 나는 "……장후가 순경을 위해 불상을 그리니, 순경이 검무劍舞를 춘다면, 바로 오늘의 일인 게지요."라 하였다. 순경이 춤추기 시작하였는데,

---

① 여기에는 불계원이 '누선'이라는 언급은 없다. 그러나 왕여겸의 <불계원기不系園記>에 따르면, 왕여겸이 포함소의 것을 보고나서 천계天啓 3년(1623)에 길이 6장丈 2척尺, 너비 5장丈 1척尺 크기로 만든 누선이었다.

② '조강희'란 명말 소흥 부근에서 유행했던 여요강餘姚腔 계열의 가락이며, 특히 주초생이 조강희를 공연하는 명배우로 알려져 있다.

그의 채찍(竹節鞭)을 들어보니 족히 30근이었는데도 호선무胡旋舞①를 몇 번이나 추고, 한바탕 웃고 나서야 끝맺었다.② 186)

이처럼 장대를 비롯한 명사는 몇몇 배우들과 더불어 회화繪畵, 청창淸唱, 설창說唱, 연극演劇, 소가小歌, 검무劍舞의 순서로 각기 자신의 다양한 예술적 재주를 뽐내고 있다. 그런데 유독 조순경만이 아무런 재주가 없어 어색한 검무를 추었다.

중국에서 문인이라 하면 시·서·화 등의 재주와 음주·가무의 풍류를 겸비해야 한다는 전통 의식이 뿌리내리고 있는 것은 주지의 사실이다. 특히 명말의 부유한 문인 사회에서는 타인과의 교유는 물론이고 자신의 신분적 수준을 증명하기 위해서라도 문화 예술을 애호하지 않을 수 없었을 것이다. 나아가 자신의 경제력을 가지고 예술적 소양과 애호의 정도를 드러내는 가장 유용한 수단은 가급적 크고 화려한 누선을 건립하는 것이었음을 미루어 짐작할 수 있다.

::사교의 공간들

누선 외에도 '화선畵船', '등선燈船', '권초卷梢'라 부르는 다양한 형태의 배가 공연 및 사교의 장소로 쓰였다. 일례로 남경南京 진회하秦淮河 부근에 있는 강가의 집에는 가짜로 만든 돌 배로 추측되는 '화선'이 떠다니고, 또

---

① '호선무'는 서역에서 전래한 춤으로 바람같이 회전하는 춤사위의 특징 때문에 붙여진 이름이다. 수당대 고구려기에 포함되었다.

② ≪도암몽억≫ 권4 〈불계원不系園〉

주변의 다른 집에도 모두 지붕 없는 희대인 '노대露臺'가 있었으며, 매년 단
오절端午節에는 진회하에 100여 척에 이르는 화려한 등을 매단 배 '등선'을
보기 위해 구경꾼이 몰려들었고, 한밤중까지 그 배 안에서의 연회 중에 벌어
지는 노래와 춤 그리고 악기 연주 소리로 시끌벅적하였다.①187)

그리고 명말 소주蘇州의 호구虎丘에는 '권초'라 불리는 연극을 공연하
는 배가 있었다. 이 배를 물가 한 곳에 정박한 채로 뱃머리를 희대로 사
용하여 공연하였고, 구경꾼은 '사비沙飛' 혹은 '우설牛舌'이라 부르는 다
른 배를 타고 주위에서 공연을 보았으며, 손님을 건네주는 '탕하선蕩河
船'이라는 조그만 배도 있었다. 어떤 때에는 각 배의 지붕에 서 있는 사
람이 너무 많아 배가 뒤집히거나 물속으로 떨어지는 사람이 생길까봐 공
연을 멈추기도 했다.188)

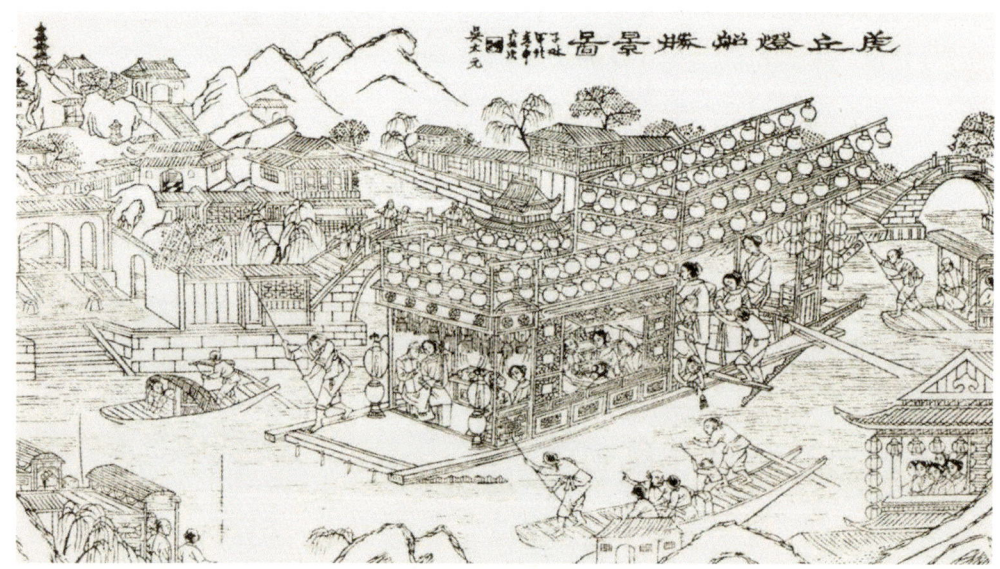

· 그림 43 청말 도화오桃花塢 판화 <호구등선승경도虎丘燈船勝景圖>
① 이에 관한 기록은 ≪도암몽억≫ 권4 〈진회하방秦淮河房〉에 보인다.

호구는 전통극을 애호하는 문인 계층이 '곡회曲會'를 벌이던 장소로도 유명했다. 중추절仲秋節에는 온갖 소주 사람들이 구름처럼 호구에 몰려들어 떠들썩하게 노닐다가 밤이 되어 다음과 같은 상황이 벌어지기도 했다.

> 더욱 깊은 밤이 되면 군중들은 점차 흩어지나, 사대부의 일가는 모두 배에서 내려가 물놀이를 하면서 한 자리 한 자리 노래를 뽑고 한 사람 한 사람 재주를 선보이는데, 남북의 음악이 뒤섞인 상태로 관악과 현악을 번갈아 연주하였다. 청중은 한 구절을 분별해내기라도 하면 품평을 이어갔다.①189)

　　여기에서 사대부들의 배가 누선이고 또 그곳에 희대가 있었다는 언급을 찾을 수는 없지만, 그들이 곡회를 벌인 곳은 일반 군중과 뒤섞이지 않은 사대부 위주의 비교적 배타적인 공간이었음을 알 수 있다. 이러한 점은 가반에 의한 공연이 원림 안의 청당이나 소희대에서 비공개적으로 벌어진 것에 비할 바는 아니지만, 또 일반 군중에게 널리 공개된 공간이라 할 수 있는 '수반水畔 희대戲臺'에서의 관람 성격과는 차이를 드러낸다.

　　이와 같이 명말 강남지역에는 다양한 형태의 배 안에서 공연을 즐기는 문화가 존재하였고, 특히 부유 계층은 때로 누선에서 좀 더 사치스런 방식으로 공연을 즐기던 중에 다른 전통극 예술 후원자들이나 재주가 빼어난 배우들과 소통하였다.

---

① ≪도암몽억≫ 권5 〈호구중추야虎丘中秋夜〉

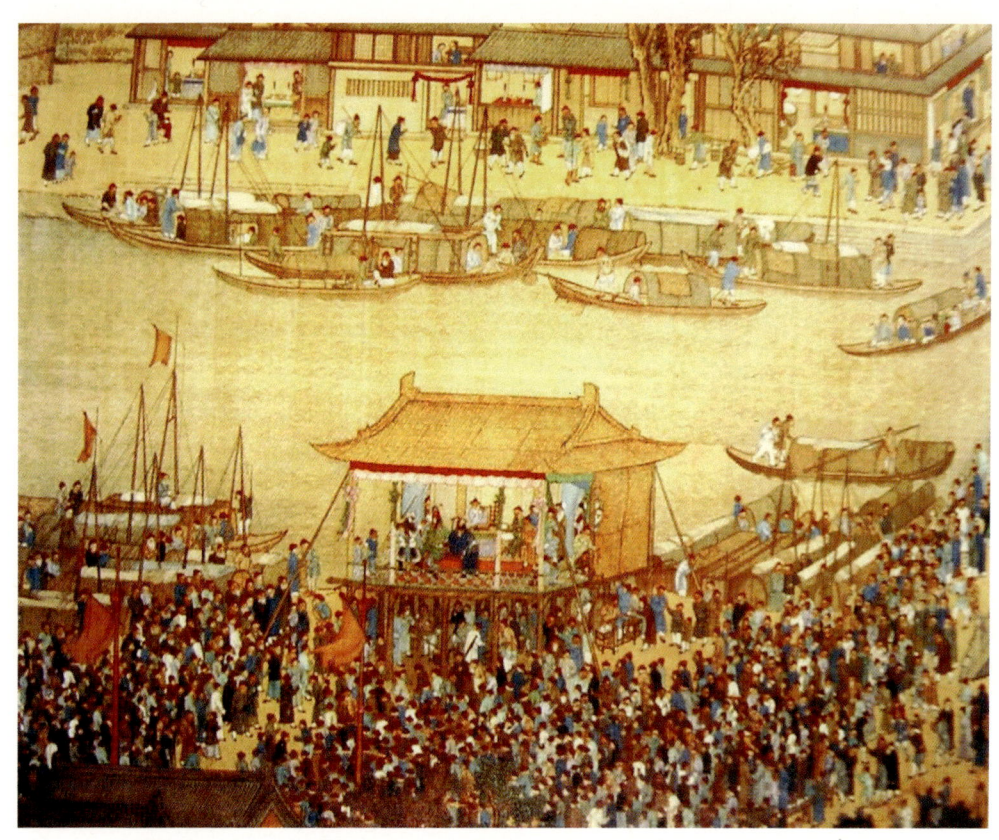

· 그림 44 소흥부紹興府 가교진柯橋鎭 '수반水畔 희대戲臺'의 공연 모습. 청 강희 33년(1694)에 왕휘王翬가 그린
<남순도南巡圖>의 아홉 번째 두루마기에 보이는 <단도회單刀會> 공연 모습이다. 이 그림에 보이는 희대는
임시로 물가에 세운 '수반 희대'의 하나로, 비록 누선의 형태는 아니지만 배 위에까지 군중이 몰려들어 공연
을 관람하는 강남지역의 풍습을 이해하는 데에 도움을 준다.

<〈부록 1〉> 명청대 곤극 가반 주인 목록

순번	가반주 (자, 호)	생 졸 년 진사급제년	출신지	극작품 / 이론서 / 원림 및 희청 명칭. ▶ 대표적인 양성 배우. ※가반 양성의 특징	
A. 원말 ~ 명초					
001		顧阿瑛 (仲瑛)	元末	江蘇 崑山	▶ 天香秀, 丁香秀, 南枝秀
002		徐 經 (直夫, 衡父)	1473–1507	江蘇 江陰	
003	√	王九思 (敬夫, 渼陂)	1468–1551 進士(1496)	陝西 鄠縣	劇作〈中山狼院本〉(雜劇),〈杜子美沽酒游春〉 (雜劇)
004	√	康 海 (德涵, 對山, 沜東漁夫)	1475–1540 進士(1502)	陝西 武功	劇作〈中山狼〉(雜劇)
005		顧 璘 (華玉, 東橋)		江蘇 蘇州吳縣	園林 "息園"
B. 명 가정(1522–1566) ~ 융경(1567–1572)					
006	√	李開先 (伯華, 中麓)	1502–1568	山東 章丘	劇作〈寶劍記〉,〈斷髮記〉
007	§	朱祐柯		湖北 襄陽의 襄庄王	嘉靖 39년(1560) 전후의 王府 崑班
008		何良俊 (元朗, 柘湖)	1506–1573	江 蘇 松江 華亭	劇論《曲論》
C. 명 만력 연간(1573–1620)					
009		鄒迪光 (彦吉, 愚公)	1550–1626 進士(1574)	江蘇 無錫	園林 "治園亭". ▶何禽華, 潘鏊然, 何文倩
010		譚公亮		江蘇 崑山	▶ 文眞, 文箏, 文昭, 文簫
011		梅鼎祚 (禹金)		安徽 宣城	劇作〈玉合記〉,〈長命縷〉,〈崑崙奴〉(雜劇). ▶ 潘卿
012		吳珍所 (正儒)		浙江 秀水	
013	√	龍 膺 (灄公)	1560–1618? 進士(1580)	湖南 常德	劇作〈金門記〉,〈藍橋記〉/ 園林 "灄園"
014		汪季玄		安徽 徽州	江蘇 揚州 寓居. ▶國瓊枝, 慧心憐, 美度
015		申時行 (汝黙)	進士(1562)	江蘇 蘇州 吳縣	▶周鐵墩, 沈娘娘, 顧伶. ※蘇州 上三班의 第一에 해당함. 淸 康熙 때까지 활동함.

순번		가반주 (자, 호)	생 졸 년 진사급제년	출신지	극작품 / 이론서 / 원림 및 희청 명칭. ▶ 대표적인 양성 배우. ※가반 양성의 특징
016		范允臨 (長白)	進士(1595)	江蘇 蘇州	※蘇州 上三班의 第二에 해당.
017		徐仲元		江蘇 蘇州	※蘇州 上三班의 第三에 해당.
018		錢岱 (汝瞻)	?-1620 進士(1571)	江蘇 常熟	園林 "小輞川". 戲廳 "百順堂". ▶沈娘娘 (敎師), 張二姐, 吳三三, 張素素, 韓壬壬, 馮 翠霞, 張寅舍(老生), 馮觀舍(外), 王仙仙(副 末), 羅蘭姐(正旦), 徐二姐(小生), 周桂郎(小 旦), 吳小三(大面), 張五舍(二面), 徐小二姐 (小面), 月姐(備旦)
019		潘允端 (仲履, 充庵)	1525-1601 進士(1562)	江蘇 上海縣	園林 "豫園". 戲廳 "樂壽堂", "玉華堂". ▶呈翰, 魏桂. ※潘允端이 직접 연기하기도 하였음.
020		秦嘉楫 (鳳樓, 少說)	進士(1559)	江蘇 上海縣	
021		王錫爵		江蘇 太倉	※이후 王時敏, 王抑, 王掞, 王衡, 王抃 등 의 4代에 걸쳐 80년 동안 家班 설치. 이후 淸 乾隆 때에는 禁令에 의해, 직업곤반인 "吉 芳班"이 되어 명맥 유지.
022		顧大典 (道行, 衡宇)	1540-1596 進士(1568)	江蘇 蘇州 吳江	劇作〈靑衫記〉,〈葛衣記〉/ 園林 "諧賞園", "淸音閣"
023		沈璟 (伯英, 寧庵)	1553-1610	江蘇 蘇州 吳江	劇作〈義俠記〉外 17종. ※吳江 沈氏 가문 의 대표적인 가반. 沈璟이 직접 연기하기도 함.
024		屠隆 (長卿, 緯眞, 赤水)	1542-1605 進士(1577)	浙江 鄞縣	劇作〈曇花記〉,〈修文記〉,〈彩毫記〉. ※屠隆 이 직접 연기하거나, 연출하기도 함.
025	§	馬湘蘭			江蘇 南京의 名妓로 馬四娘이라 불리며, 串 戲할 수 있었음.
026		項楚東		江蘇 蘇州	▶紫烟, 春暉, 寒芬, 秋聲, 子延. ※家班女 樂의 성격.
027		董份		江蘇 蘇州	
028		吳琨 (越石)		安徽 徽州 歙縣	▶江孺, 昌孺
029		吳太乙		江蘇 丹陽	▶吳亦史
030	✓	米萬鐘 (仲詔, 友石)	1570-1628 進士(1595)	陝西 安化	※만년에 北京에서 가반 양성.

순번		가반주 (자, 호)	생 졸 년 진사급제년	출신지	극작품 / 이론서 / 원림 및 희청 명칭. ▶대표적인 양성 배우. ※가반 양성의 특징
			D. 명 천계(1621-1627) ~ 숭정(1628-1644)		
031		許自昌		江蘇 蘇州 長洲縣	劇作〈水滸記〉,〈種玉記〉,〈節俠記〉外 9종 / 園林 "梅花墅"
032		徐錫允 (爾從, 文虹)		江蘇 常熟	園林 "瞿稼軒"
033		張岱 (宗子, 陶庵)		浙江 山陰	▶(1) 可饗班: 張(玉忽), 王可饗, 何閏, 張福 壽. (2) 武陵班: 何韻士, 傅吉甫, 夏淸. (3) 梯仙班: 高眉生, 李(封手)生, 馬藍生. (4) 吳 郡班: 王畹生, 夏汝開, 楊嘯生. (5) 蘇小小 班: 馬小卿, 潘小妃. (6) 茂苑班: 李含香, 應楚烟. ※祖父 張汝霖은 파직된 이후, 父 張耀芳은 과거 낙방 이후, 3代째 가반 양성.
034		包涵所			※西湖에 樓船 劇場 건립하여, '戲船' 연출 의 방식을 유행시킴.
035	√	侯方域 (朝宗)		河南 商丘	※父 侯恂과 2代에 걸쳐 가반 양성.
036		吳用先	進士(1592)	安徽 休寧	園林 "西園". ※天啓 초 퇴관한 뒤, 南京 西 園에서 가반 양성.
037	√	范景文	1587-1644	河北 吳橋縣	
038		吳昌時		江蘇 嘉興	
039		朱雲峽		浙江 杭州	※女樂의 성격.
040		劉暉吉		浙江	※女樂의 성격. 劉暉吉 본인이 직접 배우를 교습, 연출하였음.
041	√	陳一元		福建 福州	※실직 후, 가반 양성. 陳一元 본인이 직접 大花臉을 연기함.
042		袁天游		江蘇 泰州	※父 袁懋貞의 富裕 家業을 승계하고, 가반 을 양성함.
043		沈自友 (君張)		江蘇 吳江	※沈璟의 族姪로서, 沈氏 가문을 제외한 외 부인의 관람 불허.
044	√	曹學佺		福建	園林 "石倉園". ※그의 가반을 "儒林班"이라 칭함.
045		葉重元		江蘇 吳江	園林 "池亭別墅". ▶劉妙容. ※女樂의 성격.
046		金習之		江蘇 鎭江	※子 金鵬擧와 더불어, 직접 연기할 수 있었음.

순번	가반주 (자, 호)	생 졸 년 진사급제년	출신지	극작품 / 이론서 / 원림 및 희청 명칭. ▶ 대표적인 양성 배우. ※ 가반 양성의 특징
047	李元素		江蘇 南京	
048	祁彪佳 (虎子, 世培)	1602–1645 進士(1622)	浙江 山陰	劇作 〈全節記〉, 〈玉節記〉. 劇論 《曲品》, 《劇品》/ 園林 "德裕園". 戱廳 "遠山 堂". 藏書樓 "淡生堂". ▶秦靑
049	祁豸佳 (止祥)		浙江 山陰	劇作 〈眉頭眼角〉, 〈玉犀記〉. ▶阿寶. ※祁彪佳의 堂兄.
050	祁奕遠		浙江 山陰	※祁彪佳의 侄로서, 女樂의 성격의 가반.
051	錢德輿		浙江 紹興	
052	張永年		江蘇 廣陵(揚州)	
053	吳炳 (可先・石渠, 粲花主人)	1595–1647 進士(1619)	江蘇 宜興	劇作 《粲花齋五種曲》(〈西園記〉, 〈畫中 人〉, 〈綠牡丹〉, 〈療妬羹〉, 〈情郵記〉)/ 園 林 "石亭埠別墅(粲花別墅)"
054	阮大鋮 (集之, 圓海・ 石巢・百子山樵)	1587?–1646?	安徽 懷寧	劇作 〈燕子箋〉, 〈春燈謎〉/ 園林 "石巢 園". ▶陳裕所(曲師), 朱音仙(曲師), 彭天 錫. ※南京에 寓居할 때에 가반 양성. 가세 몰락 후에 冒襄의 가반에 흡수됨.
055	田畹 (宏遇)		江蘇 廣陵(揚州)	▶陳圓圓(이후 吳三桂 가반의 일원이 됨). ※崇禎帝 田貴妃의 부친으로, 北京에서 가 반 양성.
		E. 명말 ~ 청초		
056	吳三桂 (長白)	1612–1678	江蘇 高郵	▶陳圓圓. ※吳三桂가 직접 교습, 연기하였 음. 강남 시절의 가반을 "六燕班"이라 칭함. 淸初에는 昆明에서 園林 "吳宮"과 "安阜 園"을 짓고, 蘇州의 名優를 사와 새로운 가 반을 조직, 양성함.
057	李明睿 (虛中, 太虛)	進士(1622)	江西 南昌	※家樂女班의 성격.
058	汪汝謙 (然明)		浙江 杭州	▶黃問琴, 蘇崑生(以上 曲師). ※西湖에 "不系園"에 건립.
059	朱必掄		江蘇 蘇州吳縣	戱樓 "縹渺樓". ※東山女樂이라 칭함.
060	徐懋曙 (暎薇)	進士(1631)	江蘇 宜興	※女樂의 성격.

순번		가반주 (자, 호)	생 졸 년 진사급제년	출신지	극작품 / 이론서 / 원림 및 희청 명칭. ▶ 대표적인 양성 배우. ※ 가반 양성의 특징
061		冒襄 (辟疆, 巢民)	1611－1693	江蘇 如皐	戲廳(園林) "得全堂(水繪園)". ▶蘇崑生, 陳 九, 朱音仙(以上 曲師). 徐紫雲, 楊枝, 陳靈 雛, 秦簫, 金菊, 徐雛.(以上 名優). ※祖父 冒夢齡, 父 冒起宗에 이어 3代째 가반 양성 하고, 冒襄의 사후에도 계속 이어져 乾隆 때 에 가반이 해체됨.
062		秦松齡 (留仙)	1637－1714 進士(1655)	江蘇 無錫	園林 "寄暢園". ▶徐君見(曲師). ※父親에 이어 2代 가반 양성.
063		査繼佐	1601－1676	浙江 海寧	劇作〈鳴鴻度〉,〈續西廂〉. ▶雲些, 月些, 柔些, 留些. ※"十些班"이라 칭함.
064	√	徐爾香		山西 五臺 東治	
065		吳興祚 (伯成, 留村)	1631－1697	浙江 山陰	※만년에 廣東의 肇庆에서 가반 양성.
F. 청 순치(1644－1661) ~ 강희(1662－1722)					
066		王孫駿 (參馬, 受軒)		江蘇 泰州	※"絜者班"이라 칭함. 본래 명말에 揚州의 직업 곤반이었다가, 전란으로 인해 태주로 가 서 王孫駿의 가반이 됨.
067		陸可求 (密庵)	進士(1655)	江蘇 淮安 山陽	※家班女樂의 성격.
068		王永寧		江蘇 蘇州	園林 "拙政園"
069		尤侗 (展成, 悔庵 · 西堂)	1618－1704	江蘇 蘇州	劇作〈黑白衛〉(雜劇) / 戲廳 "看雲草堂"
070		李漁 (笠鴻 · 笠翁 · 謫凡 , 天徒)	1611－1680	浙江 蘭溪	劇作 ≪笠翁十種曲≫(〈憐香伴〉,〈奈何天〉, 〈比目魚〉,〈蜃中樓〉,〈風箏誤〉,〈愼鸞交〉, 〈凰求鳳〉,〈巧團圓〉,〈玉搔頭〉,〈意中緣〉). 劇論 ≪閑情偶寄(李笠翁曲話)≫. ▶喬復生, 王再來. ※浙江 杭州와 江蘇 金陵(南京)에서 가반을 양성하여 생계유지. 여타 가반이 공개 연출을 지양하는 것과 구 별되는 직업성(유동성) 연출의 성격이 강함.
071		侯杲 (霓峰)		江蘇 無錫	園林 "亦園". 戲樓 "百尺樓"
072		翁叔元		江蘇 常熟	

순번		가반주 (자, 호)	생 졸 년 진사급제년	출신지	극작품 / 이론서 / 원림 및 희청 명칭. ▶대표적인 양성 배우. ※가반 양성의 특징
073		吳綺 (園次, 聽翁·紅豆詞人)	1619–1694	江蘇 江都(揚州)	劇作〈忠愍記〉
074		李書雲 (秘園)	進士(1647)	江蘇 揚州	劇論《音韻須知》(朱素臣 合著) / 戲廳 "仁安堂"
075		俞錦泉 (水文)		江蘇 海陵(泰州)	※家樂女班의 성격. 俞錦泉이 직접 교습, 연기하였음.
076		喬菜 (子靜, 石林)	進士(1667)	江蘇 揚州 寶應縣	劇作〈耆英會〉/ 園林(戲臺) "縱樑園". ▶管六郎. ※乾隆帝의 제2차 南巡 때, 어가를 모시고, 연출, 상금을 하사받음. "賜金班"이라 칭함.
077		張嶠亭		浙江 海鹽	園林 "涉園". ※父 張惟赤과 함께 2代째 가반 양성.
078		吳之振 (孟擧)	1640–1717	江蘇 嘉興	▶玉笋尖. ※"玉笋班"이라 칭함.
079		季振宜 (詵兮, 滄葦)	進士	江蘇 泰興	※巨富 "南季北亢"이라 칭함.
080	√	亢氏		山西 平陽	揚州 鹽商. / 園林 "亢園"(平陽·揚州) ※巨富 "南季北亢"이라 칭함.
081	√	宋犖 (牧仲, 漫堂)	1634–1713	河南 商丘	▶阿陸, 阿增
082		陳端 (方行, 琢餘)		江蘇 泰州	
083	√	劉氏		山東 濟南	商人. ※"棗園班"이라 칭함.
084	√	田舜年 (眉生, 九峰)		湖北 容美縣	劇作〈古城記〉. ※子 田丙如 역시 가반 양성.
085	√	曹寅 (子淸, 荔軒)	1658–1712		內務府 漢軍 正白旗人. / 劇作〈北紅拂記〉, 〈續琵琶〉, 〈太平樂事〉, 〈虎口餘生〉 / 園林 "拙政園". ▶王景文, 朱音仙(以上 曲師) ※曹雪芹의 祖父로서 직접 연기하였음. 江蘇의 蘇州와 南京(江寧)에서 織造의 관직을 역임할 때에 가반 양성.
086	√	李煦 (萊嵩, 竹村)	1655–1729		內務府 漢軍 正白旗人. / ※曹寅의 처형. 蘇州 織造의 관직을 역임할 때에, 가반을 양성하여 황제에게 공연을 바침.
087		張適		江蘇 鎭江	▶荊玉, 瓊樹. ※父 張逸少의 가반을 확대하여 양성.

순번		가반주 (자, 호)	생 졸 년 진사급제년	출신지	극작품 / 이론서 / 원림 및 희청 명칭. ▶대표적인 양성 배우. ※가반 양성의 특징
			G. 청 옹정(1723-1735) ~ 건륭(1736-1795)		
088	√	唐英 (俊公, 叔子·蝸寄老人)	1682-1756	遼寧 沈陽	漢軍 正白旗人. / 劇作 ≪古柏堂傳奇≫ 17種. ▶吳福田. ※江西省 景德鎭 및 九 江 등지의 세무 감독관을 역임하며 崑班 양성.
089		王文治		江蘇 丹徒	▶瑤生, 鈿郎 / 素雲, 寶雲, 輕雲, 綠雲, 鮮雲.(以上 "五雲") / 淡雲, 微雲, 拂雲. ※파직 후에 귀향하여 가반 양성. "彩雲班" 이라 칭함.
090		畢沅 (秋帆, 靈岩山人)	1730-1797 進士(1760)	江蘇 鎭洋(太倉)	
091		黃振 (瘦石, 柴灣村農)	1724-1773	江蘇 如皐	劇作〈石榴記〉/ 園林 "斜陽館". ▶翠竹, 小紅, 月香
092	√	李調元	進士(1763)	四川 綿州 羅江縣	劇論 ≪雨村曲話≫. ※건륭 50년(1785) 에 귀향하여 곤곡 科班을 양성하며, 곤극의 四川 지역 전파에 기여함.
093	§	徐尙志			▶山崑璧(老生), 陳雲九(小生), 馬文觀(白 面), 錢雲從(二面). ※揚州 鹽商. 七大內 班의 하나로 "老徐班"이라 칭함.
094	§	黃元德			▶顧天─(三面). ※揚州 鹽商. 七大內班 의 하나로 "黃班"이라 칭함.
095	§	張大安			▶張國相(老外), 劉天祿(老生), 馮大保(小 旦). ※揚州 鹽商. 七大內班의 하나로 "老 張班"·"小張班"이라 칭함.
096	§	汪啓源			▶許天福(小旦). ※揚州 鹽商. 七大內班 의 하나로 "汪府班"이라 칭함.
097	§	程謙德			▶石湧塘(正生), 馮士奎(大面), 周君美(三 面), 王采章(老生), 倪沖賢(老外), 王景山(老 旦), 楊二觀(小旦). ※揚州 鹽商. 七大內班 의 하나로 "大程班"·"小程班"이라 칭함.
098	§	洪充實			▶朱文元(老生), 陳殿章(副淨), 丁秀容(小 丑), 金德輝(小旦). ※揚州 鹽商. 七大內班 의 하나로 "大洪班"·"小洪班"이라 칭함.
099	§	江春 (穎長, 鶴亭)			▶朱野東(小旦), 范秋年(大面), 董壽齡, 金德輝. ※揚州 鹽商. 七大內班의 하나로 "德音班"이라 칭함.
100	√	恒豫			※江蘇省 揚州의 知府를 역임하여, 그의 가반을 "恒知府班"이라 칭함.

순번		가반주 (자, 호)	생 졸 년 진사급제년	출신지	극작품 / 이론서 / 원림 및 희청 명칭. ▶ 대표적인 양성 배우. ※ 가반 양성의 특징
101		程鎏 (南陂·蓼洲)		江蘇 儀征縣	劇作〈拂水〉.
102		方元鹿 (竹樓, 苹友)		江蘇 儀征縣	※그는 畵家이자 巨富로 유명함. ▶乳鶯.
H. 청 가경(1796–1820) ~ 도광(1821–1850)					
103		朱靑岩 (魯瞻, 葯圃)		江蘇 泰州	▶ 蕭佩亭.
104		黃濚泰			※ 揚州 鹽商 總管.
105		包松溪			園林 "樣園"(戲臺). ※揚州의 官運司同知 로서, 鹽務를 관장하는 巨富임.
106	√	孔慶鎔 (陶甫)	?–1841	山東 曲阜	※明 天啓~崇禎 간의 孔蔭植에 의해 첫 곤극 가반이 성립되었을 것으로 추론되며, 孔慶鎔의 사후에 자연 소실됨. "孔府家班" 이라 칭함.

* 이 목록은 ≪중국 곤극 대사전中國崑劇大辭典≫(2002)에 수록된 것을 근거로 배열한 뒤, 대체적인 생졸년을 감안하여 주요 활동시기를 A~H로 구분했다. 순번의 "√"는 강남지역 출신이 아닌 경우, "§"는 신사 계층이 아닌 경우에 표기하였다.
** 명초에서 융경隆慶 연간(1567~1572)까지 활동한 대표적인 신사 계층 가반 주인으로 ① 왕구사王九思(1468~1551)는 섬서陝西 호현鄠縣 사람으로 진강秦腔을 연출케 했고, ② 강해康海(1475~1540)는 섬서 무공武功 사람으로 역시 진강을 연출케 했으며, ③ 이개선李開先(1501~1568)은 산동山東 장구章丘 사람으로 해염강海鹽腔을 연출케 했고, ④ 하량준何良俊(1506~1573)은 강소江蘇 화정華亭 사람이지만 주로 북곡北曲 계통을 연출케 한 것으로 보인다. 그러나 ≪중국 곤극 대사전≫에서는 왕구사, 강해, 이개선, 하량준을 모두 '가정곤반家庭崑班'의 극단주 항목에 열거하고 있다. 때문에 그 진위 여부에 관해서는 좀 더 심도 있는 논의가 요구된다.

〈부록 2〉 명말 강남의 대표적 간행처와 삽화본 희곡 간행의 특징

간행 지역	간행 시기	간행처 명 칭	각서가 (坊刻·家刻)	삽화본 희곡의 간행 내역 및 특징
金陵 (南京)	宣德	積德堂	—	〈嬌紅記〉(86圖): 單面竪幅版式, 人物爲主
	嘉靖~萬曆	富春堂	唐對溪	현존 약 100여 種(〈西廂記〉, 〈琵琶記〉, 〈玉簪記〉, 〈牡丹亭〉, 〈白兎記〉, 〈荊釵記〉, 〈還帶記〉, 〈千金記〉, 〈玉玦記〉, 〈東窗記〉, 〈三元記〉, 〈祝髮記〉, 〈灌園記〉, 〈虎符記〉, 〈分金記〉, 〈玉釵記〉, 〈紫簫記〉, 〈破窯記〉, 〈尋親記〉, 〈金貂記〉, 〈和戎記〉, 〈草廬記〉, 〈綈袍記〉, 〈玉環記〉, 〈白袍記〉, 〈靑樓記〉, 〈鸚鵡記〉, 〈香山記〉, 〈升仙記〉, 〈白蛇記〉, 〈琴心記〉, 〈雙忠記〉, 〈跃鯉記〉, 〈十義記〉, 〈聯芳記〉, 〈雲臺記〉, 〈目連救母〉等) ☞ 單面竪幅版式, 人物爲主 · 景物爲輔, 古朴豪放
	萬曆 前期	世德堂	唐晟, 唐昶	현존 약 20여 種(〈琵琶記〉, 〈拜月亭〉, 〈荊釵記〉, 〈玉合記〉, 〈忠孝記〉, 〈千金記〉, 〈香囊記〉, 〈賦歸記〉, 〈陳情記〉, 〈還帶記〉, 〈齊鳴記〉, 〈驚鴻記〉, 〈紫簫記〉, 〈水滸記〉, 〈趙氏孤兒〉, 〈節孝記〉 等) ☞ 單面竪幅版式, 人物爲主 · 景物爲輔, 古朴豪放
	萬曆 後期	文林閣	唐錦池 (惠疇)	현존 약 30여 種(〈玉簪記〉, 〈拜月亭〉, 〈牡丹亭〉, 〈投筆記〉, 〈紅拂記〉, 〈義俠記〉, 〈蕉帕記〉, 〈忠孝記〉, 〈錦箋記〉, 〈易鞋記〉, 〈魚籃記〉, 〈浣紗記〉, 〈繡襦記〉, 〈靑袍記〉, 〈袁文正還魂記〉, 〈胭脂記〉, 〈雲臺記〉, 〈赤松記〉, 〈珍珠記〉, 〈古城記〉, 〈雙紅記〉, 〈四美記〉 等) ☞ 雙面對連橫幅大圖, 人物爲主 · 景物爲輔, 翻刻徽本
		廣慶堂	唐振吾, 唐國達	현존 약 20여 種(〈紅梅記〉, 〈全德記〉, 〈偸桃記〉, 〈夢境記〉, 〈七勝記〉, 〈葵花記〉, 〈折桂記〉, 〈霞箋記〉, 〈雙杯記〉, 〈宵光記〉, 〈西湖記〉, 〈南柯夢〉 等) ☞ 雙面對連橫幅大圖, 徽州畫風
		繼志齋	陳邦泰	현존 약 40여 種(〈西廂記〉, 〈琵琶記〉, 〈玉簪記〉, 〈荊釵記〉, 〈投筆記〉, 〈旗亭記〉, 〈紅蕖記〉, 〈義俠記〉, 〈香囊記〉, 〈祝髮記〉, 〈紅拂記〉, 〈雙魚記〉, 〈埋劍記〉, 〈浣紗記〉, 〈題紅記〉, 〈錦箋記〉, 〈玉合記〉, 〈金印記〉, 〈千金記〉, 〈量江記〉, 〈紫釵記〉, 〈投桃記〉, 〈全德記〉, 〈夢境記〉, 〈梧桐雨〉, 〈揚州夢〉, 〈金錢記〉, 〈薦福碑〉, 〈芍藥記〉 等) ☞ 雙面對連橫幅大圖, 徽州畫風, 畫家 汪耕(〈西廂記〉 · 〈琵琶記〉), 畫家 何龍 · 刻工 劉大德(〈紅蕖記〉), 畫家 仇英(〈千金記〉) / 翻刻 徽本
		環翠堂	汪廷訥 (休寧人, 徽商)	현존 약 10여 種(〈西廂記〉, 〈獅吼記〉, 〈三祝記〉, 〈投桃記〉, 〈彩舟記〉, 〈義烈記〉, 〈天書記〉, 〈種玉記〉, 〈眞傀儡〉, 〈一文線〉, 〈再生緣〉, 〈齊東絶倒〉, 〈男王后〉 等) ☞ 雙面對連橫幅大圖, 徽州畫風, 精麗典雅(裝飾性), 畫家 汪耕(〈西廂記〉)

간행 지역	간행 시기	간행처 명 칭	각서가 (坊刻·家刻)	삽화본 희곡의 간행 내역 및 특징
金陵 (南京)	萬曆末~ 天啓·崇禎	師儉堂	蕭騰鴻, 蕭少衢 父子(建陽人)	현존 약 10여 種(〈丹桂記〉, 〈紅拂記〉, 〈幽閨記〉 等) ☞ 陳繼儒批評本. 雙面對連橫幅大圖. 杭州徽化畵 風. 蔡沖環·熊蓮泉·餐霞子等(畵家), 劉次泉·劉 素明(刻工). 建陽 出身 書坊主로 抄襲에 능함.
		兩衡堂	─	《粲花齋五種曲(明傳奇·吳炳)─〈情郵記〉, 〈綠牡 丹〉, 〈西園記〉, 〈療妒羹〉, 〈畵中人〉》 蘇州畵風
徽州	萬曆	高石山房	鄭之珍 (祁門人)	〈目連救母〉(1582) ☞ 自編自刻. 整版版式, 單面 竪幅(66圖). 雙面對連橫幅大圖(10圖), 古朴豪放
		玩虎軒	汪雲鵬 (光華, 新安人)	〈西廂記〉, 〈琵琶記〉(以上 1597, 徽州畵家 汪耕 1573-1620), 〈紅拂記〉, 〈祝髮記〉 雙面對連橫 幅大圖, 精麗典雅(裝飾性), 人物爲主·景物爲輔 / 〈會眞記〉, 〈征歌集〉 ☞ 單面竪幅版式
		觀化軒	─	〈玉簪記〉(1598) ☞ 金陵 繼志齋에서 翻刻(1599).
		浣月軒	─	〈玉杵記〉(1606) ☞ 雙面對連橫幅大圖(全36圖). 汪樵雲(畵家)
		大雅堂	汪道崑 (1525-1593)	《大雅堂雜劇(明雜劇·汪道崑)─〈高唐夢〉, 〈五湖 游〉, 〈遠山戱〉, 〈洛水悲〉》 ☞ 自編自刻. 雙面對 連橫幅大圖(1劇1圖·全4圖), 精麗典雅(裝飾性), 人物爲主·景物爲輔 / 《大雅堂刊本·四聲猿(明 雜劇·徐渭)─〈狂鼓史〉, 〈玉禪師〉, 〈雌木蘭〉, 〈女 狀元〉》 ☞ 雙面對連橫幅大圖(1劇1圖·全4圖), 精麗典雅(裝飾性)
		敦睦堂	張斐	《摘錦奇音(折子戱選集)》(1611) ☞ 演出本(伶工 購買). 單面竪幅版式, 徽州의 영향 하에 建陽에서 實用的 折子戱 選本 《八能奏錦》·《玉谷調簧 》·《詞林一枝》 翻刻.
建陽 (建安)	萬曆	楊居寀	─	〈紅梨花記〉 ☞ 雙面對連橫幅大圖(10圖), 精麗典 雅(裝飾性), 徽州畵風
		喬山堂	劉龍田 (1560-1625)	〈西廂記〉 ☞ 單面竪幅版式(20折20圖·附錄4 圖·全24圖), 人物爲主·陽刻爲主, 金陵畵風
杭州	萬曆末	容與堂	─	〈西廂記〉, 〈琵琶記〉(以上 畵家 趙璧), 〈幽閨記〉, 〈荊釵記〉, 〈玉簪記〉, 〈玉合記〉, 〈紅拂記〉, 〈浣紗 記〉, 〈金印記〉 等 ☞ 李卓吾批評本, 雙面對連橫 幅大圖版式, 景物爲主·人物爲輔, 杭州畵風, 黃 應光(刻工)
		起鳳館	曹以杜	〈西廂記〉(20圖, 1610), 〈琵琶記〉(40圖)(以上 2種 畵家 汪耕), 〈浣紗記〉 等 ☞ 雙面對連橫幅大圖版 式, 精細繁麗(裝飾性), 徽州畵風

간행 지역	간행 시기	간행처 명 칭	각서가 (坊刻·家刻)	삽화본 희곡의 간행 내역 및 특징
杭州	萬曆末	顧曲齋 (香雪居·方諸館)	王驥德 (會稽人)	≪顧曲齋雜劇≫(元明雜劇選集·20種) ☞ 單面竪幅版式(1劇3圖·全60圖), 精美繁麗(裝飾性), 徽州畫風. 黃一鳳(刻工) / 〈西廂記〉(1614) ☞ 雙面對連橫幅大圖版式(20折20圖), 對角線分割構圖, 杭州畫風(景大人小), 黃應光(刻工) / 〈崑崙奴〉(1615) ☞ 雙面對連橫幅大圖版式(全4圖), 人物爲主(2圖)·景物爲主(2圖), 杭州畫風(山水畫). 黃應光(刻工)
		博古堂 (負苞堂)	臧懋循 (長興人)	≪元曲選(元雜劇選集-100種)≫ ☞ 單面竪幅版式(224圖), 簡潔放縱, 徽州畫風(人物畫)·杭州畫風(戲劇性). 黃應光(刻工) / ≪玉茗堂四種曲(湯顯祖1550-1616)≫ ☞ 單面竪幅版式, 景大人小. 〈牡丹亭(35圖)〉·〈紫釵記(36圖)〉: 徽州畫風. 〈南柯記(34圖)〉·〈邯鄲記(28圖)〉: 景物爲主·人物爲輔, 杭州畫風(山水畫)
		賜緋堂	陳與郊 (海昌人)	〈靈寶刀〉, 〈麒麟罽〉, 〈鸚鵡洲〉, 〈櫻桃夢〉 ☞ 自編自刻. 單面竪幅版式
		七峰草堂	—	〈牡丹亭〉(1617) ☞ 單面竪幅版式(40圖), 杭州徽化畫風
	天啓 ~ 崇禎	—	孟稱舜 (山陰人)	≪古今名劇合選(元明雜劇選集)-柳枝集(26種)·酹江集(30種)≫(1633) ☞ 單面竪幅版式, 杭州畫風(簡潔性)
		—	沈泰	≪盛明雜劇(明雜劇選集)-初集(30種)·二集(30種)≫(1629) ☞ 單面竪幅版式, 景物爲主·景大人小, 杭州畫風(世俗化·市民化)
		鐘人杰 (錢塘人)		≪鐘人杰刊本·四聲猿(明雜劇·徐渭)-〈狂鼓史〉, 〈玉禪師〉, 〈雌木蘭〉, 〈女狀元〉≫(1614) ☞ 雙面對連橫幅大圖(全4圖), 對角線分割構圖, 杭州畫風. 汪修(畫家)
		李延謨 (山陰人)		≪李延閣刊本·四聲猿(明雜劇·徐渭)-〈狂鼓史〉, 〈玉禪師〉, 〈雌木蘭〉, 〈女狀元〉≫ ☞ 雙面對連橫幅大圖(全4圖) / 〈西廂記〉(1631) ☞ 月光(圓形)版式(20圖), 畫家 陳洪綬(1598-1652) 等
	崇禎	—	張深之	〈西廂記〉(1639) ☞ 全6圖, 杭州畫風. 畫家 陳洪綬
西陵 (蕭山)	崇禎	天章閣	—	〈西廂記〉(1640) ☞ 雙面對連橫幅大圖(21圖), 杭州畫風. 畫家 陳洪綬 等, 刻工 項南洲
蘇州	隆慶	衆芳書齋	—	〈西廂記〉(1569)
	萬曆	曄曄齋	—	〈西廂記〉(1602) ☞ 現存5圖, 人物爲主. 父君素(畫家)
		—	何璧	〈西廂記〉(1616) ☞ 蘇州畫風(世俗化). 仇英의 畫風模倣.

간행 지역	간행 시기	간행처 명 칭	각서가 (坊刻·家刻)	삽화본 희곡의 간행 내역 및 특징
蘇州	萬曆末	–	夏宗緣	〈西廂記〉
	崇禎	存誠堂	–	〈陳氏存誠堂魏評本 · 西廂記〉 ☞ 雙面對連橫幅大 圖 · 單面竪幅版式
	崇禎～天啓	玉夏齋	葉啓元	≪玉夏齋傳奇十種≫(〈喜逢春〉, 〈春燈謎〉, 〈鴛鴦 棒〉, 〈花筵賺〉, 〈望湖亭〉, 〈長命縷〉, 〈荷花蕩〉, 〈合 縱記〉, 〈鳳求凰〉, 〈四大痴〉) ☞ 蘇州畵風(市民化)
		劍嘯閣	袁于令 (1592-1674)	〈西樓夢〉(自編自刻), 〈鸚鵡記〉, 〈紅梅記〉 ☞ 單面 竪幅版式, 蘇州畵風(小說 挿畵와 類似)
吳興 (湖州)	天啓	–	凌濛初 (1580-1644)	〈西廂記(西廂五劇)〉 ☞ 朱墨套印本, 單面竪幅版 式(1折1圖 · 全20圖). 畵家 王文衡, 刻工 黃一彬
		松筠館	閔齊伋 (寓五)	〈西廂記(董西廂)〉 ☞ 朱墨套印本, 單面竪幅版式 (12圖) / 〈西廂記(六幻西廂)〉 ☞ 朱墨彩色套印本, 雙面對連橫幅大圖(21圖) / 〈牡丹亭〉(13圖), 〈邯鄲 記〉 ☞ 雙面對連橫幅大圖. 畵家 王文衡

* 이 목록은 주중서우(祝重壽)의 ≪중국 삽화 예술의 역사 이야기(中國揷圖藝術史話)≫(2005), 70-105쪽의 내용을 기본으
로 하여 작성한 뒤에, 기타 위웨이민(俞爲民)의 〈명대 남경의 서방에서 간행된 희곡 고찰(明代南京書坊刊刻戱曲考
述)〉(1997)과 쑨충타오(孫崇濤)의 〈중국 희곡 출판가 약술(中國戱曲刻家述略)〉(2005) 그리고 동제董捷의 ≪명청대에 간행
된 〈서상기〉 판화 분석(明淸刊〈西廂記〉版畵考析)≫(2006) 등의 자료를 참고하여 보완하였다.

찾아보기

미 주

1) 다카시나 슈지, 신미원 역 ≪예술과 패트런: 명화로 읽는 미술 후원의 역사≫ 서울, 눌와, 2003, 16쪽.

2) 티모시 브룩이 ≪쾌락의 혼돈: 중국 명대의 상업과 문화≫(이정·강인환 역, 이산, 2006)에서 크레이그 클루나스의 말을 인용하여 엘리트 계층이 사치품 거래에 필요한 지침서로 ≪格古要論≫을 활용했다는 점을 비유한 부분(110쪽) 참조.

3) 梁啓超 ≪淸代學術槪論≫:「淮南鹽商,…… 與南歐巨室豪賈之於文藝復興, 若合符契也.」(鄭志良 〈論乾隆時期揚州鹽商與崑曲的發展〉; ≪北京大學學報≫ 第40卷 第6期, 2003, 99쪽에서 재인용)

4) 胡忌, 劉致中 ≪崑劇發展史≫ 北京, 中國戲劇出版社, 1989, 80－81쪽 참조.

5) 胡忌, 劉致中, 위의 책, 2쪽 참조.

6) ≪南詞敍錄≫:「今唱家稱'弋陽腔', 則出於江西, 兩京、湖南、閩、廣用之; 稱'餘姚腔'者, 出於會稽, 常、潤、池、太、揚、徐用之; 稱'海鹽腔'者, 嘉、湖、溫、臺用之. 惟'崑山腔'止行於吳中, 流麗悠遠, 出乎三腔之上.」(≪中國古典戲曲論著集成≫ 第3권, 北京, 中國戲劇出版社, 1959, 242쪽)

7) 俞爲民 ≪中國古代戲曲簡史≫ 南京, 江蘇文藝出版社, 1991, 100－102쪽 참조.

8) 洛地 ≪戲曲與浙江≫ 杭州, 浙江人民出版社, 1991, 348쪽 참조.

9) ≪南詞敍錄≫:「今崑山以笛、管、笙、琵按節而唱南曲者, 字雖不應, 頗相諧和, 殊爲可聽, 亦吳俗敏妙之事.」(≪中國古典戲曲論著集成≫ 제3권, 242쪽)

10) 洛地, 위의 책, 348－349쪽 참조.

11) 洛地, 위의 책, 349－353쪽 참조.

12) 洛地, 위의 책, 353－358쪽 참조.

13) 洛地, 위의 책, 219－232쪽 참조.

14) 傅曉航 저, 이용진 역 ≪중국희곡이론사≫ 서울, 중문출판사, 1999, 114쪽 참조.

15) 〈四聲猿·引〉:「徐文長, 牢騷骯髒士. 當其喜怒窘窮, 怨恨思慕, 酣醉無聊, 有動于中, 一一於詩文發之. 第文規詩律, 終不可逸轡旁出, 于是調謔褻慢之詞入樂府而始盡.」(周中明 校注 ≪四聲猿≫ 上海, 上海古籍出版社, 1984, 201쪽)

16) 傅曉航 저, 이용진 역, 위의 책, 121－129쪽 참조.

17) 〈題崑崙奴雜劇後·三〉:「語入要緊處, 不可着一毫脂粉. 越俗越家常, 越警醒. 此纔是好水碓, 不

雜一毫糠衣, 眞本色.」(권응상 ≪서위 희곡 연구≫ 서울, 연극과인간, 2000, 138쪽 재인용)

18) 권응상, 위의 책, 12−15쪽 참조.

19) 徐渭 〈狂鼓史漁陽三弄〉; 周中明 校注 ≪四聲猿≫ 上海, 上海古籍出版社, 1984, 2−17쪽 및 권응상, 위의 책, 26−30쪽 참조.

20) 徐渭 〈玉禪師翠鄕一夢〉; 周中明 校注, 위의 책, 20−42쪽 및 김순희 ≪중국의 탈놀이 대두화상 − 그 역사적 전개와 전승의 양상≫ 서울, 한국학술정보, 2007, 106−148쪽 참조.

21) 徐渭 〈雌木蘭替父從軍〉; 周中明 校注, 위의 책, 44−59쪽 및 권응상, 위의 책, 35−39쪽 참조.

22) 徐渭 〈女狀元辭凰得鳳〉; 周中明 校注, 위의 책, 62−106쪽 및 권응상, 위의 책, 39−43쪽 참조.

23) 吳新雷, 朱棟霖 主編 ≪中國崑曲藝術≫ 南京, 江蘇敎育出版社, 2004, 73−78쪽 및 譚坤 ≪晚明越中曲家群體硏究≫ 上海, 三聯書店, 2005, 39−42쪽 참조.

24) 葉長海 ≪王驥德曲律硏究≫ 北京, 中國戲劇出版社, 1983, 18쪽 참조.

25) 권응상, 위의 책, 243−246쪽 참조.

26) ≪曲律≫: 「生平於聲韻宮調, 言之甚悉, 顧於己作, 更韻更調, 每折而是, 良多自恕.」(陳多, 葉長海 注釋 ≪王驥德曲律≫ 長沙, 湖南人民出版社, 1983, 224쪽)

27) 錢南揚 〈談吳江派〉; ≪宋元明淸戲曲論文選≫, 1963 참조.

28) 洛地 ≪戲曲與浙江≫ 杭州, 浙江人民出版社, 1991, 357쪽 참조.

29) 〈論輔臣科臣疏〉: 「皆知受輔臣恩, 不知受皇上恩.…… 陛下經營天下二十年於玆矣. 前十年之政, 張居正剛而有欲, 以羣私人翳然壞之, 後十年之政, 時行柔而有欲, 又以羣私人廓然壞之.」(徐朔方 箋校 ≪湯顯祖全集≫(二) 北京, 北京古籍出版社, 1999, 1278쪽)

30) 俞爲民 ≪中國古代戲曲簡史≫ 南京, 江蘇文藝出版社, 1991, 100−102쪽 및 吳新雷, 朱棟霖 主編 ≪中國崑曲藝術≫ 南京, 江蘇敎育出版社, 2004, 49−50쪽 참조.

31) 吳新雷, 朱棟霖 主編, 위의 책, 56−57쪽 및 강영매 ≪탕현조 '모란정' 연구≫ 서울, 연세대학교 박사학위논문, 2001, 18−27쪽 참조.

32) 徐朔方, 楊笑梅 校注 ≪牧丹亭≫ 北京, 人民文學出版社, 1994 및 吳新雷, 朱棟霖 主編, 위의 책, 50−56쪽 참조.

33) 吳新雷, 朱棟霖 主編, 위의 책, 59−60쪽 및 강영매, 위의 책, 2001, 27−31쪽 참조.

34) 吳新雷, 朱棟霖 主編, 위의 책, 57−59쪽 및 강영매, 위의 책, 31−35쪽 참조.

35) 吳新雷, 朱棟霖 主編, 위의 책, 49쪽 참조.

36) 〈牧丹亭記・題詞〉: 「天下女子有情, 寧有如杜麗娘者乎!……情不知所起, 一往而深, 生者可以死, 死可以生. 生而不可與死, 死而不可復生者, 皆非情之至也. 夢中之情, 何必非眞?」(徐朔方 箋校 ≪湯顯祖全集≫(二) 北京, 北京古籍出版社, 1999, 1153쪽)

37) 〈答呂姜山〉: 「凡文以意、趣、神、色爲主. 四者到時, 或有麗詞俊音可用. 爾時能一一顧九宮四

聲否? 如必按字摸聲, 卽有窒滯迸拽之苦, 恐不能成句矣.」(徐朔方 箋校, 위의 책, 1302쪽)

38) 傅曉航 저, 이용진 역 ≪중국희곡이론사≫ 서울, 중문출판사, 1999, 160쪽 참조.

39) 〈答凌初成〉:「不佞生非吳越通, 智意短陋,……不佞牧丹亭記大受呂玉繩改竄, 云便吳歌. 不佞啞然笑曰"昔有人嫌摩詰之冬景芭蕉, 割蕉加梅, 冬則冬矣, 然非王摩詰冬景也."(徐朔方 箋校, 위의 책, 1442쪽)

40) ≪曲律≫:「臨川之於吳江, 故自冰炭. 吳江守法, 斤斤三尺, 不欲令一字乖律; 而毫鋒殊拙. 臨川尚趣, 直是橫行, 組織之工, 幾與天孫爭巧; 而屈曲聱牙, 多令歌者齚舌.…… 呂吏部玉繩以致臨川, 臨川不怪, 復書吏部曰:"彼惡知曲意哉! 余意所至, 不妨拗折天下人嗓子." 其志趣不同如此.」(陳多, 葉長海 注釋 ≪王驥德曲律≫ 長沙, 湖南人民出版社, 1983, 226-227쪽)

41) 吳新雷, 朱棟霖 主編 ≪中國崑曲藝術≫ 南京, 江蘇敎育出版社, 2004, 61-62쪽 참조.

42) 傅曉航 저, 이용진 역, 위의 책, 172-174쪽 참조.

43) 錢南揚 〈談吳江派〉; ≪宋元明淸戲曲論文選≫, 1963 참조.

44) ≪譚曲雜劄≫:「沈伯英構造極多, 最喜以奇事舊聞. 不論數種, 扭合一家, 更名易姓, 改頭換面. 而又才不足以運椽布置, 掣衿露肘, 茫無頭緖, 尤爲可怪.」(傅曉航 저, 이용진 역, 위의 책, 179쪽 재인용)

45) ≪曲律≫:「詞隱墮釵記, 蓋因牧丹亭記而興起者.」(陳多, 葉長海 注釋, 위의 책, 229쪽)

46) 傅曉航 저, 이용진 역, 위의 책, 174-179쪽 ; 吳新雷, 朱棟霖 主編, 위의 책, 62-64쪽 참조.

47) 錢南揚, 위의 논문 참조.

48) 吳新雷, 朱棟霖 主編, 위의 책, 65-72쪽 참조.

49) 錢南揚, 위의 논문 참조.

50) 〈詞隱先生論曲〉:「何元朗一言兒啓詞宗寶藏. 道: "欲度新聲休走樣". 名爲樂府, 須敎合律依腔. 寧使時人不鑑賞, 無使人撓喉捩嗓. 說不得才長, 越有才越當着意斟量.」(傅曉航 저, 이용진 역, 위의 책, 180쪽 재인용)

51) 錢南揚, 위의 논문 및 吳新雷, 朱棟霖 主編, 위의 책, 65-72쪽 참조.

52) 錢南揚, 위의 논문 및 吳新雷, 朱棟霖 主編, 위의 책, 74-77쪽 참조.

53) 胡忌, 劉致中 ≪崑劇發展史≫ 北京, 中國戲劇出版社, 1989, 274-279쪽 참조. 또한 李玫 ≪明淸之際蘇州作家群硏究≫(北京, 社會科學出版社, 2000), 256-260쪽에도 이옥이 신상국 집안의 가인이었는지에 관한 그간의 논란이 정리되어 있다.

54) ≪劇說≫:「元玉系申相國家人, 爲孫公子所抑, 不得應科試, 因著傳奇以抒其憤, 而〈一〉、〈人〉、〈永〉、〈占〉尤盛傳於時. 其〈一捧雪〉極爲奴婢吐氣, 而開首卽云'裘馬豪華, 耻爭呼貴家子', 意固有在也.」(≪中國古典戲曲論著集成≫ 제8권, 北京, 中國戲劇出版社, 1982, 158쪽)

55) 程宗駿 〈明申相府戲廳、戲班與李玉出身初探〉; ≪中華戲曲≫ 第23輯, 1999, 151-154쪽 참조.

56) ≪北詞廣正譜・序≫: 「其才足以上下千載, 其學足以囊括藝林.」(康保成 ≪蘇州劇派研究≫ 廣州, 花城出版社, 1993, 177쪽)

57) 김어진 ≪이옥의 시사희 연구≫ 서울, 서울대학교 석사학위논문, 1990, 37-47쪽 참조.

58) 〈眉山秀・題詞〉: 「元玉言詞滿天下, 每一紙落, 鷄林好事者爭被管絃. 如達夫、昌齡, 聲高當代, 酒樓諸妓, 咸歌其詩.」(康保成 ≪蘇州劇派研究≫ 廣州, 花城出版社, 1993, 180쪽)

59) 〈墨憨齋重訂永團圓傳奇序〉: 「初編〈人獸關〉盛行, 優人每獲異犒, 竟購新劇.」(康保成, 위의 책, 181쪽)

60) 淸 李玉 著, 王毅 校注 ≪淸忠譜≫ 北京, 人民文學出版社, 1990 참조.

61) 兪爲民 ≪中國古代戲曲簡史≫ 南京, 江蘇文藝出版社, 1991, 173-176쪽 참조.

62) 吳新雷, 朱棟霖 主編 ≪中國崑曲藝術≫ 南京, 江蘇教育出版社, 2004, 94-97쪽 참조.

63) 胡忌, 劉致中 ≪崑劇發展史≫ 北京, 中國戲劇出版社, 1989, 287쪽 참조.

64) 〈淸忠譜〉卷首: 「蘇門嘯侶李玉元玉甫著, 同里畢魏萬後、葉時章稚斐、朱㿟素臣同編.」(吳新雷, 朱棟霖 主編, 위의 책, 96쪽 재인용)

65) 兪爲民, 위의 책, 168-170쪽 참조.

66) 吳新雷, 朱棟霖 主編, 위의 책, 105-107쪽 참조.

67) 〈玉搔頭・序〉: 「家素饒, 其園亭羅綺甲邑內.」(胡忌, 劉致中, 위의 책, 1989, 316쪽 재인용)

68) 胡忌, 劉致中, 위의 책, 315-317쪽. 廖奔, 劉彦君 ≪中國戲曲發展史≫ 太原, 山西教育出版社, 2000, 289-294쪽. 傅曉航 저, 이용진 역 ≪중국희곡이론사≫ 서울, 중문출판사, 1999, 325-326쪽 참조.

69) 〈風箏誤〉: 「傳奇原爲消愁設, 費盡杖頭歌一闋. 何事將錢買哭聲, 反令變喜成悲咽. 惟我塡詞不賣愁, 一夫不笑是吾憂. 擧世盡成彌勒佛, 度人禿筆始堪投.」(淸 李漁 撰, 湛偉恩 校注 ≪風箏誤≫ 上海, 上海古籍出版社, 1985년, 152쪽)

70) 박홍준 〈개자원 서사의 출판활동과 청초의 통속문학〉; ≪중국문학≫ 제49집, 2006, 220-224쪽 참조.

71) 胡忌, 劉致中 ≪崑劇發展史≫ 北京, 中國戲劇出版社, 1989, 315-317쪽 참조.

72) 胡忌, 劉致中, 위의 책, 318-321쪽 및 송철규 ≪이어 '십종곡' 연구≫ 서울, 한국외국어대학교 박사학위논문, 1996 참조.

73) 박홍준 〈왕기덕 '곡률'에서 이어 '한정우기'로의 희곡이론〉; ≪중국문학≫ 제33집, 2000 참조.

74) 李漁 ≪閒情偶寄≫; ≪中國古典戲曲論著集成≫ 제7권, 北京, 中國戲劇出版社, 1959 참조.

75) ≪閒情偶寄≫: 「塡詞首重音律, 而予獨先結搆者, 以音律有書可考, 其理彰明較著. …… 工師之建宅亦然, 基址初平, 間架未立, 先籌何處建廳, 何方開戶, 棟需何木, 梁用何材, 必俟成局了然, 始可揮斤運斧, 倘造成一架, 而後再籌一架, 則便於前者不便於後. …… 嘗讀時髦所撰, 惜其慘澹經營, 用心良苦, 而不得被管絃、副優孟者, 非審音協律之難, 而結搆全部規模之未善也.」(≪中

國古典戲曲論著集成≫ 第7권, 10쪽)

76) ≪閒情偶寄≫: 「編戲有如縫衣, 其初則以完全者剪碎, 其後又以剪碎者湊成. 剪碎易, 湊成難. 湊成之工, 全在針線緊密, 一節偶踈, 全篇之破綻出矣. 每編一折, 必須前顧數折, 後顧數折. 顧前者, 欲其照映. 顧後者, 便於埋伏. 照映、埋伏, 不止照映一人, 埋伏一事, 凡是此劇中有名之人, 關涉之事, 與前此、後此所說之話, 節節俱要想到.」(≪中國古典戲曲論著集成≫ 第7권, 16쪽)

77) 俞爲民 ≪中國古代戲曲簡史≫ 南京, 江蘇文藝出版社, 1991, 177-184쪽 참조.

78) ≪閒情偶寄≫: 「觀場之事, 宜晦不宜明.…… 與其長而不終, 無寧短而有尾. 故作傳奇付優人, 必先示以可長可短之法. 取其情節可省之數折, 另作暗號記之, 遇情閑無事之人, 則增入全演, 否則拔而去之.」(≪中國古典戲曲論著集成≫ 第7권, 77쪽)

79) ≪閒情偶寄≫: 「仍其體質, 變其丰姿.…… 體質維何? 曲文與大段關目是已. 丰姿維何? 科諢與細微說白是已. 曲文與大段關目不可改者, 古人旣費一片心血, 自合常有天地之間. 我與何讐而必欲使之埋沒?…… 科諢與細微說白不可不變者, 凡人作事, 貴於見景生情. 世道遷移, 人心非舊. 當日有當日之情態, 今日有今日之情態.」(≪中國古典戲曲論著集成≫ 第7권, 79쪽)

80) 俞爲民 ≪李漁閒情偶寄曲論研究≫ 南京, 江蘇古籍出版社, 1994, 143-153쪽 참조.

81) ≪閒情偶寄≫: 「舊本傳奇, 每多缺略不全之事, 刺謬難解之情.…… 身背琵琶, 獨行千里, 卽能自保無他.…… 若欲於本傳之外, 劈空添出一人, 送趙五娘入京, 與之隨身作伴, 妥則妥矣.…… 其人爲誰? 着送錢米助喪之小二是也.…… 予爲略增數語, 補此缺略, 附刻於後, 以政同心.」(≪中國古典戲曲論著集成≫ 第7권, 80쪽)

82) 오수경 〈원대 남희와 잡극의 상호개편에 관한 연구〉; ≪중국학보≫ 제34집, 1994 참조.

83) 박성훈 〈이어의 극본 연출론〉; ≪중국어문논총≫ 제15집, 1998, 395-396쪽 참조.

84) 〈柳南隨筆〉: 「康熙丁卯、戊辰間, 京師梨園子弟以内聚班爲第一. 時錢塘洪太學昉思昇著〈長生殿〉傳奇初成, 授内聚班演之. 聖祖覽之稱善, 賜優人白金二十兩, 且向諸親王稱之. 於是諸親王及閣部大臣, 凡有宴會, 必演此劇. 而纏頭之賞, 其數悉如御賜.」(胡忌、劉致中 ≪崑劇發展史≫ 北京, 中國戲劇出版社, 1989, 373쪽)

85) 俞爲民 ≪中國古代戲曲簡史≫ 南京, 江蘇文藝出版社, 1991, 184-188쪽. 김우석 ≪홍승의 '장생전' 연구≫ 서울, 서울대학교 석사학위논문, 1988. 이지은 ≪'장생전'의 양귀비 형상 연구≫ 서울, 고려대학교 박사학위논문, 2006 참조.

86) 〈長恨歌〉: 「七月七日長生殿, 半夜無人私語時. 在天願作比翼鳥, 在地願連理枝. 天長地久有時盡, 此恨綿綿無絶期.」(淸 洪昇 原著, 竹村則行, 康保成 箋注 ≪長生殿≫ 鄭州, 中州古籍出版社, 1999, 163쪽)

87) 〈長恨歌傳〉: 「昔天寶十載, 侍輦避暑於驪山宮. 秋七月, 牽牛織女相見之夕, 秦人風俗, 是夜張錦繡, 陳飮食, 樹瓜華, 焚香於庭, 號爲乞巧. 宮掖間尤尙之. 時夜殆半, 休侍衛於東西廂, 獨侍上. 上憑肩而立, 因仰天感牛女事, 密相誓心, 願世世爲夫婦. 言畢, 執手各嗚咽.」(淸 洪昇 原著, 竹村則行, 康保成 箋注, 위의 책, 163쪽)

88) 竹村則行 〈從'長恨歌'到'長生殿'-論楊貴妃故事的演變〉; ≪長生殿≫ 鄭州, 中州古籍出版社, 1999, 385-423쪽 참조.

89) 洛地 ≪戱曲與浙江≫ 杭州, 浙江人民出版社, 1991, 264-279쪽 참조.

90) 淸 洪昇 原著, 竹村則行, 康保成 箋注 ≪長生殿≫ 鄭州, 中州古籍出版社, 1999 참조.

91) 〈長生殿・徐序〉:「朱門綺席, 酒社歌樓, 非此曲不奏.」(淸 洪昇 原著, 竹村則行, 康保成 箋注, 위의 책, 1999, 365쪽)

92) 〈長生殿・吳序〉:「愛文者喜其詞, 知音者賞其律, 以是傳聞盆遠. 蓄家樂者攢筆競寫, 轉相敎習.」(淸 洪昇 原著, 竹村則行, 康保成 箋注, 위의 책, 366쪽)

93) 胡忌, 劉致中 ≪崑劇發展史≫ 北京, 中國戱劇出版社, 1989, 3쪽 참조.

94) 洛地, 위의 책, 332-333쪽 참조.

95) ≪南詞敍錄≫:「南戱始於宋光宗朝, …… 其曲, 則宋人詞而盆以里巷歌謠, 不叶宮調, 故士夫罕有留意者. …… ‘永嘉雜劇’興, 則又卽村坊小曲而爲之, 本無宮調, 亦罕節奏, 徒取其畸農・市女順口可歌而已, 諺所謂‘隨心令’者, 卽其技歟!」(≪中國古典戱曲論著集成≫ 第3권, 北京, 中國戱劇出版社, 1959, 239-240쪽)

96) 胡忌, 劉致中, 위의 책, 8-9쪽 참조.

97) 俞爲民 ≪中國古代戱曲簡史≫ 南京, 江蘇文藝出版社, 1991, 98-100쪽 참조.

98) 鄭雷 ≪崑曲≫ 杭州, 浙江人民出版社, 2005, 117쪽 참조.

99) 吳新雷, 朱棟霖 主編 ≪中國崑曲藝術≫ 南京, 江蘇敎育出版社, 2004, 295-298쪽 참조. 이밖에 廖奔, 劉彦君의 ≪中國戱曲發展史≫(太原, 山西敎育出版社, 2000)의 제3권 474-480쪽과 제4권 434-439쪽에 각 곡보에 관한 간략한 설명이 있고, 곡보에 관한 전문서로는 周維培의 ≪曲譜研究≫(南京, 江蘇古籍出版社, 1997)가 있다.

100) 吳新雷, 朱棟霖 主編, 위의 책, 305-313쪽 참조.

101) ≪南詞敍錄≫:「以笛、管、笙、琵按節而唱南曲.」(≪中國古典戱曲論著集成≫ 第3권, 242쪽)

102) 鄭雷, 위의 책, 129-130쪽 참조.

103) 이정재 〈청대 탄사에 내재하는 극적 성격에 대한 검토〉; 가톨릭대학교 중국언어문화전공 30주년 기념 연합학술대회 ≪발상의 전환: 경계를 넘어서≫, 2009년 참조.

104) 淸 洪昇 原著, 竹村則行, 康保成 箋注, 위의 책, 158쪽.

105) 오수경 〈중국 전통극의 의사소통 방식에 관한 고찰－곤극 ‘장협장원’을 중심으로〉; ≪공연문화연구≫ 제7집, 2003 참조.

106) 김우석 〈원 잡극의 허구 외적 담화에 대하여〉; ≪중국희곡≫ 제7집, 1999 참조.

107) 안상복 〈중국 마임의 전통성과 정체성〉; 한국공연문화학회 ≪세계 마임 축제의 아시아적 한국적 전통성과 정체성 찾기≫, 2008 참조.

108) 吳新雷, 朱棟霖 主編, 위의 책, 292-293쪽 및 314-327쪽 참조.

109) 안상복 〈중국 고대 희곡 각색체제의 의미에 관한 고찰〉; ≪중국문학≫ 제29집, 1998 참조.

110) ≪曲律≫: 「今之南戲, 則有正生、貼生(或小生)、正旦、貼旦、老旦、外末、淨、丑、小丑(或小淨). 共十二人, 或十一人, 與古小異.」(陳多, 葉長海 注釋 ≪王驥德曲律≫ 長沙, 湖南人民出版社, 1983, 168쪽)

111) ≪揚州畵舫錄≫: 「梨園以副末開場, 爲領班. 副末以下: 老生、正生、老外、大面、二面、三面七人, 謂之男脚色; 老旦、正旦、小旦、貼旦四人, 謂之女脚色. 打諢一人, 謂之‘雜’. 此‘江湖十二脚色’.」

112) 俞爲民 ≪中國古代戲曲簡史≫ 南京, 江蘇文藝出版社, 1991, 100쪽 참조.

113) 吳新雷, 朱棟霖 主編 ≪中國崑曲藝術≫ 南京, 江蘇敎育出版社, 2004, 336–337쪽 참조.

114) 吳新雷, 朱棟霖 主編, 위의 책, 369–370쪽 참조.

115) 齊如山 〈臉譜・總論〉; ≪中國戲曲臉譜文集≫ 北京, 中國戲劇出版社, 1994, 1–6쪽 참조.

116) 吳新雷, 朱棟霖 主編, 위의 책, 371–372쪽 참조.

117) 吳新雷, 朱棟霖 主編, 위의 책, 355–368쪽 참조.

118) 譚帆 ≪優伶－古代演員悲歡錄≫ 上海, 百家出版社, 2002, 36쪽 참조.

119) ≪管子≫: 「昔者桀之時, 女樂三萬人.」(張發穎 ≪中國家樂戲班≫ 北京, 學苑出版社, 2002, 1–2쪽 참조)

120) 張發穎, 위의 책, 15–22쪽 참조.

121) ≪萬曆野獲編≫: 「當時事力繁盛,…… 故所蓄樂戶較他藩多數倍, 今以漸衰落, 在花籍者尙二千人.」(明 沈德符 ≪萬曆野獲編≫ 北京, 中華書局, 1997, 612쪽)

122) 胡忌, 劉致中 ≪崑劇發展史≫ 北京, 中國戲劇出版社, 1989 참조.

123) 劉水雲 ≪明淸家樂研究≫ 上海, 上海古籍出版社, 2005, 144–210쪽 참조.

124) 張發穎, 위의 책, 23–24쪽 참조

125) 徐宏圖 〈明淸江浙戲曲家伎及其藝術成就〉; ≪浙江藝術職業學院學報≫ 第2卷 第2期, 2004, 54–55쪽 참조.

126) 劉水雲, 위의 책, 86쪽 참조.

127) 楊惠玲 〈論家班主人對崑曲發展所做的貢獻〉; ≪藝術百家≫ 2004年 第3期, 27쪽 참조.

128) 吳新雷 主編 ≪中國崑劇大辭典≫ 南京, 南京大學出版社, 2002, 203쪽 참조.

129) 吳新雷 〈蘇州崑班考〉; ≪東南大學學報≫ 第2卷 第4期, 2000, 68쪽 참조.

130) 吳新雷 主編, 위의 책, 2002, 203쪽 참조.

131) 譚帆 ≪優伶－古代演員悲歡錄≫ 上海, 百家出版社, 2002, 40쪽 참조.

132) 楊惠玲, 위의 논문, 27-28쪽 참조.

133) 吳新雷 主編, 위의 책, 203쪽 참조.

134) 吳新雷 主編, 위의 책, 204쪽 참조.

135) 가반 주인이 극작가를 겸하는 점과 관련하여, 劉水雲이 〈簡論明淸家樂對戲劇發展的影響〉(≪戲劇藝術≫ 2004年 第4期), 77-78쪽에서 총 43명을 거론하며 그들이 창작한 극본을 도표화한 바 있다.

136) 吳新雷 主編, 위의 책, 207쪽 참조.

137) 劉水雲, 위의 논문, 84쪽에서 활발한 가반 활동을 통해 연극 이론이 실제에 부합되고 발전하였다면서 何良俊, 潘之恒, 湯顯祖, 沈璟, 李開先, 祁彪佳, 李漁의 사례를 거론한 바 있다.

138) 黃果泉 〈李漁家庭戲班綜論〉; ≪南開學報≫ 2000年 第2期 참조.

139) 劉水雲 ≪明淸家樂硏究≫ 上海, 上海古籍出版社, 2005, 210-227쪽 참조.

140) 徐宏圖 〈明淸江浙戲曲家伎及其藝術成就〉; ≪浙江藝術職業學院學報≫ 第2卷 第2期, 2004, 57-60쪽 참조.

141) 徐宏圖, 위의 논문, 57-59쪽에 금령의 내용이 모두 집록되어 있다.

142) 鄭志良 〈論乾隆時期揚州鹽商與崑曲的發展〉; ≪北京大學學報≫ 第40卷 第6期, 2003, 103-106쪽 참조.

143) 明光 〈揚州鹽商家班硏究〉; ≪藝術百家≫ 1990年 第4期, 26-29쪽 참조.

144) 吳新雷 〈揚州崑班曲社考〉; ≪東南大學學報≫ 第2卷 第1期, 2000, 91쪽 참조.

145) 鄭志良, 위의 논문, 100-101쪽 참조.

146) ≪揚州畫舫錄≫: 「黃氏本徽州歙縣潭渡人, 寓居揚州, 兄弟四人, 以鹽策起家, 俗有四元寶之稱. 晟字東曙, 號曉峰, 行一, 謂之大元寶, 家康山南, 筑有易園, 刻≪太平廣記≫、≪三才圖繪≫二書. 易園中三層臺稱杰構. 履□字仲昇, 號星宇, 行二, 謂之二元寶. 家倚山南,…… 刻≪聖濟總錄≫, 又爲天士刻≪葉氏指南≫一書. 四橋烟雨、水雲勝槪二段, 其北郊別墅也.」(淸 李斗 ≪揚州畫舫錄≫ 北京, 中華書局, 2001, 290쪽)

147) 吳新雷, 위의 논문, 93쪽 참조.

148) 明光 〈班主江春傳論〉; ≪藝術百家≫ 1993年 第2期, 38쪽 참조.

149) ≪揚州畫舫錄≫: 「殿前盖松棚爲戲臺, 演仙佛、麟鳳、太平、擊壤之劇.」(淸 李斗, 위의 책, 107쪽)

150) 鄭志良, 위의 논문, 102쪽

151) ≪茶香室續鈔≫: 「又有女樂二部, 服飾皆値巨萬.」(徐宏圖, 위의 논문, 55쪽 재인용)

152) ≪顧丹午筆記≫: 「延名師以敎習梨園, 演〈長生殿〉傳奇, 衣裝費至數萬.」(吳新雷 〈蘇州崑班考〉; ≪東南大學學報≫ 第2卷 第4期, 2000, 69쪽 재인용)

153) ≪春星堂詩集≫:「每四方名流至止, 必選伎征歌, 連宵達旦.」(劉水雲 ≪明淸家樂硏究≫ 上海, 上海古籍出版社, 2005, 551쪽 재인용)

154) 徐宏圖, 위의 논문, 63-64쪽 참조.

155) ≪識小錄≫:「吳中…… 至近年奇荒之後, 卽外觀亦不美矣. 而優人鮮衣美食, 橫行里中. 人家做一本戲, 費至十餘金, 而諸優尤恨恨嫌少.…… 然必有鄕紳主人之家, 慯慯奉之.」(廖奔 ≪中國古代劇場史≫ 鄭州, 中州古籍出版社, 1997, 71쪽 재인용)

156) 그간 논의된 주요한 연구 성과를 요약하면 다음과 같다.
  첫째, 徐宏圖는 〈明淸江浙戲曲家伎及其藝術成就〉(≪浙江藝術職業學院學報≫ 第2卷 第2期, 2004), 61-64쪽에서 가반 활동의 예술적 성취로 ① 배우를 엄격히 훈련시켜 演唱 수준이 제고된 점, ② 生旦戲의 연출 체계가 형성되고, '노래와 춤이 하나가 되고, 창과 동작을 모두 중시하는(歌舞合一, 唱做幷重)'의 연출 기법이 확립된 점, ③ 折子戲 연출 방식의 형성과 발전에의 공헌, ④ 무대 조형예술의 발전에 대한 공헌을 꼽았다.
  둘째, 楊惠玲은 〈論家班主人對崑曲發展所做的貢獻〉(≪藝術百家≫ 2004年 第3期), 29-30쪽에서 곤극의 발전에 공헌한 가반 주인의 심미적 주장을 '우아함을 아름답게 여기는 것(以雅爲美)'과 '규범을 아름답게 여기는 것(規範爲美)'으로 규정하면서 배우에 대해서는 가창과 무용의 기능을 중시하고 연기술에 있어서는 '傳神'을 강조했다고 보았다. 아울러 〈論晩明家班興盛的原因〉(≪南京師大學報≫ 2005年 第1期), 129-133쪽에서는 명말에 가반이 급속도로 발전하게 된 원인은 문인의 애호에 따른 곤극의 번영에 있으며, 배우를 기르는 것이 문인의 주요한 오락 수단인 동시에, 혼란한 사회 속에서 자아를 실현할 수 있는 훌륭한 방식이자, 문인 간의 교제 활동에 중요한 작용을 하였기 때문이라고 설명하였다.
  셋째, 劉水雲은 〈家樂騰踊: 明淸戲劇興盛的隱性背景〉(≪文藝硏究≫ 2003年 第1期), 94-100쪽에서 명청대 연극 흥성의 잠재적 배경은 가반이라는 배우를 양성하는 방대한 집단의 존재에 있다면서, 가무 및 연극의 연출 방식과 自娛 및 交際의 연출 목적 그리고 北曲 및 南曲諸腔의 연출 음악이 완비되었기에 가능한 것이었다고 보았다. 나아가 〈簡論明淸家樂對戲劇發展的影響〉(≪戲劇藝術≫ 2004年 第4期), 75-86쪽에서는 명청대의 가반이 연극의 발전에 끼친 영향으로 ① 극본 창작에 있어서는 활발한 극작 활동을 야기시키고 극본을 무대 공연에 적합한 형식으로 변화시켜 책상머리에서나 쓸모 있는 연극 '案頭劇'의 폐해를 쇄신하는 데에 공헌하였고, ② 연극 공연에 있어서는 상층 사회의 주요한 오락 수단으로 자리매김하면서 연기술 및 무대 효과의 발전에 기여했으며, ③ 연극 이론에 있어서는 堂會 및 曲會의 개최로 인해 신사 계층 사이의 토론이 활발해지면서 이론과 실천의 결합을 촉진시킨 점을 꼽았다.

157) 楊惠玲 〈論家班主人對崑曲發展所做的貢獻〉; ≪藝術百家≫ 2004年 第3期, 28-29쪽 및 李靜 〈明代堂會演劇述略〉; ≪戲劇藝術≫ 2004年 第4期, 66-68쪽 참조.

158) 오오키 야스시(大木 康) ≪명말 강남의 출판문화≫(노경희 역, 서울, 소명출판, 2007), 30쪽 및 문성재 〈명말 희곡의 출판과 유통-강남지역의 독서시장을 중심으로〉(≪중국문학≫ 제41집, 2004) 참조.

159) 고바야시 히로미쓰(小林宏光) ≪중국의 전통판화≫(김명선 역) 서울, 시공사, 2002 참조.

160) 祝重壽 編著 ≪中國揷圖藝術史話≫ 北京, 淸華大學出版社, 2005, 69-70쪽 및 고바야시 히로미쓰(小林宏光), 위의 책, 46-49쪽 참조.

161) 祝重壽 編著, 위의 책, 72쪽 참조.

162) 孫崇濤〈中國戲曲刻家述略〉;≪中國戲曲學院學報≫ 第26卷 第2期, 2005, 67쪽, 70쪽 참조.

163) 祝重壽 編著, 위의 책, 76쪽 참조.

164) 오수경〈20세기 중국 전통극 연구의 흐름–문본에 대한 인식의 변화를 중심으로〉;≪한국연극학≫ 제22호, 2004, 309–310쪽 참조.

165) 명청 시기에 간행된〈서상기〉삽화의 전모에 관해서는 근래 董捷가 ≪明淸刊〈西廂記〉版畵考析≫ (石家莊, 河北美術出版社, 2006)에서 이미 체계적으로 검토한 바 있다. 3–4쪽에 걸쳐 정리된 도 표에 따르면, 현전하는 명청대에 간행된 삽화본〈서상기〉의 수는 총 33종에 달한다.

166) 廖奔 ≪中國戲曲史≫ 上海, 上海人民出版社, 2004, 250–251쪽 참조

167) ≪祁忠敏公日記≫:「鄕紳文中台、嚴子章、馮猶夢、金君邦柱來送, 馮贈以家刻.」(오오키 야 스시, 위의 책, 108–109쪽 재인용)

168) ≪南詞新譜≫:「托子猶遍索先詞隱傳奇及余拙刻, 並吾家諸弟姪輩諸詞殆盡.」(오오키 야스시, 위의 책, 108–109쪽 재인용)

169) 兪爲民의〈明代南京書坊刊刻戲曲考述〉(≪藝術百家≫, 1997年 4期)에서는 명대 중엽 이후 남 경에 집중적으로 분포하고 있던 부춘당이나 세덕당과 같은 민간의 서방이 기본적으로 영리적인 목적 에서 희곡을 간행했다고 보았다.

170) 鄭振鐸 ≪中國古代木刻畫史略≫:「似是汪廷訥的好友或門客之一, 故常爲他的作品畫揷圖, 所有環翠堂本的諸傳奇, 均是風格一式, 有的雖不署名, 均可看得出是汪耕的畫稿.」(上海, 上 海書店出版社, 2006, 103–104쪽)

171)〈樓船〉: http://baike.baidu.com/view/441837.htm 참조. 또 漢唐代에 '船臺' 즉 배 안에 공연 공간을 마련하여 百戲와 傀儡戲를 연출한 상황에 관해서는 康保成〈論宋元以前的船臺演出〉(≪ 戲劇藝術≫ 2005年 6期)에 상세하다.

172) ≪梁書≫:「初赴衡州, 於兩艖艑起三間通梁水齋, 飾以珠玉, 加之錦繢, 盛設帷屛, 陳列女樂.」 (劉水雲 ≪明淸家樂硏究≫ 上海, 上海古籍出版社, 2005, 399쪽 재인용)

173) ≪實賓錄≫:「制三舟, 備極堅巧. 一舟自載, 一舟載賓客, 一舟載飮饌. 有女樂一部, 逢奇遇興, 則慕其景物, 興盡其行. 吳越之士, 號爲水仙.」(劉水雲, 위의 책, 399쪽 재인용)

174) 劉水雲, 위의 책, 535쪽 참조.

175) ≪快雪堂日記≫:「以風大不堪移舟, 悶坐作戲. 戲子松江人, 甚不佳, 演〈玉玦記〉.」「同屠沖暘 駕樓船至矣. 初闖入余舟, 遂拉過其船. 船以爲館, 留余叙, 張樂演〈拜月亭〉.」「旣午過屠舟, 久 之, 包儀甫至, 遂過大舟. 先令諸姬隔船奏曲, 是日, 演〈紅葉〉傳奇, 坐又久之.」(廖奔 ≪中國古 代劇場史≫ 鄭州, 中州古籍出版社, 1997, 153쪽 재인용)

176) ≪祁忠敏公日記≫:「趙應侯過訪, 與之小酌. 午後憩於舟中, 乃邀王雲岫, 王雲瀕及潘鳴歧小 酌, 觀〈投梭機〉.」「劉雪濤公祖見招, 赴酌于湖舫, 觀〈紅梨花記〉.」(廖奔, 위의 책, 153쪽 재인용)

177) 郭英德 編著 ≪明淸傳奇綜錄≫(上下) 石家莊, 河北敎育出版社, 1997, 210–214쪽. 李修生

主編 ≪古本戲曲劇目提要≫ 北京, 文化藝術出版社, 1997, 293-294쪽. 齊森華 外編 ≪中國曲學大辭典≫ 杭州, 浙江敎育出版社, 1997, 381-382쪽 참조. 〈홍이화기〉라는 명칭의 작품으로는 원대 張壽卿의 잡극이 있고 명대 전기로도 이미 실전된 王元壽의 작품과 서복조의 작품 등이 있지만, 앞서 누선에서 공연된 〈투사기〉가 서복조의 작품이니만큼 여기에서의 〈홍이화기〉 역시 서복조의 것으로 보인다.

178) 譚坤 ≪晩明越中曲家群體硏究≫ 上海, 上海三聯書店, 2005, 83-84쪽 참조.

179) 張則桐 〈張岱與徐渭〉; ≪中國典籍與文化≫ 2002年 3期 참조.

180) 譚坤, 위의 책, 66쪽 참조.

181) 張岱 ≪陶庵夢憶≫(蔡鎭楚 注釋) 長沙, 岳麓書社, 2003, 149-152쪽 참조.

182) 김광영은 〈제의령문〉의 기록과 관련해, "蘇州 출신으로 丑脚의 연기를 잘하고 義氣를 중시하던 하여개를 생전에 자신이 도와주었던 것은 완전히 藝人에 대한 관심과 희곡 예술에 대한 존중에서 나온 것이지, 결코 다른 사대부들처럼 배우를 가지고 놀거나 무시하는 생각을 지니지 않았음을 보여준다"(〈명대 사대부가반 연구-≪도암몽억≫의 기술을 중심으로〉; ≪중국문학≫ 34집, 2000, 129쪽)고 설명한 바 있다. 이러한 시각은 장대가 배우를 단순히 노예와 같은 소유물로 간주했다기 보다는 배우에 대해 예술을 애호하는 후원자로서의 입장을 견지했다는 의미로 파악된다.

183) ≪陶庵夢憶≫:「家大人造樓, 船之; 造船, 樓之. 故里中人謂船樓, 謂樓船, 顚倒之不置. 是日落成, 爲七月十五, 自大父以下, 男女老稚靡不集焉. 以木排數重搭臺演戲, 城中村落來觀者, 大小千餘艘. 午後颺風起, 巨浪磅礴, 大雨如注, 樓船孤危, 風逼之幾覆, 以木排爲戲索纜數千條, 網網如織, 風不能撼, 少頃風定, 完劇而散. 越中舟如蠡壳, 局蹐篷底看山, 如矮人觀場, 僅見鞋韈而已, 升高視明, 頗爲山水吐氣.」 (蔡鎭楚 注釋 ≪陶庵夢憶≫ 長沙, 岳麓書社, 2003, 281-282쪽)

184) ≪陶庵夢憶≫:「西湖之船有樓, 實包副使涵所創爲之. 大小三號: 頭號置歌筵, 儲歌童; 次載書畵; 再次偹美人. 涵老以聲伎非侍妾比, 仿石季倫、宋子京家法, 都令見客. 常靘妝走馬, 媻姍勃窣, 穿柳過之, 以爲笑樂. 明檻綺疏, 曼謳其下, 摴蒱彈箏, 聲如鶯試. 客至, 則歌童演劇, 隊舞鼓吹, 無不絕倫. 乘興一出, 住必浹旬, 觀者相逐, 問其所止.」 (蔡鎭楚 注釋, 위의 책, 112-114쪽)

185) 胡忌, 劉致中 ≪崑劇發展史≫ 北京, 中國戲劇出版社, 1989, 211-212쪽 참조.

186) ≪陶庵夢憶≫:「甲戌十月, 携楚生住不系園看〈紅葉〉. 至定香橋, 客不期而至者八人: 南京曾波臣, 東陽趙純卿, 金壇彭天錫, 諸暨陳章侯, 杭州楊與民、陸九、羅三, 女伶陳素芝. 余留飮. 章侯携縑素爲純卿畵古佛, 波臣爲純卿寫照, 楊與民彈三弦子, 羅三唱曲, 陸九吹簫. 與民復出寸許紫檀界尺, 據小梧, 用北調說〈金甁梅〉一劇, 使人絕倒. 是夜, 彭天錫與羅三、與民串本腔戲, 妙絕; 與楚生、素芝串調腔戲, 又復妙絕. 章侯唱村落小歌, 余取琴和之, 牙牙如語. 純卿笑曰: "恨弟無一長, 以侑兄輩酒." 余曰: "……章侯爲純卿畵佛, 而純卿舞劍, 正今日事也." 純卿跳身起, 取其竹節鞭, 重三十斤, 作胡旋舞數纏, 大噱而罷.」 (蔡鎭楚 注釋, 위의 책, 122-124쪽)

187) 張岱 ≪陶庵夢憶≫(蔡鎭楚 注釋) 長沙, 岳麓書社, 2003, 125-127쪽 참조.

188) 廖奔이 ≪中國古代劇場史≫(鄭州, 中州古籍出版社, 1997)에서 淸代 孫毓修의 ≪綠天淸話≫ 및 顧公燮의 ≪消夏閑記≫의 기록을 근거로 설명한 부분(154쪽) 참조.

189) ≪陶庵夢憶≫:「更深, 人漸散去, 士夫眷屬皆下船水嬉, 席席征歌, 人人献技. 南北雜之, 管弦迭奏, 听者方辨句字, 藻鉴随之.」(蔡鎭楚 注釋, 위의 책, 181-185쪽). 이외에 호구 곡회의 전모에 관해서는 陸萼庭 ≪崑劇演出史稿≫(上海, 上海敎育出版社, 2006 수정판), 35-41쪽에 상세하고, 한국에서도 정원지의 〈명청 시기 중국 蘇州 "虎丘曲會"의 연극사적 조명〉(≪중국문학≫ 제44집, 2005)에서 논의된 바 있다.

김순희 ─────────────────────────────────

▌약 력

상명여자대학교를 졸업하고 성균관대학교에서 석·박사학위를 받았으며, 중국의 중산대학
고대희곡연구소에서 연구하였다. 상명대학교 한중문화정보연구소 연구교수와 한양대학교
중어중문학과 박사후연수과정을 거쳐, 현재 상명대학교·성균관대학교·한국예술종합학교
에서 강의하고 있다.

▌주요 논문 및 저서

≪중국의 탈놀이 대두화상 : 그 역사적 전개와 전승의 양상≫, ≪중국문화답사기 3 : 파촉
지역의 천부지국을 찾아서≫(공저), ≪시문을 따라 떠나는 중국문학유람≫(공저), ≪중국 고
대극장의 역사 : 공연예술의 신화, 오천년의 문화사≫(공역), <신시기 천극 현대화의 문제
작 : 웨이밍룬의 '반금련'>, <중국의 궁중공연과 문화콘텐츠> 등이 있다.

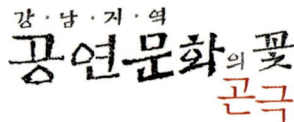

초판인쇄 | 2009년 8월 28일
초판발행 | 2009년 8월 28일

지은이 | 김순희
펴낸이 | 채종준
펴낸곳 | 한국학술정보㈜
주 소 | 경기도 파주시 교하읍 문발리 파주출판문화정보산업단지 513-5
전 화 | 031) 908-3181(대표)
팩 스 | 031) 908-3189
홈페이지 | http://www.kstudy.com
E-mail | 출판사업부 publish@kstudy.com
등 록 | 제일산-115호(2000. 6. 19)

ISBN   978-89-268-0379-0 93820 (Paper Book)
        978-89-268-0380-6 98820 (e-Book)

이담
Books 는 한국학술정보(주)의 지식실용서 브랜드입니다.